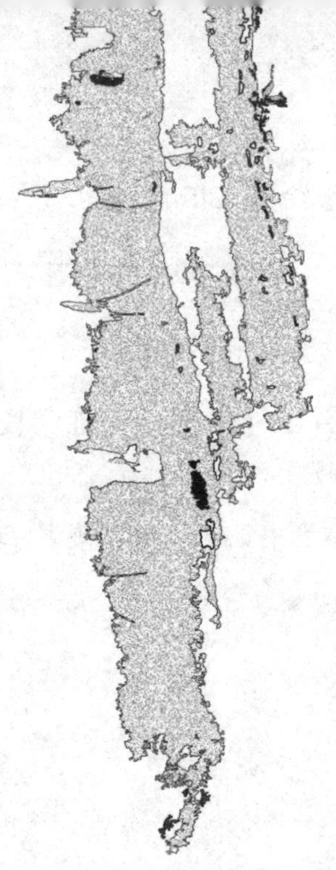

# 远方有多远

*yuanfang you duoyuan*

张中民 著

河南文艺出版社
·郑州·

**图书在版编目(CIP)数据**

远方有多远/张中民著. —郑州:河南文艺出版社,2020.11(2022.5重印)

ISBN 978-7-5559-0995-8

Ⅰ.①远… Ⅱ.①张… Ⅲ.①长篇小说-中国-当代 Ⅳ.①I247.5

中国版本图书馆 CIP 数据核字(2020)第 072933 号

---

策　　划　李勇军
责任编辑　贾占闯
书籍设计　小　花
责任校对　殷现堂
责任印制　张　阳

出版发行　河南文艺出版社
本社地址　郑州市郑东新区祥盛街 27 号 C 座 5 楼
邮政编码　450018
承印单位　河南龙华印务有限公司
经销单位　新华书店
纸张规格　890 毫米×1240 毫米　1/32
印　　张　12.25
字　　数　233 000
版　　次　2020 年 11 月第 1 版
印　　次　2022 年 5 月第 2 次印刷
定　　价　68.00 元

---




图书如有印装错误,请寄回印厂调换。
印厂地址　河南省武陟县产业集聚区东区(詹店镇)泰安路
邮政编码　454950　　电话　0391-2527860

可以打倒他，你可以打败他，甚至你可以毁灭他，但是不要侮辱他，不要蔑视他，尊严才是人们生存的最后一道防线，无论是侵犯的还是被侵犯的，都将变得无所顾忌，也都将变得不择手段，道德的约束也将不复存在。

——欧内斯特·海明威

# 目　录

# 引　子

如果再让你去死一回，你会怎么想？如果再让你去做一次人生的选择，你又会怎么想？

多年以后，每当想起那次跳江经历，姚远都会心有余悸。那天上午，他走投无路中爬上高高的珠江海印桥，原本就没有打算活下来，他两眼一闭，悲壮地纵身一跳，像大鸟一样扑进珠江，魂断羊城……本以为这样就可以结束一切，可是没想到后来发生的事情，让他对人生有了新的认识……

# 第一章　住院疗养

## 1

飘飘悠悠，恍恍惚惚，昏昏沉沉……姚远觉得自己像个游魂似的，一会儿在空中轻轻飘浮，一会儿又在水中慢慢游动，那种感觉比清风轻，比白云薄，像片羽毛一样在无边无际的高空中自由地滑翔，又似在浩瀚的大海里孤独地游泳……周围一片静谧，没有任何声音，整个世界好像只有自己一个人，孤独而又寂寞，轻松而又自由……在这个只属于自己一个人的世界里，他看到的景象斑斓多彩，意象万千：一会儿是日出，一会儿是晚霞；一会儿是黄昏，一会儿是夜晚；一会儿是云端，一会儿是地上，一会儿是水中；一会儿是喧哗，一会儿是沉静……

突然，像一只林间漫步的野兔，或者一条在水中优哉游哉的鱼儿受到惊吓似的，又或者一个潜泳者刚刚跃出水面那样，姚远感到自己的身子不自觉地动了一下，睁开眼睛，整个人猛然间醒了过来——

墙壁是白的，窗帘是白的，天花板是白的，被褥和床单是白的，打在腿上的石膏和绷带也是白的，就连出现在眼前的世界也是白色的……

就在睁开眼睛的瞬间，姚远发觉自己躺在医院的病床上，心里不由“咦——”了一下，这是怎么回事，我怎么会躺在这里，难道我是在做梦吗？他用手使劲掐了下大腿，一阵钻心的疼痛瞬间袭遍全身，他这才意识到自己不是在做梦，而是在现实中。哎——这又是怎么回事？他眨巴着眼睛看着面前的一切，再次发出了疑问。姚远努力转了转脑子，可是无论怎么努力，他都想不起来自己是怎么到这里的。他躺在那里，吃力地转过头看了看两边，不错，这里是病房。左边，一个邻床的病人正安静地躺在那里休息，旁边坐着陪护家属。右边，一个眉清目秀的小护士，身着白衣白帽正在给病人扎针。姚远把头放正，平躺在床上，向上看去，他头顶右侧的枝形输液架上挂着瓶水，从里边伸出的输液管，像从瓶子里长出的根须一样连在自己的手臂上，正一滴连着一滴，源源不断地把象征着生命源泉的药液输进自己的体内……然而让他不明白的是，自己明明跳江了，怎么会来到这里？姚远再次吃惊地瞪大眼睛看了看周围，脑子里乱成了一团，他有些理不清自己的思绪了。

“哎呀，姚远，你终于醒了。”守在床边的年轻女人看见姚远睁开了眼睛，急忙俯过身子，无比惊喜地叫道，“你可把我吓坏了！”

“余……余静……你……你是余静？”姚远睁大眼睛，不解地看着出现在面前的女人。

“是的是的，我是余静！”女人翕动着嘴唇连声答道。

“你怎么会在这里？你……你……什么时候来的？”姚远用虚弱的目光罩住余静疲倦的脸，像打量陌生人似的定定地望着她，满脸的疑惑和不解。与此同时，他呓语似的喃喃着说道：“我怎么会在这里……我……我怎么会在这里……”

“你看你，什么都不知道了，看来真的摔傻了。”余静望着病床上的姚远，一边埋怨一边悄声提醒，“姚远，你难道都忘了？你不是去海印桥跳珠江了吗？”

“海印桥？珠江？”姚远翻起眼睛，迟疑地盯着头顶的天花板，皱起眉头努力回忆起来，过了好大一会儿，这才恍然大悟地说：“噢——我想起来了……”

在余静的提醒下，姚远终于想起自己那天跳江的情景。不错，那天中午，自己来到公司，安排完一切后事，便乘电梯下楼，在路边拦了辆出租车，义无反顾地去了海印桥跳了珠江。他犹记得，到了海印桥，自己未做任何停留，便像一只大猩猩似的，抓住或横或竖的钢筋架子，晃着身子急速爬上了高高的海印桥，坐在大桥顶端的一根钢筋横梁上，先是歇了口气，接着又故作轻松地抽了阵烟。烟是自己到广州后一直抽的双囍。跳桥之前，姚远恍惚记得自己曾给余静打过一个电话。不过自己和余静在电话里说了什么，已经记不清了，他隐约记得，当时余静听了自己的话，显得既吃惊又焦急，一遍又一遍问自己在哪儿。可是当时自己心灰意冷死意已决，所以没怎么回答，就把手机给挂了……他仿佛还记得余静又给自己打了几次电话，但是自己不知道该怎样回答，就那么让手机一直持续地响着。再后来，当余静在电话中焦急地呼唤着自己的名字时，那一刻，自己什么都不再想了，脑子里一片空白，感觉像个酗酒后的醉汉，什么都变得无所谓了。紧接着，他心一横，像个跳水运动员那样，双脚向后一蹬，展开双臂，闭上眼睛，身子向前一纵，毫无留恋地离开钢筋横梁，纵身跳了出去。那一刻，姚远感觉自己的身体猛然一轻，像被大风骤然吹起的树叶一样向前飞去……至于后来发生的事情，他真的都不知道了，当时只觉得自己的身体很轻很轻，轻得像一片没有重量的羽毛，在天空中飘飞而去……

“难道我没死，还被人给救了上来？”

“是的，你没有死，被人给救上来了。”看着姚远疑惑不解的样子，余静俏皮地笑了一下，故作轻松地说，“姚远，你还记不记得跳桥之前，你打给我的电话？”

“记不得了。”姚远轻轻摇了摇头。

“你呀，看看你的傻样！”看着姚远完全清醒过来后满脸疑惑的样子，余静愁眉不展的脸上，像花朵一样绽开幸福的微笑，她抬起手擦了把喜悦的泪水，这才向姚远描述起来：“当时我从你的声音里就能感觉到，你不像是和我在说平常话，而是在和我做着生死离别，略带嘶哑的语气里显得平静、沉重，迟缓而又凝滞，同时又充满了无限的悲凉和哀伤，所以我一听就觉得不对劲。后来当我把电话打过来，一直焦急地叫着你的名字，而你却一直不回答时，我就知道你出了大事。”讲到这里，余静故意停顿了一下，“为了提醒你、劝你、阻止你不要干傻事，我不停地给你打电话，可是不管我怎么打，你的手机一直没人接听，我有种不祥的预感，心也紧跟着‘扑通扑通’狂跳起来。姚远，你知道当时我有多么着急吗？得不到你的消息，我的头脑里一片混乱，简直就像疯了似的，可一时又不知道该怎么办才好……”余静哽咽着有些说不下去了，只好再次停顿下来。过了一会儿，等到心情平缓下来后，这才又接着讲起来，“我拿着手机，像个傻子一样呆立在那里，过了一会儿才突然意识到什么。我来不及多想，急忙去找我们领导请假，可是领导不在，没办法，我只好给他打了个电话。接着急急忙忙在网上订了张时间最近的来广州的机票，连东西都来不及收拾，出门拦了辆出租车，一路飞奔着往机场赶。

路上我不停地给你打电话，可是你的手机怎么也打不通，后来干脆就无法接通，我的心不由提到了嗓子眼……直到坐上飞机，我的心里还在七上八下地扑腾着。我那时想，姚远，你到底怎么了？为啥不接我的电话？是被人绑架了，还是遇到了意外情况？可是不管发生什么事情，你也不能不接我的电话呀！愿老天爷保佑，你可千万不要出什么事啊……飞机上不让打电话，我一路担心着、念叨着、祈祷着，希望你一切都平平安安、顺顺利利……两个多小时后，当我风尘仆仆地赶到广州时，才知道你已经从高高的海印桥上跳了下来……”

“可……可是……广州这么大，你……你又是怎么找到我的？”已经恢复了一部分神志的姚远，眨巴着眼睛仍然不解地问道，他真不明白，面前这个仅仅到过一次广州的女人，是怎么找到这里的。

“你不要忘了，姚远，鼻子底下就是嘴嘛！”余静用手指了指自己的嘴巴，接着俏皮地冲他笑了一下。

“可是，就算你有嘴，也不一定就能问出我在这里的具体位置呀？”

“是的，姚远，你说得很对，广州这么大，就算我有嘴也不可能问出准确地址。”说到这里，余静收起笑容，神情变得严峻起来，“从梅南县到中原机场需要两个小时，再从中原机场坐飞机到广州需要两个小时，光在路上就耗费了四个多小时。当我匆匆忙忙赶到广州时，天已经黑了。一下飞机，我的头都是蒙的，广州这么大，我去哪里才能找到你呢？根据你以前给我说的地址，我坐着出租车来到广梅汕铁路大厦，找到你们公司，可是天远新技术开发公司房门紧闭，一个人也找不到。我又去问旁边公司的人，他们都说不清楚。见不到你的人影，没有你的消息，又找不到你们公司的人，这可怎么办？从大楼里出来，你知道我当时心里有多着急吗？我就像个无头苍蝇一样，到处打听，如果我不是看了电视新闻，如果我不是从派出所那里得到消息，说不定我到现在还找不到你呢。”余静看着姚远继续讲道，“那天下午，我失魂落魄地走在大街上，像个瞎子一样瞎摸乱撞。我边走心里边想，姚远，你在哪里，你究竟在哪里呀？我怎么才能找到你啊？天色越来越晚，我心里火烧火燎的，万般无奈之中，我只好向路人打听，可他们也说不出个所以然来。后来有个热心的大姐提醒我，说你会不会遇到难办的事想不开寻了短见。我一听心里更加着急，连忙问她，如果出现这种情况该怎么办？她提醒我，如果遇到这种情况，最好的办法是打 110，或者给公安局打电话，问问有没有接到这方面的消息。我马上就给广州市公安局打电话，询问有没有这方面的报警信息，他们查了全市公安系统的报警记录，最后建议我到消防部门问一问，因为有关这方面的救援工作，需要消防部门配合才能完成。于是我又把电话打到消防部门。根据我描述的情况，他们说，大约中午十二点时，他们有过一次珠江救援，只是不知道是不是你，建议我到广州电视台看一看，因为当时电视台的记者曾在现场采访报道，并进行了全程录像。听他们这么一说，我又急忙打车去了广州电视台。”说到这里，余静突然笑了起来，“姚远，你猜怎么着？我在电视台即将播出的新闻里，居然看到了你跳江的消息。”

“什么？你真的在电视台看到我跳江的视频了？”姚远吃惊地望着余静。

“是的。”余静不无感慨地说，“真没想到广州的新闻媒体这么厉害，连你跳江这种事，他们也会赶到现场进行报道。我在视频中看到，你头发凌乱地坐在大桥最上端的一根横梁上，先是无比焦躁地抽烟、打手机，表情显得异常痛苦……而桥下的人们也都忙碌着，有的拿着喇叭冲你喊话，有的干脆把两只手拢在嘴巴上向你喊话，还有的在那里冲你摇手，他们都在劝阻你，不要做过激行为……大家想着各种办法劝阻你，然而几分钟后，你似乎已经下定决心，纵身一跃，从那么高的海印桥上跳了下来……”说到这里，余静绷起脸，“我真没有想到，你整个跳江的过程会被记者完整拍下来。电视在播出这条新闻时，节目主持人还加了点评，他说无论什么理由，也无论发生什么事情，这种不理智的跳江行为都不可取，这样做并不能解决问题，除了博得人们的同情外，自杀者什么都得不到……幸运的是，从那么高的海印桥上跳下来，你并没有死，而是被及时赶到的消防人员救起后，火速送进了医院……看到这条新闻后，我一刻都没有停留，打了辆出租车赶到了这里。”余静松下一口气，“姚远，你知道吗，当我赶到这里时，你已经做完手术了……”

“从那么高的海印桥上跳下来，居然没有被摔死。那么我又是怎么到的医院呢?”姚远像个傻子似的，不解地问道。

“这个我也说不清楚，也许是你命不该绝吧。不过你应该感谢消防人员，是他们把你救下来的。”余静嘘了口气，“在你跳下去之前，他们就派出了一艘快艇。由于海印桥比较高，你的一条腿给摔断了，当时已经失去了知觉，情况十分危急。是救护人员拨打了 120，你才被送进了这家距离海印桥最近的南方医院进行抢救。”

“噢——原来是这样，听你说的这些……难道都是真的吗？我……我怎么一点都不知道呢?”姚远怎么也回忆不起当时的情景，当他张开嘴巴还要说什么时，旁边的小护士扭过头看了眼姚远，提醒道：“家属请注意，病人刚苏醒，身体虚弱，最好不要打扰他，更不能让他讲那么多话，现在他最需要的是休息。你可以让他喝点水静养一下。”听护士这么提醒，余静急忙制止姚远：“听到了吗，护士说让你好好休息，暂时先不要说话，明白吗?”说着倒了杯水送到姚远的嘴边,“来,喝口水好好躺在这里休息,有什么话等以后再说。”姚远张开嘴巴喝了点水,又看了看余静,像个听话的孩子一样,闭上眼睛休息起来……

## 2

再次醒来,已是第二天下午四点多钟。经过长时间休息,姚远的精神明显好多了。不知出于何种心理,他伸出右手紧紧握着余静的手,表情变得异常复杂起来。

“姚远,你咋会那么傻呀!”余静眼里闪着晶莹的泪花,看着姚远,抑制不住内心的激动,默默流下泪来,嘴里还不住地埋怨道,“从那么高的大桥上跳下来,不是玩命吗?”

“我……我是迫不得已呀!”姚远看着坐在床边的余静,又把目光望向窗外,叹了口气,“那一刻,我真不想活了。欠下那么多的债,他们逼我还账,我还不起,不跳江又有什么办法?唉,我是被逼无奈才做出的这个决定,不得不跳啊!”

“俗话说,没有过不去的火焰山。再说,不就是欠人家点钱吗,你怎么能狠下心去跳江寻死?你把事情想得太悲观了。”

“你不知道,我欠的债有一二百万,这个数字太大了，大得像山一样压得我喘不过气来。”姚远喃喃道，“你没有尝过被人要账的滋味，那感觉就像被火烧着一样难受。你……你根本不知道我当时的处境有多难，更不理解我当时的心情!”说到这里，姚远抬手擦了把几欲要流出来的泪水，“一二百万不是个小数，你让我去哪里弄这么多钱？他们要不到钱，就威胁我，要去法院告我，甚至还扬言说，要给我点颜色看看。你说这种情况下，我又有什么办法？我是被逼无奈！我是真的被逼无奈呀——”

“好了好了，不说这些了，也不要再胡思乱想。”余静伸出手帮他擦了把眼角的泪水，安慰道，“姚远，想开些，活着比什么都好，以后的路还很长。你现在最重要的是积极配合医生治疗，好好养伤，赶快把身体养好，明白吗？其他什么都不要想，所有的事情等你身体恢复后再说……”

“我不要治疗，我不要养伤，我不要恢复身体!”姚远捶着自己那条打了石膏又缠着绷带的右腿，疯狂地叫喊起来，“你们为什么要救我？为什么不让我去死？我受不了，我真的受够了……”

“姚远、姚远，你安静点好不好……”面对情绪突然失控的姚远，余静不知该怎么办才好，她扭脸看了眼病房里的其他病人，发现他们正面带不解地向这边看来。她急忙拉过姚远的手放在自己胸前，俯下身子，压低声音说："姚远，你不是一直希望我到你身边来吗？现在我已经来了，你怎能这样呢？你不为自己考虑，也该为我考虑。"

"我现在谁都不考虑，我只想死——"姚远拉长声调，疯狂地喊叫。

"姚远，你怎能这样，你怎么能这样呢？……"看着突然变得狂躁的姚远，余静急得几乎要哭出来，"你以前不是这个样子的，姚远——你说过你要挣很多很多的钱，要在广州买房、买车，和我结婚、生孩子，过幸福的生活，难道你都忘了吗？"

"那……那是以前，可是现在，我什么都没有了，我活着还有什么意思？"

"你怎能这么说呢，你不是还有我吗？"余静轻轻摇着姚远的手，像哄孩子似的劝道，"我不是已经来了吗？我这次来，就是要和你一起过日子的，咱们两个在一起过幸福的日子，好不好？"

"晚了，一切都晚了！"姚远咧开嘴无声地哭泣起来，像个受了委屈的孩子，"我现在是个穷光蛋，我什么都没有了，我欠下那么多的债，我该怎么办啊……"

"好了好了，你不要这样说了，姚远！常言说，留得青山在，不怕没柴烧。只要人还在，一切都会有的，你怎能这么想呢？你看你现在的样子像个啥？跟个孩子似的。快，不要哭了，不然别人看见会笑话的。"

“我不管……呜——我不管……”余静的劝说反而增加了姚远的悲伤情绪，他终于哭出声来。

“姚远，你如果再这样，我就不管你了。”看劝说没有效果，余静擦了把泪，站起来假装离开，“你说你这么大的人了，怎么就不听劝呢？你说你这个样子像个啥嘛，你再这样，我就走了。”

正在这时，一个身着白衣、头上戴顶白帽的年轻小护士，手里拿着一袋药水推门进来。她径直来到姚远床边，看了眼正在那里哭鼻子的患者，不解地瞪大眼睛，又扭脸看了眼站在一边的余静，这才说道：“哎，23号床，该输液了！”

不知为什么，姚远突然平静下来。余静帮助小护士给他扎针输液。

针扎上了，小护士看了眼姚远，而后离开了病房。临走时，小护士叮嘱余静：“病人现在最重要的是稳定情绪，注意休息。你们家属尽量不要打扰他，更不能惹他生气，不然对他恢复身体不利。”

余静点了点头。

小护士走出病房后，姚远像服了镇静剂似的，变得很是安静。不过他一直呆呆地望着窗外的天空出神。已经是深秋，天是那么高远，云是那样淡薄，尽管这是繁华热闹的广州，但是住在这幢二十多层高的病房楼里，就像住在空中一样安静，丝毫感受不到外界的喧哗与骚动。

看姚远安静下来，余静从床头柜上的塑料袋里拿了一个橘子，灵巧地剥开外皮，一瓣一瓣地送到姚远的嘴边。

3

姚远的伤主要集中在右腿。根据主治医生的说法，姚远命大，从一百多米高的海印桥上跳下来，居然没有把命丢了，硬是挺了过来，这简直是个奇迹。不过他的腿伤得比较严重，说轻了叫骨折，说得严重点，那差不多就是一条断腿。不是抢救及时，他的一条腿就废掉了，好在医院的医生技术精湛，医疗条件也好，经过手术，他的腿保住了，不过需要较长一段时间的住院治疗。现在这条腿经过手术已经被接好，至于将来能不能完全恢复正常，那就要看后期的治疗情况。目前的关键问题是，病人要积极配合医生治疗，除去药物外，还要进行一段时间的理疗。

大概是心理原因，起初，姚远并不是很配合医生的治疗，他总觉得自己走到今天这一步，已经没有活下去的必要，干脆死掉算了。他常说，我是欠账的人，即使你把我的腿治好又能怎样，我不还是一个欠账者？我不还要被他们围追堵截，四处追踪威逼？面对那些讨债者我该怎么办？因此，一开始姚远治疗的积极性并不高，给人一副不情愿的表情，像是在和谁闹情绪，又像是在和谁赌气。后来，如果不是余静在一旁苦口婆心地劝说，说不定他又一次走上了绝路。他曾听人说过，就在他住进这家医院的前两天，一个重症患者，因为无法忍受病痛的折磨，趁人不备，悄悄爬上病房外边的阳台，身体向外一翻，从十五层摔了下去，当时就没命了。还有一个肝癌患者，被医生确诊为晚期，由于忍受不了心理和病痛的双重折磨，感到活着无望，不如干脆一死了之，于是就从病房楼上跳了下去……自己是死过一次的人，是不怕死的，有那么几次，他的脑子里产生了轻生的念头。如果不是腿脚不灵便，说不定他也步了那两个患者的后尘。

“我是没脸活下去了！”望着头顶的天花板，姚远喃喃说道。

“又说胡话呢，有你这么当男人的吗？不就是欠人家点钱吗，至于让你这样灰心丧气地说浑话吗？”每次看着姚远躺在那里，说这些话时，余静都堵了回去，“好了，什么都不要想，好好养你的伤，一切都会过去的，所有的事情等你腿好之后再说！”

为了缓解姚远的心理压力，余静除了安慰他，精心护理外，还给他看娱乐节目，给他买来一些轻松幽默的书报杂志，《故事会》《广州日报》《南方都市报》《舞台与银幕》《广州文摘报》等。为了让姚远开心，余静还给他讲他们在梅海技校上学的情景，两个人谈恋爱的事情，以及不知道从哪里听到的一些老同学之间的逸闻趣事。说到开心处，姚远总会咧开嘴巴大笑。随着心情变好，他轻生的念头也变得如天上的白云那样淡了。看着姚远的心情慢慢好转起来，余静悬着的一颗心也放了下来，脸上也出现了笑容，心情像窗外的蓝天那样，变得豁然开朗起来。

老家的姐姐不知从哪里得到消息，听说弟弟出了事，万般无奈中跳了珠江，她不由大吃一惊，怎么会这样，远啊，你怎么会这样呢？姐姐嘴里念叨着弟弟的名字，心里乱成了一团麻。担心之余，想到在这个世界上，如今弟弟只剩下她这么一个亲人时，姐姐立马决定去广州照看弟弟。她草草安置好家里的事情，匆匆忙忙地乘火车赶了过来。

"远——这究竟是咋回事啊！你咋会这样呢？"来到南方医院，当姐姐推开病房门，第一眼看见躺在病床上的弟弟，眼泪就"唰唰"地下来了。紧接着，她上一眼下一眼地打量着弟弟，尤其是看见弟弟那条打了石膏缠着绷带的伤腿时，她感到无比揪心，怎么也想不到他会变成现在这个样子。姐姐更没有想到，一直在电话里说自己在广州发展得不错、生活得不错的弟弟，一转眼怎么会走到今天这一步。她抚摸着弟弟受伤的右腿，心疼得就像自己摔伤了似的，禁不住哭出声来。

看到姐姐的那一瞬，又听了姐姐的这些让人心疼的话，姚远一时不知道该怎么回答，他半折起身子，动情地看着姐姐，眼里很快蒙上了一层泪光。

“你说你傻不傻，不就是欠了人家一点账吗，怎么就至于走上绝路？再说遇上这金融危机的大事件，又岂是你一个人能左右得了的？看看你做的这些傻事，哪像个大男人？简直跟个小孩子似的。你这样做，不是在拿自己的生命开玩笑吗？”姐姐弄清了事情原委，坐在床边不住地抹着眼泪。

“姐，你什么都不要说了，这一切全都怪我，怪我当初不该麻痹大意，结果走到今天这一步……”别看姐姐文化水平不高，可讲起大道理来一套一套的。听了姐姐的话，姚远羞愧地低下头，悔恨自己心胸过于狭窄，不该走上绝路，让姐姐跟着担惊受怕。

“好了，远——你现在啥都不要说，好好养伤，一切等好了之后再说。”看到弟弟懊悔的样子，姐姐急忙安慰道。

父母都不在了，现在只有姐弟两个是这个世界上最亲的人了，从见面的那一刻起，姐弟两个就抱着头哭了个昏天黑地，悲恸欲绝的场面，让人为之动容。哭过之后，姐弟两个这才开始叙说起话来。

“姐，这是余静。”姚远擦了把泪，指着余静介绍道。

“余静?”姐姐没见过余静，更没有听说过余静的名字，所以听了弟弟的介绍，一下子愣在那里。后来，当她得知余静和弟弟的关系后，便细细打量起余静来。她一眼就认定，这是一个贤淑的女人，与弟弟的前妻相比，真是天壤之别。当听说弟弟和余静从读技校时就开始谈恋爱，后来由于种种原因未能走在一起，现在终于如愿时，姐姐不由埋怨起弟弟。

“你呀，姚远，啥事都憋在心里，捂得死死的，这么大的事都瞒着我们，我如果早知道你们俩有这样的过去，说啥也不会让你和那个恶毒女人结婚!”说着，姐姐拉住余静的手夸赞道，“多好的妹子！让人看着都喜欢!”看姚远和余静都低下头有些不好意思起来，姐姐这才意识到自己的话说得有点多了，赶忙拿过带来的香蕉，掰下一根递给余静。余静接过后并没有吃，而是放在了床头柜上。

看余静说话举止如此文雅，拿她和姚远的前妻一比，姐姐不由又叹起气来。其实弟弟的前妻现在过得怎样，她不太清楚，只听说又嫁了人。总之弟弟说什么也不能再和那个女人一起生活了，要找就找像余静这样的贤淑女人，只有这样，弟弟的日子才能过得安稳、幸福。

听姚远的姐姐如此夸奖自己，余静低下头，脸上飞出两片红霞，有些不好意思起来。

一个是自己的姐姐，一个是自己相恋多年的女友，她们都是自己最亲近的女人，自己还有什么理由不好好治疗呢？感受着两个女人无微不至的照料，姚远的心情变得轻松愉快起来。那一刻，他感到自己是世界上最幸福的人。

已是深秋，此时广州还是二十多摄氏度的气温，透着阵阵暖意。这段时间，病房里充满了欢声笑语，不定哪个说了句开心的话，就会让他们同时笑起来。

相聚的时光是美好的。然而姐姐的眉头很快便紧锁起来。两个孩子在外边上学，丈夫在外地打工，只有她一个人在家，庄稼活、家务活，一件件都摆在那里，需要她去料理，自己又怎能长时间待在这里？看到弟弟有余静在身边照顾，又看弟弟的身体恢复得一天比一天好，这里已经不需要自己，惦记着家里事情的姐姐，便开始叹起气来，什么家里的牲口不能老让邻居帮忙喂了，什么种的麦子出得不全了，需要回去赶紧补种一下等。姚远和余静早已听出姐姐说这些话的意思，知道她不愿再在这里多待，于是就催促她回去。

在广州待了一个多星期后，姐姐回去了。临走时，她给弟弟留下了东拼西凑来的五千块钱，叮嘱弟弟道：“只管花，不够，我回去再想其他办法。”

其实姐姐根本不用操心姚远的医疗费，余静来时带了五千，怕不够，又让父母打了三万，现在又有姐姐留下的五千，问题应该不大了。

姐姐走的那天，姚远不能去车站送她，只好让余静代劳。坐在去往火车站的出租车上，两个女人说了一路悄悄话。她们的目的只有一个，就是要让姚远好好养身体。

两个女人的意见达成了统一，姐姐这才放心登上北去的火车。

## 4

在余静的精心护理下，姚远的身体恢复得很快。一个月过后，他就可以在余静的搀扶下下床，用手握住装在墙壁上的扶手，在病房外的走廊里活动。这时，他除了药物治疗外，每天还要定时到理疗室做一次护理。

理疗室在十二楼，姚远每次做理疗，都由余静陪同。先坐电梯下到十二楼，出电梯拐两个弯，前行一百米，就到了。理疗室不大，里边有五台理疗仪器，也就是说，每次只能进去五个人做理疗，不能进去的只好坐在外边等候。根据情况不同，有的做一次需要十多分钟，有的需要二十多分钟，还有个别的需要半个小时以上。没有轮上时，姚远只能坐在理疗室外边的休息椅上等候。

由于来做理疗的患者较多，差不多每次都要在理疗室外等上半个多小时。看着患者做理疗时，疼得满头大汗，姚远心里有种说不出的恐惧。漫长的等待很是无聊，这时姚远便会观察那些患者的年龄和身份。他发现，这些患者大多都是成年人，年龄最小的十五六岁，年龄最大的六七十岁，他们来自全国各地，操着不同地区的方言，即使有些患者说的是普通话，但不管怎么拿腔捏调，话里都会带有家乡口音。姚远不由感叹起来，广州就是大，外来的人员多而杂，要不然自己怎么会听到各种不同的口音？有时候他也会在心里说，医院真是一个奇妙的地方，这些来自不同地方的患者，聚集在一起，共同忍受着病痛的折磨，他们苦中作乐，久而久之，就会成为朋友，这不也是一种缘分吗？每次理疗，加上等待时间，差不多需要近一个小时，经过这么长时间的折腾，回到病房时，姚远已累得气喘吁吁。

也许是经历的事情太多了，姚远的思想变得复杂起来。刚开始时，每次做完理疗回来，躺在病床上，他的脑海里不时会闪现理疗的情景，就像过电影似的。不过，随着身体的不断恢复，他脑子里想得最多的是，自己今后的路该怎么走？关于这个问题，他已经在脑子里考虑了很久，可依然没有一个完整的答案，他感到一片迷惘。也因此，每当他躺在那里，眼睛望着窗外出神时，余静就知道他又在思考自己的将来了。为了不让姚远焦虑，她就坐在床边，说些开心的事，以此来打消他的低沉情绪。余静知道，现在姚远的心理负担很重，这对他的身体恢复极为不利。眼下，最重要的是让他放下思想包袱，调整好心态，积极配合治疗，好好养伤，至于其他事情，还是等出院后再做打算吧。

可姚远却不这么想。人无远虑，必有近忧。他现在思考得最多的是，自己养好身体后干什么，是继续留在广州寻找机会，还是回内地，找个事做，安安稳稳过一辈子？姚远不是没有想过回内地，可自己回去干什么？就这么碌碌无为地过一辈子吗？当初自己带着雄心壮志来到广州，本希望干出一番轰轰烈烈的事业，实现自己的人生理想，可是万万没有想到，出来闯荡这么久，非但一事无成，反而闹了个身败名裂的下场，这不是画虎不成反类犬吗？来时豪情万丈，现在就这么灰溜溜地回去？想想就让人沮丧。可是如果不回去，留在广州干什么，继续东躲西藏，过那种人不人鬼不鬼的日子？姚远躺在病床上想了无数遍，直到把脑袋都想疼了，也没有想出一个满意的答案。

“唉——”姚远望着天花板长长地叹了口气。

“姚远，你是不是又在想什么事？”看着姚远唉声叹气的样子，余静知道他又在想那些不开心的事情，于是急忙劝道，“你不要想那么多好不好？现在重要的是养身体，等身体恢复后，再做其他打算也不迟！”

“你不明白啊！”姚远看着心爱的女人，眼睛闭上后又急忙睁开，长叹一声，“这个问题不解决，我怎么能放得下心？”

“可你现在想这些有什么用?”看姚远睁大眼睛一副迷惘的样子，余静只好安慰他，“好了好了，你别再想这些不开心的事情，还是先安心把身体养好吧。”

“唉，你说我今后该怎么办啊?”

“还能怎么办?慢慢来呗!”余静从床头柜上拿过一个又大又红的苹果，削好送到姚远的嘴边，“来，吃点水果，凡事别往心里去，天无绝人之路，相信一切都会好起来的。”

“唉，”姚远咬了一口苹果，咀嚼一番咽了下去，接着又无奈地叹了口气，“一切都先等等再说吧，看来也只能这个样子了。”

伤筋动骨一百天，何况伤的是一条腿呢?按照主治医生的说法，像姚远这种伤势，不要说一百天，就是半年怕也不能恢复正常，要想一条断了的腿恢复如初，至少需要半年甚至更长时间。听了这话，姚远的眼睛一下子暗淡下来。他怎么也想不到，那一跳，竟会酿成如此严重的后果，就这么在医院住下去，何时才是个头?不行!无论如何，我要尽快出院，我不能就这么一直躺下去。我是堂堂的男子汉大丈夫，怎能躺在这里吃软饭，不然这成什么了?三个月后，我一定要出院。

既然求死不成，那就只有好好活下去。现在姚远的心里只有两个字：挣钱!

可是挣钱，谈何容易？一无存款，二无工作，自己靠什么挣钱？何况现在自己还在医院里住着。

“看看你又来了，我说过不让你想这些烦心事，你偏偏往这方面想，到底怎么回事？”余静看出姚远的心思，埋怨道，“挣钱的事以后再说。你现在什么都不要想，安心养伤。等你养好身体，将来挣钱的机会多得是，你现在又何必如此着急，想这些不切合实际的事情？相信办法会有的，面包会有的，你就安心养伤吧，至于将来的事情，等你身体好了再考虑也不晚。”

大概是精神受了刺激，无论余静怎么劝说，都丝毫消除不了姚远心里的烦闷和焦虑。大难不死，劫后余生，本该庆幸才是，可他整天皱着眉头，觉得自己现在就是一具行尸走肉。整天躺在医院里什么都干不了，这与死又有什么区别？这不是白白浪费时间吗？姚远躺在病床上翻来覆去地想，这怎么能行？这怎么能行？既然不能痛痛快快地死，那就好好活下去吧，可是接下来我该怎么活呢？

余静像个尽职尽责的妻子，除了每天一日三次按时按点给他打饭，还给他洗脸、洗头、擦洗身子、泡脚，甚至连牙膏，她都提前帮他挤好。她越是这样做，姚远心里的愧疚就越深，两个人还没有结婚呢。

“余静，你不要忙了，休息一下吧！”看余静一会儿忙这一会儿忙那，姚远伸手拍了拍床边，示意她过来歇息一下，余静笑着拒绝了。

“我不累，姚远，你不用管我，累了我自然会休息的。”余静冲他莞尔一笑，又忙碌起来。

多好的女人啊！姚远感叹道，这才是我要找的女人啊！有了余静这么善良贤惠的女人，这辈子我还有什么不满足的呢？什么都不要想了，好好珍惜吧，千万不要伤了她的心。经历了这次生死之后，他想了很多，也明白了很多。凡事都得有个计划，一步步地来，走稳走准，一切都会好起来的。

看到姚远脸上慢慢绽开了笑容，余静的心里也感到很欣慰。乌云过后是晴天，不经历风雨怎能见彩虹？姚远，你终于挺过来了，自己的心血没有白费。如果他继续消沉下去，自己该怎么办？不过有一点她坚信，姚远是自己的初恋，为了他，自己不顾一切地离了婚，为了什么？还不是有心和他在一起，过那种快乐永久的幸福生活吗？他在人生前进的路途中遇到了挫折，在这个关键时刻，自己怎能袖手不管？那样做自己成了什么人？再说自己也不是那种无情无义的势利女人，越是在这种时刻，自己越要多付出一些，给他信心和力量，让他受伤的心灵得到抚慰，激励斗志，尽快振作起来！姚远终于挺了过来，这比什么事情都好。余静特别高兴，她一直在幻想着、期待着，早日看到姚远东山再起，开创属于自己的一切！

我不能辜负余静对我的希望！如此美丽善良的女人，为了自己甘愿献出一切，实在太让人感动了。如今姚远变得异常冷静，只要一有时间，他就在心里琢磨，出院后自己该怎么做，才能尽快实现自己的人生理想。同时他也一直在期待着、寻找着，希望能早日寻找到这种机会……

# 第二章　医院相遇

## 1

理疗室外，坐满了等候理疗的患者。是的，医院的病人那么多，需要做理疗的患者自然不少。患者多，理疗设备有限，为了不让患者扎堆，医院给他们编了号，按号去做理疗。

又过了段时间，姚远勉强可以下床走路了，于是他就可以去排队做理疗了。

等待是件痛苦的事情，既不能远去，又不能离开，只能坐在理疗室外的休息椅上干等着。在等待的过程中，只要没有其他事情，姚远就会在余静的陪伴下静静地坐在那里闭目养神。

这天上午，姚远像往常一样坐在理疗室外等候理疗。过了一会儿，从理疗室里慢腾腾地走出一个老头儿。

老头儿的编号是0168，姚远的编号是0169，两个人的编号连在一起。每次都是老头儿进去做理疗，姚远在外面等。老头儿做完理疗出来，姚远再进去。因此，他和老头儿已经照过几次面了，只不过每次照面，姚远都没有认真观察过他。想想也是，自己心情不好，哪有闲心去注意别人？很多时候，他都是静静地坐在那里等老头儿出来，自己再进去接受理疗。只是这一次，姚远注意到老头儿出了理疗室后，由一个年轻女孩儿搀扶着。当他经过姚远身边时，姚远不由多看了他一眼。老头儿六十来岁，身材瘦小，面色灰黑，骸骨较大，嘴巴前伸，典型的南方人长相，稀疏的头发向后梳着，看上去精神不错。姚远这次之所以注意他，除了老头儿长相特别之外，还有他身边那个个子高挑、长相漂亮的年轻女孩儿。女孩儿看上去也就二十岁出头，身材婀娜多姿，脸蛋白里透红，一双杏核大的眼睛水汪汪的，透出一种说不出的清爽，脑后梳了条马尾，上边一件紧身衣，下边一条质地良好的鼠灰色裙裤，虽不怎么时尚新潮，但把女孩儿的心性和品位全都衬托出来。

女孩儿是老头儿的什么人？姚远心想，女儿吗？不对，他们两个的长相毫无相似之处。以老头儿的年龄，几乎可以当女孩儿的爷爷了，他们怎么可能是父女呢？难道是他的妻子？更不对，老头儿不可能有这么年轻漂亮的妻子，虽然在南方，老夫少妻的现象有很多，但是从两人那若即若离的举止上，也看不出他们是夫妻关系。既然不是女儿又不是妻子，很有可能是老头儿的情人。

想到情人，姚远心里不由“咯噔”一下。是呀，在南方这种经济发达、思想特别开放的地方，不可思议的事情简直太多了，有什么不可能？一切皆有可能！这么一想，姚远心里又愤愤不平起来，这么漂亮的女孩儿为什么要当老头儿的情人？莫非里边有什么隐情？要说这老头儿也是，那么大的岁数了，干吗找个这么年轻漂亮的情人？暴殄天物！真是老牛吃嫩草，天理难容啊。姚远又不由多看了老头儿两眼。老头儿应该是腿部受了伤，走路时一颠一颠的，如果不认真看，根本看不出。在姚远看来，南方人个个都是要钱不要命的家伙，凡事都讲究效率，在他们眼里，时间就是金钱，如果不是身体出了大毛病，他们一般是不会在这里耽误时间的。

就在姚远打量老头儿的时候，老头儿也眯起一双小眼睛看起了姚远。他发现姚远和自己一样，穿着医院发的病号服，竖条纹，蓝白相间，上边印着南方医院的标识。只不过，陪伴在姚远身边的不是年轻女孩儿，而是一个长相漂亮的少妇。这女人鬓发如云，长发如瀑，鹅蛋脸，双眼皮，杏核眼，皮肤白皙，身材高挑，腰肢纤细，长相俊俏，浑身上下透出一种成熟女人的魅力，是那种看一眼就会让人难忘的女人。就是因为这个漂亮女人，老头儿不由得多看了姚远一眼。姚远忽然感觉到老头儿的身份很不平凡，不然他不会那么颐指气使的，看人的目光也不会那么居高临下，高傲得不可一世，当然他身边也不会有这么一个漂亮可人的年轻女孩儿。除此之外，还有老头儿身上透出的那种不同凡响的气势，加上左手食指上那颗大如鸽子蛋的钻戒，在明亮的灯光下闪着蓝幽幽的光。当老头儿被年轻女孩儿搀扶着，离开理疗室时，姚远无意中听到老头儿和女孩儿的对话，更加证明了自己的判断。

“晁总，你现在要不要回病房？”

“不要！我回那里干什么？我才不想回到那个监狱似的病房呢。”老头儿白了女孩儿一眼，“我现在只想到楼下走一走。小刘，你搀我一下！”

“晁总，那可是高干病房呀！”被唤作小刘的女孩儿不解地问，“你怎么把它说成了监狱？”

“我说它是监狱就是监狱，什么高干病房？天天一个人待在里面，都快把人给闷死了噢。”老头儿绷着脸生气地说，“住在里面，时间一久，没病也会把人给捂出病来。”

“那，要不要给小胡打个电话，要他开上车拉你到外边转转？”

“小胡？”老头儿斜了小刘一眼，鼻子里哼出一句不满的话，“还是让他歇工吧！哼，我可不想再让他拉着我，担惊受怕的。我现在哪里都不想去，我只想到楼下走一走，透透气，放松一下！”

女孩儿不再说话，搀着老头儿，一步一步向外走去。

老头儿说话的声音虽然不大，却透着一种威严，就像他走路的姿势，硬撅撅的，一副凛然不可侵犯的样子。而那个搀着他的女孩儿，则谨小慎微，显得拘束多了。

这个人不一般，我要对他多留点心。躺在理疗椅上，戴上理疗器，按下电钮，机器开动，理疗开始。理疗椅上的气囊充满了气，像一只有力的手臂，上上下下，左左右右，回环往复地不断地刺激着姚远腿上的穴位……做理疗的过程中，姚远有意地向护士打听起来。

“护士，刚才做理疗的老头儿是干什么的呀？”

“哦，你是说刚才那位老人呀！”小护士脸上绽出微笑，“他是个老华侨，出了车祸。”说到这里，她向外面张望一下。

“他伤到哪里了？”姚远眯缝起眼睛，“你知道他什么时候出院吗？”

“他腿受了伤，已经住了好几个月了，现在恢复得差不多了。至于什么时候出院，我可就不清楚了！”小护士轻轻地笑起来，“按说像他这样的患者，如果换成别人，早就出院了，可他一直住着不出院，也不晓得是怎么回事。”

“那是为什么？难道是在等待交通事故的处理结果吗？”

“他呀，根本不需要等待交通事故的处理结果。”小护士笑着说道，“是他自己的车出了车祸，你说他能指望哪个来赔偿他的医疗费用?”

“哎——那就怪了，既然是自己的车出的事，伤势又不严重，那干吗一直耗在这里不出院?是想小病大养，还是想在这里干什么?”

“你是外地来的吧，可能不太了解这里的情况。”小护士笑着看了看姚远，便把自己知道的一些有关老头儿的情况，告诉给姚远，“听说这老头儿是个大老板，开了几家工厂，手里很有钱。不过南方人都这样，他们非常看重自己的身体，只要身上有了病，那肯定是要认真对待的。这大概就是南方人的性格，更何况像老华侨这种有身份的人，怎么可能轻易出院呢?只要身体一天不恢复，他就会一直在医院里住下去，直到完全康复为止。”

“噢，原来是这样!”听了小护士的一番话，姚远不由叹了口气，“人有钱和没钱就是不一样，这年头，有钱的小病大养，没钱的连病也生不起。不然，连药钱都掏不出来。”

“大哥，话可不能这么讲，有钱看病，没钱也得看病啊。”小护士不时观察仪器上的指示灯，看是否正常运转，“没听人家说嘛，身体是革命的本钱，本钱都没了，还怎么去挣钱?”

“你说得对。”姚远苦笑着点了点头。

医院规定，病人做理疗时，家属是不能进去的。余静只好在理疗室外等候。坐在理疗室外的休息椅上，透过理疗室的透明玻璃，余静看到姚远正和护士谈论着，她不知道他们在说什么。当她看见姚远脸上露出苦笑时，她意识到做理疗的护士说到了姚远的痛处，因此她盼望姚远赶快做完理疗出来。此时姚远躺在理疗椅上，根本不知道余静正看着自己。在护士的动作下姚远苦着脸，仿佛正遭受着人间最大的痛苦，余静的心里也不由得跟着难受起来。

## 2

老头儿不近人情，冷冰得像个冷血动物。当后来姚远去做理疗时，再次和老头儿相遇，本想和他说句话的，可是看他始终板着脸，一副冷冰冰的样子，他立刻打消了这个念头。老头儿高傲地昂着脸，根本不看任何人，从理疗室里一出来，就让漂亮女孩儿搀着，离开了。看到这里，姚远心里升起一丝失落，这个老头儿高傲得很啊，根本不想和他人接触，简直就是一个目空一切的家伙，而自己却还想接近他、结识他，真是热脸贴了冷屁股，这不是自讨没趣吗？

唉，南方人都这样。姚远在心里叹了口气，他们不主动接近别人，也不想让别人接近自己，时常与他人保持着一定的距离，生怕被人骗了似的，一副拒人于千里之外的样子，这大概就是他们的处世原则吧！更何况自己和他素不相识，仅仅住在同一家医院而已，平时两人又没有交际，他怎么可能理会自己呢？罢罢罢，既然如此，我又何必去巴结他呢？还是保持自尊的好，免得让他小瞧了。这么一想，姚远便改变了对老头儿的态度，开始有意无意地和他疏远起来。

时间就这么平静地过去了。

几天后，当姚远又去做理疗时，不知为什么，老头儿刚走出理疗室的门，脚下突然一滑，一个趔趄险些摔倒，恰好此时姚远走到他身边，他下意识地伸手扶了一下。老头儿没有摔倒，可是姚远的身体却失去了平衡，“咕咚”一声摔倒在了地上。尽管紧跟在后边的余静急忙把他搀了起来，但姚远还是“哎呀”一声，发出了疼痛的呻吟。

“怎么样小伙子，摔得严重吗？疼不疼啊？”已经站稳了的老头儿关切地看着姚远问道，“谢谢你，小伙子，为了帮我，你却摔倒了。你摔到哪里了？感觉怎么样？严重吗？”

“没……没事儿，没事儿！”姚远冲老头儿摆摆手，脸上痛苦地抽搐一下。

“要不——让小刘陪你去检查一下吧！”说着，老头儿指了指身边的女孩儿。

“不……不用。我只是轻轻地摔了一下，没有那么严重。”姚远再次冲老头儿摇摇手，习惯性地拍了下屁股，故作轻松地说，“我年轻，摔一下不要紧的。”说着一瘸一拐地进了理疗室。

老头儿望着姚远的背影，不由连连点头，称赞道：“嗯，好人，好人！唉，不过在现今这个一切都向钱看的社会，人人都变得自私起来，哪里还去帮助别人，可这个小伙子就不一样，可惜现在像他这样的年轻人不多了。他不顾自己的身体去帮助别人，这是一种什么品质呢？”老头儿用手挠了挠脑袋，一时想不出来，他透过理疗室的透明玻璃看到姚远已经坐在理疗椅上开始做理疗了，于是对一直站在门外等候的余静热情地问道：“你好，请问你是他什么人？”

“我？”余静看了眼老头儿，一时不明白他话里的意思，略微迟疑一下，答道，“他是我丈夫。”

“你丈夫怎么了，伤在哪里？”

“他，他是右腿骨折……”

“怎么受的伤，车祸还是工伤？”

“都不是，是他自己摔的。”

“自己摔的？”老头儿不由瞪大了眼睛。

“嗯！”余静低下了头。

“来，闺女，咱们坐下说。”老头儿在年轻女孩儿的搀扶下，来到旁边的休息椅上坐下来，同时招呼着仍然站在那里的余静，“我也是腿受伤了，我和你丈夫现在是同病相怜，也许这就是缘分。我对你刚才说的话，感到很奇怪，你能不能告诉我，你丈夫的腿是怎么受的伤?”

“这……”余静看了眼老头儿和他身边的女孩儿，又抬眼看了看理疗室里正在做理疗的姚远。她知道一次理疗需要二十多分钟，现在还有时间，看这老头儿也不像什么坏人，余静犹豫着在老头儿的旁边坐了下来。

“怎么样？现在可以告诉我了吧，你丈夫的腿是怎么受的伤?”

“这……这个……”余静不会说谎，心里没有那么多弯弯绕绕，听老头儿这么一问，有心不告诉他，可一想到姚远的近况，给老头儿说说又有何妨？于是这才叹着气，把姚远受伤的原委讲了一遍。

“什么?”老头不由得再次瞪大了眼睛，“噢、噢、噢……原来是这么回事!”

老头儿听着，还不时抬起头看看理疗室里的姚远，仿佛在求证什么。余静讲完了，老头儿低着头想了一会儿，安慰道：“咳，不奇怪不奇怪，现在社会上这种事情很多，做生意赔钱，开公司破产，这种事每天都在上演。在广州，遇到这种事，不是偷偷去了国外，就是躲到外地，是根本不可能让债主找到的，像你丈夫这种被逼到跳江的也不是没有，但不多。不过从这件事情上可以看出，你丈夫是个有血性的汉子，是个有情有义、敢作敢当的男子汉，只是他这种做法不可取！唉，到底是年轻呀！遇到事情想不开，往绝路上走，太不该，太不该噢！”老头儿仰起脸长叹一声，接着说，“想当年，我也干过这样的傻事，只是后来我认识到这样做实在太愚蠢喽。中国有句老话说，从哪里跌倒，再从哪里爬起来！好在没有酿成什么严重后果，算是不幸中的万幸。这样吧，请你转告你丈夫，我想和他聊一聊。我看你丈夫人不错，有心帮他一把，让他重新站起来。”

“真……真的吗？”余静不相信地看着老头儿。

“真的，我说的是真的！”老头儿笑眯眯地看着余静。

“好的好的，我一定把你的意思转告给他。”余静连声说道，“谢谢，谢谢！”她本想再多说些什么，但老头儿抬起左手腕，看了看那块价格不菲的劳力士手表，歉意地说道：“不好意思，我先回病房安排个事情，以后我们再谈。”说着，在漂亮女孩儿的搀扶下站起来，一颠一颠地走远了。

## 3

“什么，他说要找我聊聊？”

“是的。他亲口告诉我的。”

回病房的路上，听到余静说老头儿想找他聊聊，姚远简直不敢相信自己的耳朵，老头儿要找自己聊聊，而且还说要帮自己一把，这让姚远的心情一下子变得开朗起来。他没想到自己的一个无意之举，却让老头儿做出这个决定，不由得感慨道，南方人还是不错的，并不像别人说的那样冷酷无情。起码老头儿不是个冷血动物。看来自己真该和他好好聊聊，说不定他还真能帮自己一把呢！

此后几天，姚远一直在等待着。他已经打听过了，老头儿住在十二楼的高干病房。身边除了那个年轻漂亮的女孩儿陪护外，再也没有其他人了。老头儿看上去好像很忙，不是打电话安排事情，就是接电话了解情况。一有空闲，他就会叫年轻女孩儿搀扶着来到住院部楼下，围着大花坛转一转，转累了就在旁边的休息椅上小憩一会儿，或者站在喷泉池旁发上一会儿呆。

这是一个天气晴朗的上午，阳光明媚，和风拂面，整座医院沉浸在一片温馨而又和谐的气氛之中。老头儿刚刚做完理疗，他面带微笑地走到姚远身前，说道："你好，小伙子，理疗完后有什么事情吗？"

"噢，没有，没有什么事，老先生！"

"今天天气不错，如果没有其他事，做完理疗后，请到十二楼的八号病房，我想和你聊聊！"

"好的，老先生，做完理疗后我就去你那里。"

看着老头儿在女孩儿的搀扶下走远了，姚远这才进了理疗室。

老头儿的高干病房像高级宾馆的豪华客房一样，房间不仅大，而且有个套间，卫生间、洗澡间一应俱全。病房内设施完备，台灯、衣架、水晶吊灯、弹性适中而又素雅大方的布艺沙发、玻璃茶几、原木板台、液晶电视、固定电话，还有台式电脑，窗户上挂着米黄色带窗纱的窗帘，靠墙角的角柜上放着一大束红色的康乃馨，整个房间布置得整洁雅致而又温馨。

姚远在余静的搀扶下，来到位于十二楼的八号高干病房，敲开门，不由得愣住了，他没想到老头的高干病房如此豪华。

老头儿没有穿病号服，而是穿了双松软的灰色轻便布鞋，一件大花格子衬衣塞在白色吊带裤里。此时他正坐在板台后面，神情专注地看着一份报表。看见姚远，他急忙放下手中的报表，热情地迎过来拉住姚远的手，让他坐在沙发上。寒暄过后，他让漂亮女孩儿准备水果，而自己则坐在沙发上，兴致勃勃地取过茶几上的一套镶着金边的洁白的景德镇茶具，摆开四个茶碗，按开电炉，烧了壶水，接着又从茶几下取出一盒包装精美的铁观音。经过冲、洗、泡等程序，一招一式，一壶上好的铁观音茶泡好了。

花香阵阵，茶香袅袅，在这样恬静的气氛中，老头儿和姚远交谈起来。

“年轻人，听你太太说，你的腿摔伤了，怎么样，严重吗？现在怎样？”

“当时挺严重的，经过一段时间的治疗，现在已经好多了。”

“只要恢复得好就行。”老头儿端起小茶碗，做出个邀请的动作，接着问道，“你是因为欠下外债，被逼无奈才走的这一步？”

“是的……”姚远有点不好意思，他转过脸看了眼余静，心里有些不快，埋怨她不该告诉老头儿。

“这有什么不好意思的？没关系的，没关系的，小伙子，谁都有做傻事的时候嘛。”老头儿笑着安慰道，“我年轻的时候也这样做过，不过我后来想开了，这才振作起来。如今，我已在大陆开办了几家厂子，经过多年打拼，这才有了今天的一切。”

“哦——这么说，老先生也有过这样的经历？”听了老头儿的话，姚远吃惊地望着老头儿。

“人生几十年，谁会不经历些起起伏伏？”老头儿看了眼姚远，端起茶杯抿了一小口，用探询的口气问道，“小伙子，你知道张子弥吗？”看姚远茫然地摇了摇头，老头儿向后一仰，身体靠在沙发上，眼睛望着天花板，感慨地说道，“张子弥可不是个一般人物啊！”看姚远一脸不解地望着自己，老头儿恢复坐姿后接着说道，“要了解张子弥这个人，就要从中国改革开放的政策说起。中国的改革开放是从 1978 年开始的，而张子弥就是第一个在东莞办企业的香港人。你知道当时的情况吗？那时候在大陆经商办企业的人少得很哟，张子弥就是第一个。1978 年，因为人工成本飞涨，张子弥的手袋公司面临破产。这年夏天，他来到东莞虎门镇，与太平服装厂合作，并在东莞二轻局的支持下，在当地租用 100 多平方米的楼房，创办了太平手袋厂。那个时候我还在新加坡呢，张子弥的成功，激起了我来东莞创业的雄心。我那时刚三十岁，年轻气盛，凭着一腔热情，带着借来的资金来到东莞。那时候我根本没有想过自己会失败，可结果我赔得一塌糊涂，还欠下一屁股外债，真是没脸见人了。那天晚上，我独自站在珠江边上，思前想后，实在没有办法，我只好选择了跳江自杀。”

“啊？跳江自杀？”姚远瞪大了双眼，“那后来呢？”

老头儿喝了口茶，陷入对往事的回忆之中：“幸运的是我没有死，我被一个渔夫给救了起来。渔夫把我带到他家里换了身干净衣服，还给我做了顿吃的，末了劝我说，一个人不要动不动就自杀，自杀的人是最愚蠢的、没本事的，有本事的人只会从失败中站起来，继续拼搏，怎么能轻易这样去死呢？你还年轻，小伙子，以后的路还很长，所以振作起来，好好干一番事业，这才像个男子汉嘛！渔夫唤醒了我。自那以后，我从零开始，一步一步走了过来，这才有了今天的新天地公司。”说到这里，老头儿不由感慨道，“时间过得可真够快的！三十年的时间，一眨眼的工夫就过去了！”

“那个救你的渔夫现在怎样了，你们还有联系吗？”

“可惜呀。”老头儿感叹道，“好人不长寿。当年那个救我的渔夫，早在十五年前就因患癌症去世了。渔夫有两个孩子，一个儿子，一个女儿，可是都有病，生活不能自理，前年渔夫的儿子也死了。他女儿嫁了个不成器的男人，吃喝嫖赌，无恶不作，念及渔夫对我有恩，我没少帮他，还把他安排到我的厂子里工作，可他不思进取，后来我给了他一笔钱让他离开了，此后就再也没理他！”

“哦，想不到渔夫家的情况会是这样。”

“谁说不是呢。”老头长叹一声道，“我也算是对得起他了，该给的我给了，该帮的我帮了，可是遇到这种情况我又能怎样？至少在良心上我不亏欠他们一家。”

“老先生真是重情重义，让人敬佩！可是老先生，你怎么会到这里呢？”姚远不解地问道，“老先生，你的腿是怎么回事？”

“噢，你是问这个呀。”老头儿脸一凛，不自然地回答道，“从东莞到深圳，我在大陆办了几个厂子，如果不是遇上这场该死的金融危机，我也不会来到这里。”

“老先生，能不能告诉我，究竟是怎么回事？”

“咳，怎么说呢？”老头儿仰起脸回忆起来，“那天晚上，如果不是为了赶时间去办一件重要事情，也就不会发生车祸，当然我也就不会住进这里。唉，现在我在这里已经住了三个多月。按说伤势已经不怎么严重，但我还要在这里住上一段时间，一来疗养，二来也是想在这里清净几天，理一理思路，看看下一步该怎么走，才能让企业渡过难关，走出困境。”

“哦，原来是这么回事！”姚远紧张的神情放松下来。从谈话中，他了解到老头儿名叫晁其昌，新加坡华侨，今年六十五岁，他看上去并不老，脸上没有皱纹，白头发也不多，精神抖擞。在大陆办企业多年，东莞和深圳都有工厂。妻子早在十几年前就过世了，儿子和女儿，一个在日本，一个在澳大利亚，都有自己的事业。两个孩子谁都不想回来继承父亲的事业，没办法，老头儿只好亲自打理。本来他的公司经营得很不错，一直比较稳定，可突然爆发了金融危机。好在老头儿做了几十年企业，打下了厚实的基础，如果不是抗风险能力强，新天地公司早就像其他企业那样倒闭了。尽管如此，新天地公司还是受到了不小的冲击。

从谈话中，老头儿知道了姚远的过去，也了解了姚远的现在。姚远在老家时，曾在国有企业的行政部门干过。后来到广州闯荡，先是在一家销售公司跑业务，接着自己开公司，干得红红火火。如果不是遇上金融危机，说不定还会越做越大，成为一个了不起的人物。可如今他却债台高筑，处于痛苦不堪之中。姚远的一系列经历引起了老头儿的兴趣，又让老头儿生出几丝同情。他想，这个年轻人品质不错，之所以走到今天这一步，完全是因为缺乏经验，否则决不会落到今天这步田地。如今他正处在人生的低谷，正是需要有人帮助的时候，如果自己伸出手帮他一把，说不定他就能咸鱼翻身，重新站起来，将来的发展不可限量。想到这里，老头儿决定帮姚远一把，于是他试探地问道：

“小伙子，今后有什么打算？”

“没……没有。”

“想不想到我的公司工作？”看到姚远摇了摇头，老头儿往前凑了凑身子，用征询的口气说道，“小伙子，我看你人不错，很想帮你一把，可是我又不知道该怎样帮你。要不这样好不好，我深圳的公司现在正缺一个人事部经理，如果你不嫌弃的话，等你出院后，就到我公司，接手这个方面的工作。至于薪酬嘛，你不用考虑，一切我自有安排，怎么样，有没有这个兴趣？”

“那当然再好不过了！”姚远简直有点不敢相信自己的耳朵，可看到老头儿一脸诚恳的样子，他又意识到这是真的，当即站起身来，感激地说道，“谢谢，谢谢晁总对我的帮助！”

“不用谢，不用谢，小伙子，应该的，应该的。”说着又把他拉坐在自己身边，安慰道，“你有这方面经验，我现在也正需要你这样的管理人员嘛!”

“那我就恭敬不如从命了。”姚远与老头儿握了握手，两人算是达成了某种协议。

# 第三章　在CNC

## 1

三个月后，姚远的腿还没有恢复利索，就急着出院了。

在老华侨的安排下，姚远来到位于深圳的新天地公司担任人事部经理。

新天地公司，全名新天地五金制造有限公司，加工生产各类五金制品，大到机械设备，小到螺丝螺母，广泛应用于飞机、轮船、手表等高精端行业中，有着良好的市场前景。过去根本不用发愁订单，而今受金融危机影响，许多企业陷入困境，新天地公司也同样遇到了这种情况。当然这种问题并非三两天所能解决的，这是大气候变化引起的并发症，像身患痼疾的重症患者那样，遇到外界的风吹草动，本就虚弱的身体就会受到重创，即便像老华侨这样有着多年经营经验的企业家也同样不能幸免。

姚远曾不止一次地听到消息说，在这场金融危机中，许多加工企业都倒闭了，余下的一些情况也好不到哪里去，订单少了，销路没了，只能苦苦支撑。当然在这种时候，幸存下来的企业又出现了新的问题。不用加班，工人拿到手的工资自然就少，大家都是出来打工的，不管来自哪里，目的都是为了挣钱。现在企业效益差，钱不好挣，他们的情绪也就出现了波动，唯恐失业，更不敢和老板对着干，他们像温驯的羔羊那样老实起来，生怕被裁员，生怕失业，更怕没活儿干。要知道过去可不是这个样子，过去那些打工仔都牛得很，动不动就抱成团来闹事，要炒鱿鱼，不是老板炒他们鱿鱼，就是他们炒老板鱿鱼，个个牛 × 哄哄的，好像自己是老板。其实说白了，还不是一帮外地来的打工仔？他们之所以如此牛气，敢和老板对着干，完全是看准了劳动力紧缺，老板有求于他们。可现在不同了，那么多的企业在风雨中飘摇，纷纷倒闭，工人失业，无活可干，这种情况下，只有回老家，过那种面朝黄土背朝天的日子，挣不到钱怎么办？所以他们现在个个像青蛙一样，老老实实地趴在那里不敢动。如今许多企业正是苦渡难关期，工人们老实了，可订单从哪里来？效益从哪里来？没有订单就没有效益，没有效益企业就无法生存。越是这种时候，越是考验企业的关键时刻，当然此时企业也越容易出问题。别的不说，单人员管理这一项就让人头疼，你要注意人员动向，你要防备工人闹事，闹不好企业就倒闭了。

别看做了多年企业，老华侨在管理方面并没有多少实质性的经验，和许多到大陆投资办厂的外资老板一样，老华侨平时只知道订单，只知道盯着效益，没怎么注意人员管理。结果工人们就闹出了事情来。那天晚上，老华侨听说深圳的公司出了问题，大吃一惊。当时他正在广州办事，本来根据行程安排，他会先到东莞的公司里看看，然后再去深圳，没想到深圳的新天地公司出现危急情况。接到告急电话，老华侨心里很着急，一边派人做好安抚工作，无论如何不能出事；一边让司机小胡拉着自己，匆匆忙忙往深圳赶。广州离深圳并不远，只有两个小时的车程，可老华侨心里急啊，恨不能肋下长出一对翅膀马上飞过去。

广深高速途经东莞，是连接广州、深圳的主干道，道路宽阔，路上车辆较多。为了尽快赶到深圳，宾利车刚出广州市区，他就让司机小胡猛踩油门，把车速提到200多迈。由于车速过快，加之行至一段弯道，小胡一不留神，宾利车侧翻到了路边的排水沟里。如果不是宾利车的安全系数高，如果不是车上的安全气囊关键时刻及时弹出，老华侨就不止摔断了腿，有可能会有生命危险。当然，如果不是发现及时，如果不是120救护车及时赶到，老华侨也有可能发生意外。同样，如果不是这次事故，老华侨也不可能住进这家医院，也就不会碰到姚远。

太意外了！一想起那天的情景，老华侨就后怕不已，尽管时间过去了那么久，他仍心有余悸。可怕的一幕已经过去，他现在心里想的是，此时自己该怎么解决公司出现的问题。老华侨一直在心里思考，公司为什么会出现这种情况？思来想去他才意识到，金融危机只是一方面，最主要的原因是公司缺乏一个得力的管理者，可是这样的管理者并不好找，庸才很多，人才很少，要想在当前这种情况下，物色到一个忠诚可靠，又有一定管理才能的高管实在不易。没想到这个时候，他遇到了姚远。

这大概就是天意吧！对姚远进行一番了解后，老华侨更加坚定了自己的想法。这个人在国有企业行政部门干过，有经验，而且自己又开过公司，做起管理工作应该得心应手，所以经过一番深思熟虑之后，他决定把公司人事部交给姚远管理。老华侨的目的很明确，一方面是想帮姚远一把，另一方面也是为自己找一个得力助手，帮助他人也是帮自己。

那天一大早，司机小胡就开车等候在南方医院的大门口，待姚远办完出院手续，他便载着姚远、余静去了深圳。在老华侨的授意下，小刘也跟随他们一同前去。之前，老华侨就已经下了通知，由姚远担任新天地公司的人事部经理。

新天地公司深圳总部位于龙岗区砚富村。经过两个多小时的奔波，一行人终于到达了目的地。到后一看，姚远一下就愣住了，工厂建在离村子不远的地方，周围都是一人多高的野草，一丛一丛的，显得特别荒凉。如果不是工厂外高高的围墙，和围墙上用白灰刷上去的生产标语，谁也不会想到，这里是一家生产高精尖科技产品的加工企业。

门卫打开电动闸门，宾利车缓缓驶进工厂，穿过宽大的厂院，径直来到办公楼前停下。姚远从车上下来，被小刘带着上了公司三楼。他们没去别处，而是直接来到总经理办公室，去拜见总经理马占军。

马占军体态较胖，不过个头稍矮，穿着一身深蓝色西装，脖子上打了条红蓝相间的斜条纹领带，二人敲门进去时，他正低头坐在那里忙着什么。

“马总好。”小刘进门后冲马占军打了个招呼。

“哦，是刘秘书啊！”马占军站起身来，看着姚远问，“这位是——”

“马总，这是公司新来的人事部经理。”小刘介绍说，“晁总新聘来的人事部经理姚经理，今后人事部就由他来负责！”

“欢迎欢迎！”马占军从老板台后边转过来，握了下姚远的手，热情地把他们让到沙发上，接着他快步来到饮水机前，给每人倒了杯水放在沙发前的茶几上，满脸堆笑地说，“不好意思，刘秘书、姚经理，你们先坐着喝口水，我正赶份材料，区里领导催着要。”说着便坐回到老板台后边，忙碌起来。

“马总，你忙，我陪姚经理先坐一会儿。”小刘带着姚远参观起马占军的办公室来。姚远是个有心人，站在那里粗略扫了一眼，心里禁不住吃了一惊。马总经理的办公室是个大套间，外间会客，里边办公，洗手间隐藏在书柜后面。写字台可真大，差不多占了一间房子，上面依次摆放着浅蓝色文件盒、笔筒、精美台历架、水晶名片夹，还有一沓正待处理的文件，左手电脑工作台，右手电话传真机，整间办公室透着豪华与气派。

“姚经理，马总负责公司的全面工作，平时很忙。”小刘对姚远说道，“你看，连接待咱们的时间都没有。”

“哎呀，不好意思，实在太忙了!”听了小刘的话，马占军急忙抬起头，一脸歉意地冲小刘和姚远连连点着头，“没办法，区里打电话一连催了好几次，今天上午务必把这份材料给报过去，所以我只好就这么赶了，顾不上接待你们，有些失礼!”说着又低下头盯着电脑屏幕，继续忙起来。

“马总的办公室，条件不好，一般般啦!”没有老华侨在旁边，小刘显得特别放松，她指着旁边的一套沙发，调侃地说道，“这一套才三万多，真是平得要死。”听小刘说得如此轻描淡写，姚远不由瞪大了眼睛，他没想到会这么贵！

“不好意思，刘秘书、姚经理，让你们久等了。”几分钟后，马占军终于忙完了，他站起来一脸歉意地对小刘笑着，接着又上上下下打量起姚远来，客气地说，“晁总给我打过电话了，说你们上午会到。姚经理的情况我已经知道，你是咱们新天地公司引进的高级人才，希望姚经理的到来，能为公司带来新的生机。”接着话锋一转，他又对小刘说，“根据晁总的安排，我已给人事部打过电话，一切都安排好了，如果没有其他事情，现在就请刘秘书带姚经理去人事部吧。”

“好的，谢谢马总。”说完，二人便离开了总经理办公室。在小刘的带领下，直接去了楼下的人事部。

人事部的办公条件也是不错的，虽然与总经理马占军的办公室相比差了许多，但与姚远在内地那家国有企业老总的办公室相比，不知好了多少倍，清一色的红木家具，工作台、电脑、沙发、木地板，独立的办公空间。这一切都令姚远满意。与其说他对这里的工作条件很满意，不如说他对老华侨开出的薪酬满意。姚远的年薪是二十万元人民币，干好了另有奖励。这个待遇虽然不高，但是对于走投无路的姚远来说，已经超出了想象，所以他才兴冲冲地来此走马上任。

“姚经理，您对这里的工作环境感觉怎样，还有什么要求吗？”小刘边带姚远参观，边对人事部的情况作了番简单介绍。

“谢谢刘秘书的关照。”姚远面带笑容地说，“这里的工作环境很好，只要有一个安静的工作环境就好，我没有其他的要求！”

“那就好，晁总事多，很忙，今后人事工作就拜托姚经理了。”看姚远对工作环境满意，小刘笑着说道，“如果没有什么事，我也该回去见晁总了。你在这里安心工作，如有什么事情，打电话给我！”

“好的、好的，请刘秘书转告晁总，请他放心，我一定不辜负他的期望，认真干好工作！”

安顿好姚远，小刘在厂里转了一圈，就坐着小胡的车返回了广州。老华侨身边不能没有人，接下来小刘又要继续陪护老华侨住院疗养了。

2

一切都是陌生的。

小刘走后，姚远立马投入到工作之中。人事档案、员工花名册、规章制度、班组记录等，所有这些都是他以前做过的，因此感到既熟悉又陌生。

过去姚远没有接触过生产加工企业，因此也不了解这类企业的生产经营情况，此次接手新天地公司的人事管理工作，他有种说不出的陌生感。他想起自己当初南下广州时沿途看到的情景。那是冬天，火车出了河南到湖北，从湖南进入广东境内，到达韶关时，气温越来越高，天气也变得越来越明朗。身穿棉衣的姚远忍受不了浑身的燥热，不得不脱去身上的厚衣服，一身轻松地坐在车厢里向外看去，透过车窗，他看到路边一丛丛绿得耀眼的凤凰竹在迎风起舞，仿佛在向行人招手致意。那时他就想，还是南方好呀，这样的风景、这样的天气，与北方相比，差别实在太大了。既然有这么大的差别，那么南方人的做事风格会是什么样子呢，是不是也和北方人有着明显的差别？既然南北方的风土人情有着这么大的差异，那么在做事风格上也会有明显的区别吧。他不知道。不过后来他想，不管怎样，既然自己从熟悉的北方，来到另一个陌生的地方，还是调整好心态，从零做起，只要努力，相信一切都会慢慢好起来的，那么离实现自己的人生梦想也就不会太远。这次出来，说什么也不会回去了，他对南方的印象，也因此变得美好起来，就像他梦中无数次梦见的那样。在经历过生死劫后，从广州来到深圳，他怎么也没有想到，南方的企业会是这种样子。

姚远的家在中原腹地，地处偏僻，人口众多，那里的经济不够发达，随着南方沿海城市的快速发展，外出打工者像候鸟一样成批成批地向外跑。他对那些逢年过节返回家乡的打工者印象特别深，那些原本朴实的老乡，回到家乡后，向别人讲起自己在南方打工的见闻时，眉飞色舞，脸上洋溢着自豪，一副见过世面的样子。那些平时连普通话都说不好的年轻人，在回来时连说话都翘起舌头，“啦来啦去”的，让人听了浑身起鸡皮疙瘩。他们外出几年，摇身一变，就变成了脱去俗气的南方人，厌恶之中更多的是羡慕，这也激起了姚远对南方的向往之情。可是待他到这里一看，完全不是那回事，与想象中的相差甚远。姚远很快明白了他们的打工地点，不在广州也不在深圳，与这些城市有着相当远的距离，而且这里的打工环境和生活条件，也与想象中有着天壤之别。出了工厂大门就是庄稼地，最热闹的地方是工厂旁边的村子。如果不是毗邻深圳，工厂众多，他真想象不出这里有什么好。因此刚来到这里时，姚远心里不禁有些疑惑，一个看上去并不怎么起眼的企业，每年怎么可能有上亿元的产值？

耳听为虚，眼见为实。这一切都是真的，你不服不行！此后几天，姚远深入工厂车间，看着一台台机器轰隆隆地响着，那么多像羊一样的打工仔或站或坐，他们正埋着头干活，旁边是堆积如山的产品。这些产品将会被工人整理好放进专用箱子里，然后被叉车一车一车地叉起拉走，送进仓库装成集装箱发给客户。姚远不由感叹道，这就是南方啊，这就是无数人梦中向往的地方。尽管这里的企业环境不好，但是能赚钱，能赚钱的企业就是好企业。无疑老华侨的企业就属于这种。不过企业赚不赚钱，目前对自己来说，并不是最重要的。重要的是做好自己的工作，尽到自己的职责，至于其他的事情，自己没有考虑那么多。

环境是陌生的，但工作是熟悉的，这对姚远来说，就像从一个陌生地方来到另一个陌生地方，一切都是那么新奇，他既感动于老华侨对自己的帮助，同时又庆幸自己在经历了几个月炼狱般的生活后，被解救了出来，就像连阴雨后突然见到太阳似的，一切都变得美好起来，以至他都有些不敢相信眼前的一切了。在这种情况下，自己需要赶快进入角色，用自己的实际行动，来报答老华侨对自己的信任与重托，于是姚远很快便忙碌起来。

看到姚远有了新工作，有了自己的事业，又走上了新的人生之旅，这让一直为他担心的余静放下心来，紧锁着的眉头也舒展开来。和姚远一样，从来没有到过南方工厂的余静，对这里更是充满了好奇。就在姚远在公司忙碌时，余静像个好奇的孩子一样，这里转转那里看看，香蕉树、椰子林、凤凰竹……每次看到自己从来没有见过的植物，看它们在蓝天白云下摇曳多姿，绿得耀眼，茁壮成长，迎风起舞，余静的脸上就会洋溢出一种说不出的幸福。

想不到，想不到，这里居然会是这种样子！余静边走边看，边在心里感叹。原来内地那么多外出打工的姑娘、小伙儿，就是在这样的环境里打工、生活，他们一个个操着不同的方言，有时也会说蹩脚的普通话，真是让人感慨啊！

一连几天，姚远都待在公司里，每天不是忙着到车间里走访，就是在办公室里翻阅资料、梳理思路，让手下的人登记造册，制订各种规章制度，很少闲下来陪伴余静。不过余静对此毫无怨言，相反她觉得这样最好，只要姚远一忙起来，就会忘掉烦恼和不快，这样就能早日走出失败的阴影，减少自己的忧虑和担心。待姚远完全适应了这里的工作和生活后，自己就没有必要再继续陪他了，就可以安心地回河南，回到梅南县的家了。

余静在梅南县一家事业单位上班。那是一份稳定的工作，每月两千多块钱的固定工资，虽然待遇不是很高，但是工作轻松不累，环境宽松，比这里的工作要好上多倍。而且没有竞争，没有压力，没有任务，更没有老板在背后抽着鞭子逼你干活的不快，在那样一个安静舒适、宽松自如的环境里工作，自己还有什么理由不回去呢？再说为了照顾姚远，余静这次请了几个月的假，说起来领导对自己已经够宽容了，因此自己没有理由不怀念那里的工作。其实按照规定，她请的假早已超期，早该回去上班了。特别是现在姚远已经康复，心态趋于稳定，而且又有了一份不错的工作。人生重新步入正轨，自己还有什么可担心的呢，还是赶快回去的好。再说除了工作外，还有父母需要陪伴，女儿需要照管。因此她决定辞别姚远，回到内地。

洗洗涮涮，打扫卫生，一连几天余静都在忙碌着。她是一个敏感心细的女人。临走之前，她已经安排好了姚远的一切，包括为他洗好被褥床单、衣服鞋袜，整理好生活用品，凡是姚远需要用到的，她都帮他整理得规规矩矩，有条有理。余静一边整理，一边想着心事。大概是心细的缘故，此时她最放不下心的就是自己和姚远的事。按说自己已经离婚，无牵无挂，是个自由人，可是姚远对自己却一直没有一个明确的答复，总是顾左右而言他，不往正题上说，这让她心里很是没底。特别是姚远跳江的事情出来后，在这个非常时期，自己更是无法提及，现在眼看自己就要离开这里，今后两个人的事情怎么办？就这样若即若离地继续下去，还是马上办理结婚手续？她不知道自己该怎么办，为此变得愁眉不展。

"姚远，我想问你个事情。"这天，余静正折叠着为姚远洗得干干净净的衣服，姚远下班回来了。余静低着头，鼓足勇气说，"已经这么长时间了，咱俩的事，你心里究竟怎么想的？"

"唉，你让我怎么说呢？"姚远抬眼看了看余静那满含期待的目光，把头一低，叹了口气，他不知道自己该怎么回答。此时已经完全没了先前的豪言壮语，他皱着眉头一言不发地坐在那里，像是有什么难言之隐。过了一会儿，他甩了下头发，望向窗外。他心里明白，现在自己急需做的，不是和余静结婚，而是尽快适应工作环境，尽快进入角色，干好自己的工作，在这里站稳脚跟。至于余静提到两个人结婚的事情，他现在不想回答，而是想把时间往后推一推。自己初来乍到，立足未稳，还不是谈论此事的时候，再说现在自己和余静木已成舟，两个人的关系已经牢不可破，结婚是迟早的事，何必如此心急？而且自己现在一贫如洗，又刚刚从沉重的打击中走出来，心里的阴影还没有完全消除掉，这时候考虑此事，显然有点不合时宜。

“我马上要回河南了。姚远，这么多天过去了，你一直在忙自己的事情，难道你就没有考虑过我的感受吗？”看着姚远心事重重的样子，余静逼迫道，“即使你有其他想法也要说出来，是不是？你给我一个明确的答复，好不好？你一直对我这样不吐不咽的，我的心里没有底。”

“我的态度已经很明确，难道你还看不出来，非要让我有所表示才行吗？”姚远收回目光看了眼余静，再次叹了口气，烦躁地说，“当前的情况，眼前的处境，你又不是没有看到。这种情况下，你让我怎么回答你？”

“我明白你现在的处境，何况又经历了这么大的事，你现在的心思根本不在结婚上，我能理解。”余静停下手里的活儿，坐在旁边望着姚远轻声地说，“你现在可以不回答我，但你总得有个表示，不然就这样一直拖下去也不是个办法。”

“我也知道这不是办法，可是你让我现在怎么做?”

“好了，姚远，不说这些了。”余静看他心情不好，不想提此事，急忙缓下口气说，“我知道你现在很忙，没有心思考虑此事。有时间的话，我希望你能认真考虑一下这个问题。”

“好吧，余静，我知道了!”姚远仰脸叹了口气，一副不愿谈论此事的样子。

看姚远这样，余静也不好再说什么。她心里想，这样也好，姚远现在还没有完全恢复过来，待他度过这段心理适应期，再谈论结婚的事情也未尝不可。

离开深圳那天是个晴天，可余静的心情却显得很沉重，她几次欲言又止，不知道该怎么表达自己此时的心情。除了不放心姚远一个人生活外，现在她还急于告诉姚远另外一件大事，这是一件关乎两个人的事情，可她一时又不知道该怎么开口。姚远送她去火车站的路上，余静张了几次嘴，都没有勇气说出来。是的，对她来说，这是一件难以启齿的事情，如今像座大山一样压在她的心里，压了很久。这件她无法向他言说的大事，就是她怀孕了。那次姚远回去为母亲奔丧，他们在县城的宾馆里住了一夜，如今事情已经过去了几个月，她一直没有向任何人提及。她先前之所以心急火燎地催着姚远结婚，就是这个原因。尽管自己是个离婚女人，但是和心爱的男人未婚先孕，无论如何都是一件不光彩的事情。几个月前，正当她想把这一消息告诉给姚远时，没想到姚远出事了。先是公司破产，紧接着又跳江自杀。在这个非常时期，自己又怎么能向他提及此事呢？可是珠胎暗结总归不是一件好事，如今孩子就在自己的肚子里日新月异地生长着，像块巨石那样压在心里，让她喘不过气来，她为此心急如焚。姚远在广州住院期间，自己就在他身边护理，但她一直压在心里没有说出来。她担心这会增加姚远的心理负担。尽管她也想过，那时向姚远提出来会怎样？他会因为自己有了孩子而惊喜万分，还是会因此而增加心理负担？因此她强忍着一直没有说出口，导致一直拖到现在。余静心里清楚，这毕竟不是一件小事，关系着两个人的现在和将来。如今自己就要回去了，这次回去也不知道何时才能再见到姚远，想到这里，她的心里升出一种说不出的悲哀。她怎么也没有想到，寻找真爱，会如此艰难。现在自己满肚子的委曲又能向谁诉说？

意识到余静此次回河南后，两人短时间内不可能再见，姚远心里有些不忍，他极尽温柔，不停地和她说这说那，还不时帮她整理东西，检查行囊，看有什么遗漏。

看来姚远还是深爱着自己的，不然他怎么会如此表现？余静心里不由感慨起来，唉，算了，姚远也不容易，既然他现在没有心思考虑此事，自己就不给他增加负担了，还是让他先安心工作，缓段时间再说吧。想到这里，余静深情地看着姚远，咬着牙忍了忍，最终还是把这件事给压进了心里。

就这样，带着无限的幽怨和惆怅，辞别姚远后，余静独自乘火车北上，离开了深圳。

## 3

企业管理是一门深奥的学问，牵涉方方面面。不论多么复杂，其实说白了就是怎样管人的问题。无论在哪里，也无论什么时候，只要把人管理好，一切问题就迎刃而解。姚远在内地有过多年的政工经验，加上又在广州给人打过工、自己开过公司，他有深刻的体会。

经过一段时间的走访，姚远很快发现一个严重问题，新天地公司表面上看一切正常，其实内部管理混乱，根本经不起细查，尤其在人事管理方面，存在着许多管理漏洞。

深圳有许多电子元器件加工生产企业，都说是高科技产业，其实大多都是靠引进国外技术做支撑，真正能独立研发的并不多。虽然他们资金雄厚，生产设备优良，工艺先进，但最主要的还是靠地理优势和高压政策在运转，所以在这些企业里，你根本看不出他们在管理方面有什么特点，一样的接单，一样的来料加工，与国内其他企业没有太大区别，但是新天地公司有些不同。这是一家外资企业，实力雄厚，由于使用的是CNC（数控机床），生产的产品精密度较高，虽然受到了金融危机的冲击，但在国外还是有一些订单可拿，这就保证了新天地公司最基本的生产经营。当然，如果不好好在人事管理上做一做抓一抓，再好的产品也没有用，再好的效益也拿不到手，这就是老华侨现在感到最头疼的事情。

怎么会这个样子呢？

姚远通过看资料，查档案，到车间走访，做外围调查等，很快发现了公司在人事管理方面存在的漏洞。人员管理几乎为零，一些零星的档案资料，虽然记录在案，但是只记录了员工的名字和地址，再没有其他信息，至于归档、整理等更是无从谈起。更要命的是，部门与部门之间各自为政，衔接不够，配合不力，一盘散沙，出现了严重脱节现象。这样的企业你又怎么能让它铁板一块，产生更大的经济效益？现在是金融危机时期，公司正在苦渡难关，工人们不和你计较那么多，等到金融危机一过，其他企业恢复了生产，工人们会不会产生别的想法，人员会不会大量流失？谁又能担保他们能在这里一直干下去？都说深圳的劳动力廉价，不值钱，可你一个做老板的，不管工人的利益，待遇不好，福利上不去，如果做得再过分一些，这些外来的打工者就会拍屁股走人，至多不拿工资和奖金，这有什么？弄不好他们去劳动部门投诉一下，那就会叫你如坐针毡。花钱是少不了的，顶顶重要的是企业信誉没了，今后你就招不来工，你就有可能在新一轮的市场竞争中被淘汰掉。这样一来，对老板来说可就不是一件小事，如果弄到不可收拾的地步，问题可就大了。

在其位谋其政。既然老华侨如此信任我，让我做人事部经理，发现了问题，我就不能不管，不然良心上过不去，那太对不起晁总了。这么一想，姚远觉得自己有必要把发现的问题提出来，引起重视，让公司尽快解决，否则将来可能会成为不良隐患。经过一番考虑，他决定把这一问题汇报给总经理马占军，让他来协调处理。

那天上午，姚远推开总经理办公室的门，看见马占军正在电脑前忙碌着，便觉得自己来得不是时候，便想退出去等回头再来汇报。可就在他准备离开时，不经意的一瞥，让他发现此时马占军脸上流露出来的兴奋神情似乎与工作无关。的确，此时马占军忙的不是正事，而是正在悠闲地上网。

“马总您好，我有件事情要向您汇报。”姚远走上前去，便把自己发现的问题讲了出来。

马占军抬起头，右边眉毛向上一挑，翻起眼皮白了一眼姚远。马占军听了姚远的汇报，没有马上说话，而是右手握着鼠标不断点击着电脑屏幕，继续沉浸在网络世界里，原来他根本没有听清楚姚远说了些什么。姚远站在老板台前，瞪大眼睛一直等着他的回话，可是马占军却低头看着电脑，没有什么反应。停了一会儿，马占军抬起头，发现姚远没有离开，这才扭过身子，表现出一副极不耐烦的样子，慢腾腾地说了句："嗯，我知道了姚经理，你先回去吧！"

"马总，这可是大事呀！"姚远知道马占军在敷衍自己，急忙往前凑了凑身子，不无担心地说，"如果我们不提前做好这方面的工作，将来会出大问题的……"

"出大问题？你说会出什么大问题？"听姚远说得如此严重，马占军坐正身子盯着姚远，一副咄咄逼人的样子，"我怎么感觉不出来呢？姚经理，你这是在没事找事，唯恐天下不乱！"

"怎……怎么可能呢？我怎会有这个心思？"姚远心里一惊，不知道该怎么解释，他站在那里语无伦次地说道，"马总，你……你可千万不要误会……"

"好了，姚经理，我不会误会你的。你反映的这个情况，我已经知道了，回头我们会研究解决的。"马占军说完，不再理会姚远，又盯着电脑屏幕忙碌起来。

"事不宜迟，马总，您什么时候开会研究？"

"你就不要多问了，至于什么时候开会研究，并不是你考虑的问题。"

"好的，我明白了。不过请问马总，我现在应该考虑什么问题?”姚远看他如此对待自己，本想离开，可想起老华侨的嘱托，他又问了一句，看马占军怎么答复，自己回去也好有个准备。

“姚经理，你怎么这个样子呢?”看姚远没有离开的意思，反而不识趣地刨根问底，有意将自己的军，马占军变得不高兴起来。他的眼睛离开电脑屏幕，用手拍了拍老板椅的扶手，抬起头，把高大的老板转椅向后退着转了转，接着把一条腿跷起来压在另一条腿上，端过桌子上的茶喝了一口，同时歪过脑袋，斜着眼睛上上下下地打量起姚远来。他发现眼前这个三十多岁的男人，不像自己当初想象的那样。不由嘴角一撇，表现出一副鄙夷的样子，轻蔑地说:“姚经理，你晓不晓得，在这里工作，是要书面报告的，难道你就这样站着给我汇报工作吗?你这样做叫我怎么向大家传达?”马占军本想随便应付一下，没想到姚远居然认起真来，而且居然敢出言不逊顶撞自己，他显得很生气，不想再和这个刚上任的愣头青多说什么，于是在心里不满地说道，你算老几，才来几天就想管到我的头上?哼，说白了你不过是个打工的，上有老总，下有各部门经理，哪个不比你资格老?现在还轮不到你在我面前指手画脚说三道四，识相的，还是趁早回去反省一下!

这样一说就明白的事情，难道非要弄份汇报材料吗?有这个必要吗?姚远并不清楚马占军的真实目的，更不知道在这里做事，会有那么多的条条框框和规矩。他张了几次嘴，到底没有把心里话说出来。看马占军如此敷衍自己，姚远心里有些不快，又看马占军一副居高临下盛气凌人的样子，姚远有些发愣，最后只好失望地离开了。

这本来没有什么，上下级之间这样说话再平常不过，可是就在姚远临走出马占军办公室时，突然听到马占军在背后阴阳怪气地说道：“姚经理，你刚来，还不懂这里的规矩。不过，我可以告诉你：不知道的事不想，不知道的事不问，不知道的情况不说，这‘三不’原则，希望你牢记在心，明白吗?”

姚远没想到，还有这规矩，有心回去和他理论一番，可是一想到马占军是公司总经理，有权处理公司的一切大小事务，现在他既然不想和自己说这么多，说不定有他的道理。再说自己只是一个小小的人事部经理，又何必去惹这个麻烦，自讨没趣？算了，还是按他说的，回去整份汇报材料递上去，到时候看他怎么说吧！

姚远回到办公室，略加思索，不到二十分钟，就写好了一份汇报材料递了上去。可马占军拿起汇报材料看也不看，就把它放在一边，接着伸了个懒腰，心不在焉地说：“好啦，姚经理，先放在这里吧！”说完就又开始忙别的事情了。

是这件事情太小，根本不值得一提，还是马占军心里早就清楚此事，胸有成竹？姚远有些不解，最后心想，还是等过几天再说吧！

一周的时间很快过去了，可马占军那里丝毫没有动静，好像忘记了似的，根本没有再提过此事。半个多月过去了，还是没有消息。其间姚远又向马占军提了一次，依然没有得到明确答复，这下姚远有些沉不住气了，他心想，马总怎么能这样呢？一件关乎公司利益的大事就这么被他一直拖着不解决，究竟是怎么回事？姚远有些心焦地坐在办公室里，心情变得异常郁闷。他在办公室里踱着步，左思右想怎么也没有个结果。一个主抓公司全面工作的总经理，怎么可能会对自己反映的问题无动于衷？是他确实太忙，还是对自己有看法？要么就是他的工作态度有问题。如果公司的总经理平时只知道做表面文章，而不是深入实际地做好自己的工作，那就意味着这家企业要出问题了。

唉，也许马总就是这样的人吧！一想到那天自己去马总办公室汇报情况时的情景，姚远心里就来气，总经理怎么了？照样是个打工的！和自己所不同的是，他不过是个高级打工仔，拿的报酬比别人高些罢了，他有什么可牛气的？无非抱着一个不哭的孩子，站着说话不腰疼，所以他才不会操那么大的心。既然如此，看来我得另想办法。这是老华侨的企业，我是在给老华侨做事，没必要也犯不着和他闹什么矛盾，既然在马占军这里走不通，我就把这个问题汇报给老华侨，让老华侨出面解决。我拿的是老华侨的薪金，就该时刻想着为老华侨出力，因此我不能视而不见，袖手旁观。想到这里，姚远抓起办公桌上的电话，给老华侨拨了过去，此时老华侨还在南方医院住着。

“晁总，我向您汇报一个情况。”电话通了，姚远把自己发现的问题讲了一遍。

“嗯，姚经理，你反映的问题很重要，和马总沟通了吗?”听了姚远的汇报，老华侨说，“他是新天地公司的总经理，一切问题都先要给他汇报才对嘛。你这种越级行为可是不太符合办事程序啊，一切都要按规矩来嘛!”

“晁总，我已经给马总汇报过，不过……我看马总好像不怎么上心……”姚远有些搞不懂老华侨话里的意思，由于不清楚两人的关系，他回答时吞吞吐吐的，不敢把自己的猜测直接讲出来，怕引起老华侨的反感和不满。但一想到马占军对待自己的态度，姚远很是气愤，不管了豁出去了，于是他把前后经过向老华侨完完整整地讲了一遍。

“他怎么能这样吗?”听了姚远的话，老华侨很是生气，他没想到自己不在公司，马占军居然是这个样子，这不是敷衍了事贻误工作是什么？他在电话里操起广东话骂了起来，“妈妈的！这个马占军，怎么会是这个样子？吃我的，拿我的，我让他全权负责公司里的事务，他怎么能这么不负责任？这个……这个马占军，我可全都指望他呢，没想到他居然是这个样子。”

姚远没想到老华侨会大爆粗口，一时不敢说话。他不知道接下来该怎么办，他更担心自己刚才的汇报，会在老华侨和马占军之间引起误会和矛盾，只好拿着话筒怔在那里。

“姚经理，你发现的这个问题很重要，我以前只是觉得公司有些地方不对劲，可没想到是这里出了问题。既然你已经找到问题的症结，就要赶快想办法解决。记住，你是我聘请的人事部经理，可不能眼看着出了问题不管！”老华侨缓下口气，沉吟着说道，“我把你放在这个位置，就是要你负起这个责任，既然你发现了问题，现在我就全权委托你处理这件事情。你明白我的意思吗？”

“明白，晁总，可我只是一个小小的人事部经理，如果没有其他部门的配合，处理起这个事情，可能会有一些麻烦……”

“麻烦，什么麻烦？”老华侨不由警觉起来，他想听听姚远究竟要向自己说什么，可是等了一会儿，却不见姚远出声，便在电话里安抚道，“你不要有那么多的顾虑好不好？公司是我的，我才是公司的老板，你一切只管听我的安排就是，至于别人的意见你都不要听，你只管按照自己的想法认真去做就好啦。遇到什么问题，你直接给我打电话，我会让小刘和你联系的。”

“好的，晁总，有您这句话我就放心了。不过……”

“不过什么？我刚才不是已经给你说得很明白嘛，有什么问题你直接给我打电话，我会让小刘和你联系的。遇到实在解决不了的问题，你就直接向我汇报！”老华侨生气地骂道，“妈妈的！我还真就不相信，在自己的企业里，还有什么解决不了的问题？”

“好的，好的。”姚远一连声地回道，“晁总，那我就按照您的意思去做了。”

“你是公司的人事部经理，人事上的事情你做主！如果你觉得做起来不方便，我现在就提拔你为公司副总经理，这样你有什么事情就不用向马占军请示了！”说完，老华侨就挂了电话。

# 第四章　初露锋芒

## 1

不想当将军的士兵不是好士兵。

姚远不是没有想法，自从那天由秘书小刘领着，去拜见马占军，看到总经理办公室的环境，后来又听说马占军的待遇是自己的好几倍，他心里不由吃了一惊，当即升起一种强烈的欲望，有朝一日，我也要当老总，我也要坐在这样的办公室里，享受更高级别的待遇。不过现在自己还不具备这个能力，非但不具备，甚至连想都不能想！说白了，简直就是痴心妄想！想当初，如果不是在医院里遇到老华侨，如果不是老华侨给自己一个安身的地方，一个施展抱负的机会，怎么会有现在的工作？从广州到深圳，自己就是抱着从头开始的想法来的。如今，老华侨担心自己工作起来有难度，要提自己为公司副总经理，这说明了什么？说明老华侨对自己信任，因此自己就更没有理由不努力工作了。何况自己的工资待遇并不低，已经远远超出了自己的想象，自己还有什么理由不为他效劳？

自从那天给老华侨打过电话，有了老华侨的支持和撑腰，姚远就放心了。他按照自己的思路，制定了一套新的人事管理方案。不仅健全了各项规章制度，要求一切都要按照规章制度办事，同时还把全厂两千多名员工的档案重新建起来，分门别类，归档管理。后来又成立了工会，选举了工会代表……这些措施的出台，产生了积极反响，员工们个个拍手称好。

“好呀好呀，还是新来的姚经理体谅咱们，你看他推出的这些措施，就是拿我们当人看嘛！”员工们高兴地说。他们谁也没想到，自从公司新上任一个人事部经理，自己的劳动保障会一下子提得这么高，现在公司知道爱惜人才了，知道珍惜员工的劳动成果了，他们感到自己遇到了好领导，心里不由高兴起来，私下里称姚远是大家的“贴心人”。打工仔们就是这样，他们来自四面八方，其目的再明白不过。都是出来打工的，如果你把他们当人看，你让他们的工资有保障，福利待遇有所提高，他们就会死心塌地给你干。很多员工私底下说，知足吧，在哪里干不是挣钱？老板对你好，就是看得起你，不给这样的老板干，还给谁干？

因受金融危机影响，效益下滑，为了生存，很多企业都在裁员，唯独新天地公司没有这么做，而且与过去相比，员工的工资和福利待遇还在不断提高和改善。这让员工们的心里就像吃了颗定心丸似的，纷纷表示，一定要在新天地好好干，不辜负老板的期望。

在姚远的管理下，新天地公司出现了前所未有的喜人景象，工人的积极性大大提高。过去要靠高压政策才能奏效，现在只需要一个口号、一道命令，工人就会撒欢似的干起活来，热情高涨。过去六十多条生产线，每条生产线上都需要一个拉长督促，现在只要生产任务一来，拉长们一声招呼，工人们就全都冲上前去，加班加点，努力工作，保质保量地把活儿做得漂漂亮亮的。

新天地公司在管理方面出现的漏洞，都被姚远一一找出来，想办法给解决掉了。这样一来，不但工人的情绪稳定了下来，就连中层管理人员的问题也给解决了。矛盾减少，人心稳定，公司上下干劲十足，士气高涨。

有改革就会有矛盾。不过在这些规章制度推行过程中，也出现了一些新的问题。规章制度是把双刃剑，在推动企业顺利发展的同时，也同样会触及某些人的利益，他们为此恨得咬牙切齿，暴跳如雷，有的还跳出来反对。在他们看来，大家拿着老板的薪金，按照一成不变的管理模式，循规蹈矩按部就班地工作，谁也没有想过自己要付出多少，做多大贡献，更没有想过如何才能把工作做得更加完美无缺，只想当一天和尚撞一天钟，做好自己分内的事，何曾想过许多？有订单拿，有效益在，一天天就那么过去了，谁换位思考过，为老板分心，为企业着想？可是现在不行了，姚远的出现，就像身上突然扎进来一根刺，不但刺疼了身子，还刺疼了神经，刺得人浑身难受，他们感到不如过去那样轻松自在了，天天像个陀螺似的，不停地转动，神经天天绷着，处于高度紧张状态，这谁能受得了？尤其是那些平时得过且过的家伙，个个痛恨不已，不满地发着牢骚。

嗑瓜子嗑出来个虫，这个姚远，他算啥人（仁）呢！

老华侨在广州住院，眼下公司大小事务全由总经理一个人说了算，所以有了事情，大家首先想到去找总经理马占军。在他们看来，马占军和他们一样，都是给老板打工的，拿老板的钱，除了职位不同、报酬不同外，其他都一样，利益共存。趁现在老华侨不在，让马占军出面，把这个一来就搞事的家伙赶走，不能让他搞乱了大家的生活，不然这样下去对谁都不利。于是几个部门经理一起来找总经理马占军反映情况。他们坐在马占军的办公室里，添油加醋地编派起姚远的不是来。什么一来就不把别人往眼里放，妄自尊大，自以为是，什么搞分裂闹不团结，什么上蹿下跳不服管教，什么独断专行，办事违反潜规则，不按章法……听着大家的牢骚和不满，想到姚远一有问题就越过自己，直接去找老华侨反映情况，不拿自己当回事，这不是小瞧自己吗？马占军很是生气，坐在那里拧着眉头，端着茶杯，边听边“咕噜咕噜”地喝着，听到后来，他扫了一眼大家，突然把茶杯往老板台上一蹾，不由愤愤地骂道：“妈妈的，这个人，他怎么管到我们头上来了，这不是要和我们过不去吗？难道他就不晓得自己也是一个打工仔？”

“是呀，他怎么就认不清自己的脸？拿鸡毛当令箭，给个棒槌就想当枪使，他这样做的目的是什么？还不是想显摆！分明是拿马总不往眼里放，是有意要和我们大家对着干嘛！”

“谁说不是？说白了他就是个愣头青，一只野地里跑出来的刺猬，见谁扎谁！”

“不行，咱就‘做’了他！没有人事部经理，我们不照样拿订单，不照样把产品销到了国外？现在怎么他一来，就要拿我们大伙儿开涮？我看他是成心在和我们过不去！他这样做看来是不想在这里混了，既然他不给我们留情面，咱就让他早点滚蛋，少在我们面前装大尾巴狼！”说这话的是销售部经理何心安，仗着自己来公司的时间长，业务能力强，说起话来一点儿都不顾忌。

“他是老板安排的人，我们能拿他怎么办？”马占军有些顾虑。虽然他也很是愤怒，但到底是总经理，不像那些人，一上来就言辞过激，口无遮拦，骂骂咧咧的。他有自己的思法，考虑问题相对也比别人沉稳一些。他低头想了想，面带愁容地说：“听说他可是老板从广州请来的管理高手啊!”

“啥子高手！还不是一个打工仔?”销售部经理何心安头发一甩，不屑一顾地撇起嘴，“我已经调查过了，他老家在河南，几年前到南方来打工，先是给人跑业务，后来在广州开了家小公司，因经营不善，赔了个一塌糊涂，由于欠债太多，被逼无奈跳了珠江。没想到这小子命大，从那么高的桥上跳下去愣是没死，住院时认识了咱们老板。咳！也不知道晁总发的哪门子神经，居然让他这样一个败军之将来抓咱们公司的人事管理，你说可笑不可笑，这不是拿公司开玩笑，瞎胡闹吗?”

“哦——听你说得这么清楚，好像对他很了解啊!”马占军惊疑地看着何心安，“你是怎么知道这些情况的?”

“这有什么难的?”销售部经理何心安傲气十足地说，“马总，你不要忘了，我可是跑销售的，天天在外边跑，什么样的人不接触，什么样的事情不知道？哼，就他那些小底细，我随便打个电话，就能调查得清清楚楚。”

“你说的这些情况，咱们老板知道吗?”

“这个我可就不清楚了。”何心安摇摇头，“不过我想，老板既然让他来咱们公司做人事管理，肯定是看上了他哪一点。再说，他们也就是住院时认识的，怎么会有那么深的交情？也许老板只是看他可怜，随便给他个饭碗，哪里就真心实意重用他？可他不知道天高地厚，居然把自己当成了救世主，你说可笑不可笑?”

“嗯，何经理，你说得有道理。”马占军点点头，沉思了一会儿，接着说道，“既然这样，你何不去做做这方面的工作?”

销售经理会意地点点头，眨了眨小眼睛，立即回答道：“你就放心吧，马总！我已经着手在做这方面的工作了。哼，等着瞧吧！要不了多久，他小子就得给老子滚蛋!”

## 2

公司出现了可喜变化，这让刚出院回来的老华侨心情无比高兴。

那天上午，老华侨从宾利车里下来后，就去了工厂车间。每到一处，工人们主动给他行礼，热情地向他问好，这让老华侨心里一热，真切感受到了工人对自己的尊重。老华侨不由在心里感慨，是呀，在这个自己一手创办起来的企业里，自己像家长那样，接受着工人的拥护和爱戴，这是什么都比不了的。要知道，这在过去是根本不可能的事情。以前自己来车间时，工人们一个个像毫无表情的机器人那样，只是机械地干着活。哪像现在，个个干劲十足，面带微笑，老华侨心里感受到了一种说不出的温暖。

老华侨心里很高兴，脸上带着笑意，在厂里来回转着察看。当他来到一个生产车间时，看到那里的工人正在忙碌着，便招手叫几个拉长过来了解情况。拉长们一个个满怀喜悦地向老华侨汇报，自从新的规章制度出台后，工人的地位和福利待遇提高了，他们都很高兴。和过去相比，现在工人的工作热情很高，没有一个闹情绪的，这都是老板拿我们当人看啊！

“好、好、好，这就好！”听了他们的汇报，老华侨心花怒放起来。他接着问道：“你们对新来的姚经理有什么看法？”

“姚经理好啊！如果不是他，我们怎么会有今天？”提到姚远，几个拉长异口同声地称赞起来，“姚经理说，他是代表晁总做的，所以我们感谢姚经理，更要感谢晁总！”

“应该的，应该的！”老华侨随口应道。几个拉长离开后，老华侨继续一个车间一个车间察看，边走边和工人招手致意。在工人们热情的问候中，他真切地感受到了公司发生的变化。尤其是听了几个拉长对姚远的称赞后，他更是打心眼儿里对姚远产生了好感。这个姚远，没想到他还真有两下子嘛，看看他在公司里做的这些工作，就知道他的管理见了成效，看来自己没有用错人！

从车间里出来，老华侨迈着轻快的步子一路前行，很快来到办公楼。拾级而上，然后又一个办公室一个办公室地察看过去，每到一处，他看到的都是喜人景象。过去那种散漫的工作态度不见了，取而代之的是一片紧张有序的繁忙景象，做报表、制订计划、设计模板、统计数字……此时，他们就像一台设计合理、构造严密的机器，在统一指挥下有机地配合着，高速地运转着，让人心里升起一种说不出的感动。

“怎么样，小刘，这个姚远还是很有办法的嘛！”老华侨一边看一边不住地点头，对身边的小刘说，“我不在的这几个月里，本来以为公司会很乱，没想到眼前是这样的景象，我感到很欣慰啊！”

“晁总，这说明您的眼光好。找到姚远这样有才能的人，就等于给自己找了一个好管家，以后您就不用再操心公司管理方面的事情，从此就可以高枕无忧了。”小刘附和着笑起来。

“是金子总会发光的，是人才就会有用武之地。姚远是个人才，只可惜来得太晚喽！”老华侨感慨道，“如果他能早到我们公司半年，说不定在这次金融危机中，我们就能化险为夷，不会这样处于被动局面了。”

“他现在来也不算晚呀，而且一来就显示出了管理方面的才能，晁总今后可要珍惜重用呀！”

“那是肯定！”老华侨点着头笑起来，“也许这就是我们的缘分吧！我出车祸去住院，他跳江也去住院，而且住在同一所医院；做理疗的时候，我们又是一前一后，编号排在一起，这不是天意是什么？看来凡事都是上天安排好的。”

“晁总，您还相信命运啊！”小刘不由“咯咯”地笑起来。

“人生在世，不相信命运是不行的。”老华侨迈着方步，样子有点像个得道的高僧，摆着头，一副洞察一切的样子，“小刘，你知道吗？一个人从生下来开始就有了自己的命运，只不过每个人的命运都不相同罢了。有的主福，有的主贵，有的主官，有的主财，这是上天早就安排好的，你想改变都改变不了，命中注定的事情，你又怎么能改变得了呢？”

“晁总，我怎么听起来有点像在讲经论道？您是不是信佛呀？”

“不错，我是信佛。”老华侨笑眯眯地看了小刘一眼，接着把头仰起来，给人一副超凡脱俗的样子，“佛是讲究缘分的。人生在世，总要有个信仰才是，有了信仰就有了追求，这样无论对人生还是事业，都会有一定的帮助。哎，小刘，你知道什么是佛吗？”看到小刘茫然地摇了摇头，老华侨便摇头晃脑地讲解起来，“佛的最高境界是四大皆空。信佛之人大都有一颗善心，看待问题就会与别人不同，就像我们经商做企业一样，除了要有经济头脑，有方针政策，再加上心中有了佛性，做什么事情都可以成功。所以一个人是不能没有信仰的。”看小刘听得似懂非懂的，老华侨知道，自己一时也和她说不清，即使说得再多也没有意义，因此总结道："总而言之，人生在世，还是有个信仰的好，这样心里就会有个依靠。一旦你信了佛，就会明白，佛会告诉我们很多，知道佛理的人就会明白很多道理。更何况生在这个世界上，不明白事理是不行的。你看我活了六十多岁，什么样的事情没有经历过？见得多了，自然就能悟出一些道理来。不过，这得看你有没有佛性和慧根，有慧根的人领悟得才快。关于这方面的知识，有时间你还得多看看书，才能明白我说这些话的深意。"

"哎呀！我不懂，我真的不懂。晁总，您说的佛呀慧根什么的，我更是听得糊里糊涂的，又怎能弄得懂那些高深的大学问呢？"小刘不好意思地笑起来，"我是个凡夫俗子，这辈子只能跟着您学习了。"

"学习谈不上，只要你平时多留心，慢慢就会悟出很多人生道理的。女孩子，还是有个信仰的好，这样才有利于你上进。"

两个人说着来到总经理办公室。听说老板回来了，马占军急忙从办公室里跑出来，毕恭毕敬地站在楼梯口处迎接。一看老华侨过来，他急忙弯下腰走上前去，握住老华侨的手，满面堆笑地说："晁总好！"说着就要搀扶老华侨，老华侨冲他摆了摆手。

"晁总，您出院回来怎么也不提前通知一声，我好安排人举行个欢迎仪式。”

“我们办企业的，搞那些花架子干吗？说白了不就是个形式主义嘛。”听着马占军的恭维，老华侨急忙打断道，“不需要的，不需要的，只要干好工作比什么都好！”说着径直走进总经理办公室，转着身子看了一圈，没有发现什么异常，这才出来去了自己的办公室。

老华侨的办公室在四楼，与马占军的办公室有一层之隔。

拐弯，上楼，再拐弯，前行几步，还没等走到老华侨的办公室，秘书小刘急忙紧走几步跑上前去，接着从挎包里掏出一串钥匙打开办公室的门，接着把老华侨让了进去。

老华侨的办公室别有洞天。这是一个两间打通的办公室，配着一个大套间不说，里边的办公设施比马占军的豪华数倍，整套办公设备都是从东南亚运来的。洗手间、卧室、展柜似的红木书架、摆满各种瓷器和工艺品的博古架，占了一间房子的上等红木写字台上，除了必不可少的仿古青瓷笔筒、精致的红木台历架、高档水晶名片夹、闪闪发光的舵手外，还有花梨木笔架，上边挂着几支巨毫，笔洗是玉的，砚盒是黄花梨的，左手电脑工作台，右手电话传真机。一米多高的红木地球仪，闪出质地很亮的光泽。书柜旁边的发财树，粗壮而茂盛，紧挨着发财树的是一株枝叶肥大、绿得耀眼的滴水观音，墙角和四周摆放着几盆观赏植物。外间靠里的地方，摆放着一张金黄色带纹理的巨大根雕茶桌，周围是几个同样颜色的根雕凳子，茶桌上摆了一套精美的景德镇茶具，整个办公室透出一种尊贵、豪华、时尚、典雅的气息。

坐在如此豪华的办公室里，任谁都会怦然心动。可是进了自己的办公室，老华侨感觉有点儿陌生似的，他睁大眼睛四处打量一番，接着抽起鼻子嗅了嗅，像是要从中嗅出某种气味似的。看到这里，小刘急忙来到窗边，“哗”地一下拉开窗帘，让大片大片明媚的阳光涌进来，房间里瞬时变得明亮起来。

“嗯，还是这里好啊！”老华侨感慨地坐在办公桌后的真皮座椅上，随手接过小刘递上来的茶水呷了一口，喘了口气，然后对小刘说道，“通知公司各部门领导，来我这里开个会。”

“晁总，您刚回来，不休息一下吗？”

“休息什么？”老华侨催促道，“不用，你赶快通知他们来开会吧！”

“姚远也要来吗？”小刘小心地说道，“他可是新来的呀！”

“当然要他来啊，他是公司的人事部经理，开会怎么能少得了他？”老华侨惊讶地望着小刘，“我不在的这段时间，公司上上下下发生这么大的变化，这里边有他很大的功劳，他怎么可能不来？不但让他来参加会议，我还要当众表扬他呢!”

“好的,我现在就通知。”小刘从挎包里掏出漂亮的红色掌中宝手机,给行政部打了个电话,让他们通知大家到老华侨办公室开会。

3

姚远遭到了公司一些人的嫉恨,这是那天开会时他真切感受到的。

那天上午,老华侨召集公司各部门领导开会没有别的意思,就是想和大家见个面,安抚一下,顺便听听他们的工作汇报,了解一下情况。自己几个月都没到公司里来,所有的事情都交给了马占军,有他负全责,老华侨就不用那么忙。不过,他多少还是有些不放心。和所有的老板一样,老华侨关心的是公司的效益。搞经营的没有效益说什么都是零,所以,说是要搞好经营管理,其实中心任务还是抓销售促生产,不管采取什么措施,把订单拿回来,把加工出来的产品销出去,这就是老板们的经营原则。现在遇到全球性的金融危机,作为公司老板,不要过分指望大家能把公司经营得有多好,只要有订单做,只要产品有销路,这就是胜利,就是成功。让老华侨欣慰的是,自己不在的这几个月,公司不但运转正常,而且还在管理方面出现了喜人现象,这是老华侨亲眼所见，有了这个变化，就预示着公司的发展将会更好。老华侨心里很是高兴，因此在会上讲起话来，就有些表扬姚远的意思。

和往常例会一样，从生产部开始，销售部、策划部、行政部、人事部、财务部、后勤部等大大小小十多个职能部门的经理，一个个坐在那里，挨个汇报工作情况，老华侨边听边点头，一圈工作汇报下来，他心里有了数。他为大家的辛苦努力感到满意，脸上布满了笑意，晃着脑袋和气地说道：

“我不在的这几个月，大家都辛苦了！看到公司一切运转正常，我心里很高兴。刚才听了大家的汇报，你们没有辜负我的期望，各个方面都有新的变化，这很好嘛，说明大家都很努力，如生产部、策划部和人事部等部门的工作就做得比较好。”老华侨眼睛扫视着各部门经理，有点掩饰不住内心的激动和喜悦，“尤其是人事部姚经理的表现更加突出，自姚经理到公司任人事部经理后，管理方面有了很大成效，工人士气高昂，工作积极性大大提高，这是很好的现象，值得大力表扬。”可是该怎么表扬呢？老华侨并没有说，那还能是什么？发红包呗。大家心里都明白，在南方，你只要表现得好，老板对你有好感，他是绝对不会亏待你的，红包是肯定有的，职务工资也会暗地给你加上一些，只是做这种事情不能在大庭广众之下进行，而要悄悄的，你知我知。所以那天会议上，老华侨只是象征性地说：“姚经理虽然来我们新天地公司时间不长，但是有想法，有思路，干得不错，大家都要向他学习！”

没想到，老华侨话音刚落，大家的目光便像聚光灯一样，齐刷刷地往姚远身上罩，与此同时，也有几道锥子似的目光往姚远身上刺。

“晁总，您不在的这几个月，公司之所以运转良好，马总也没少做工作呀，起码我们没有辜负您的期望。”销售部经理何心安听了老华侨的话有些不满，便率先发言说。他谁也不看，昂起头只顾在那里邀功请赏，“尤其是我们销售部，面对这场来势汹汹的金融危机，我们不等不靠，主动出击，逆势而上，四面开花，拿回不少单子，为公司发展做出了很大贡献，这是有目共睹的，大家说是不是？”

“何经理说得对，晁总住院这段时间，销售部在何经理的带领下，克服外界各种不利因素，主动出击，拿单子、拉业务，工作做得出类拔萃，不但没让客户流失，还在巩固老客户方面做出了不少努力，这才保证了咱们新天地公司的正常业务。”听到销售部经理何心安为自己说话，马占军也为其敲起了边鼓。

“我知，我知。”老华侨点着头，左手手指轻轻地弹着桌面，那颗硕大的钻戒随之也一闪一闪地发出蓝幽幽的光，他右手端着一杯香气四溢的龙井茶，眼睛睃视着众人，不住地点着头赞许道，“嗯，我不在的这段时间里，公司能够正常运转，多亏大家的努力，你们每个人的辛劳我心里都有数，我不会亏待大家的。这样吧，今天我在这里挑明了说，红包都会有的，好不好？回头我让财务部经理造张表，根据每个人的不同表现，我给大家发红利！”

听了老华侨的话，大家全都安静下来，谁也不再说什么了。看到这里，老华侨两手按着桌子站起来，高兴地说：“今天晚上，大家一起吃个便饭。我给大家端杯酒，怎么样？如果没什么事情，散会！”

会议结束后，大家陆陆续续向外走，唯独销售部经理何心安和总经理马占军没动。他们两个不约而同地留了下来，似有什么话要对老华侨说。

“马总、何经理，你们两个还有事吗？”看到别人都出去了，唯独他们两个坐在那里没动，老华侨奇怪地看着他们问道，“你们有什么事就直说吧！”

“其实也……也没什么大事。”销售部经理何心安瞟了瞟坐在旁边的马占军，又扭头看了看重又坐在那里喝茶的老华侨，吞吞吐吐地说，“晁总，你……你也知道，现在是金融危机时期，业务不太好做，我感到自己身上的压力很大，工作上有些难度……”

“工作有难度，你不说我也清楚。”老华侨打断他说，“正因为有难度，我对你才另眼相待，所以你的工资待遇才和别人不一样的嘛，底薪+利润分成，这样更有助于你努力工作。”

“可是现在利润分成不好拿啊，我……我也想像姚经理那样拿年薪……”何心安前倾着身子，脸上露出一丝不易觉察的不满，他试探着问老华侨，“晁总，你看怎样?”

“你想拿多少?”老华侨眯缝着的眼睛突然睁大了，他不知道何心安究竟要向自己提什么要求，不错眼珠地看着面前这个身材瘦小的销售部经理，“你有什么要求都可以讲出来嘛，我先听听你的意见。”

“晁总，其实你都看着呢！按我的能力，又在公司干了这么多年，再怎么一年不拿一百万，也得拿个七八十万吧！”何心安用不太肯定的语气试探起老华侨。

“嗯，不多，不多，按说不多。”老华侨重又垂下眼皮，“你在公司干得一直不错，我心里清楚得很。要说你一年拿个百十万很正常，可是你也知道当前的经济形势和公司现在的状况，现在还不是谈这个的时候，你能不能先缓一缓再说?”

“可以，可以的，怎么都可以，我一切听从晁总安排。”何心安紧绷起来的神经松了下来，迫不及待地回答道。但当他定起神来仔细察看老华侨时，马上又变得不安起来。他担心老华侨对自己刚才说的话产生误解，便急忙说道：“要不……我……我回去再好好考虑一下，再说按以前的老规矩办……也不是不行……”

“嗯，既然这样，那你还是先回去好好考虑考虑吧!”老华侨端起茶杯喝了一口，看了他一眼。

“那，你们谈，我先回办公室。”何心安站起来，弯着腰向老华侨和马占军道了别，这才倒退着转身走出门去。

“马总，你有什么事情要说的?”看办公室里只剩下马占军一个人，老华侨一口喝干杯子里的水，坐正身子看着他问。

“晁总，我……我也没有什么大事。”马占军低着头，不敢看老华侨的眼睛。他把自己的胖身子团在凳子上，看上去像只皮球，“您不在的这几个月，我按照您的要求时刻不敢放松，尽心尽力处理好公司里的大小事务，现在您回来了，我想还是有必要向您汇报一下公司这段时间的情况。”

“辛苦了，马总。”老华侨睁开眼睛打量一下马占军，又眯缝起来，他知道马占军话里有话，便轻声安慰道，“有什么情况你就直说吧!”

“您不在的这几个月，公司运转一切正常。看看其他一些经营不佳的企业，咱们还是很幸运的。”马占军说了几句不着调子的话，抬头看了眼老华侨，发现老华侨仍然闭着眼睛，给人一副心不在焉的样子。他一时猜不到老华侨心里在想什么，只好犹豫着停了下来。

“你说的这些情况我心里都清楚，马总，你想和我说什么尽管直说，没关系的，我听着呢。”

“晁总，那我就直说了。”在老华侨的鼓励下，马占军长了长身子，这才说出自己的目的，“晁总，是这样的，您也知道，自从姚经理来到咱们新天地公司担任人事部经理后，公司上下是发生了一些新变化。但是我想，咱们是干企业的，要那么多的规章制度干什么？又在公司成立了工会，推举了工会代表，他这是要干什么嘛！为员工维权？员工的维权意识提高后，对咱们公司能有什么好处？这种牺牲公司利益的做法，我觉得不可取，说不定将来还会闹出意想不到的混乱，等到那个时候，我们再动手处理起来就会很被动。”

“噢——原来你说的是这个事情啊！”老华侨睁开眼睛盯住马占军，郑重其事地说，“马总，你可能不太清楚，我让姚经理来做人事部经理，就是想让他抓一抓公司的管理工作。现在金融危机还没有过去，我们的订单又不是太多，生产上的事情松一松，我们可以趁机抓一抓管理，调动一下大家的积极性，有利于企业今后的发展嘛。这就叫磨刀不误砍柴工。等金融危机一过，我们就可以乘势而上。你说呢马总？”

“您说得极是，晁总，不过我总觉得……”

“你不要有那么多顾虑，一切我自有安排。”老华侨又端起茶杯呷了两口，嘴里问道，“除了这些问题，还有其他什么事吗？”

“没……没了。”

“如果没其他事情，今天就到这里吧，待会儿我还要去村里看一看。”老华侨把身子一靠，故作轻松地问道，“我不在的这几个月，村里有没有找我们的麻烦？”

“没有。您住院这段时间，村领导对我们很不错，他们经常过来，看我们有什么事情需要帮助。”马占军回答道，“其实这很正常，村里的其他企业大都倒闭了，现在只有咱们新天地公司在正常运转，这也是他们砚富村的骄傲，他们宠还宠不及呢，怎么可能会找咱们的麻烦？”

“嗯，那就好。不过我还是要去看一看。”老华侨意味深长地说，“人在屋檐下，不得不低头。咱们在人家的地盘上开厂子，一切还得指靠人家不是？无论什么时候都不要忘了，咱们是外来的，要处理好公司的外部关系，这样才有利于企业的发展嘛！”

“是，是，晁总，还是您考虑得周到。”马占军点头道，“晁总，您需要我做什么，尽管吩咐！我马上去安排！”

“我也不要你去做什么，你只要做好分内的工作就是。我准备一下，就该到村领导那里看一看了，有什么事情，我会让小刘通知你的。没什么事了，你去忙吧！”

“好的，晁总！”

马占军走出办公室后，老华侨坐在那里又眯起眼睛假寐起来，心里有种说不出的感慨。此时他很是纳闷，自己不在的这几个月，公司发生的变化真让人有些不可思议。公司现在运转正常，一切都在向着好的方面发展，这是好事，可为什么姚远做了人事部经理，大家对他有意见呢？难道是他的做法不对，工作上出了问题？否则就是他触及了某些人的利益。老华侨挠着脑袋想来想去，也没有理出个头绪。他现在想得最多的还是公司的变化，这很好嘛！人心顺和，员工的工作积极性挺高的，一切都井然有序，没见出什么问题呀，莫不是有人嫉贤妒能？这么一想，老华侨的脑子里马上出现了销售部经理何心安和总经理马占军两个人的话，心里当即明白了，不由“噢”了一声，一定是他们对姚远有意见，不然他们两个不会散会后留在这里，向自己谈论这些事，他们这样说的目的是什么，还不是对姚远有意见吗？说白了，是姚远触及了他们的利益。想到这里，老华侨不由生起气来，不满地说，哼，我自己的企业我还做不了主了？难道你们说什么我就得听什么吗？我不应该有自己的主见？说穿了，你们就是打工的，我才是公司真正的主人，现在还轮不到你们来指手画脚！再说，姚远这人不错，有能力，有方法，在他的管理下，公司不是已经出现新的变化了吗？你们一定是嫉贤妒能，才这样在背后说他的坏话。到此为止还则罢了，如果你们继续闹下去，我倒要真的做给你们看看。我是干企业的，我要的是团结一致，要的是经济效益，难道还能被你们几个不干事的人给搅和了？妈妈的！我还真就不信了！

这时，秘书小刘走了进来，她径直来到老华侨身边，轻声问道："晁总，还有什么事情要办吗？"

老华侨盯着小刘的脸看了足有半分钟，这才缓下口气说道："小刘，你去准备一下，我想去村里走动一下，向领导们报个到，也让他们知道我已经回到公司了。今后还得指靠村里的帮助和支持呢，如果他们知道我回来而不去拜见，他们心里会不高兴的。"

"好的晁总，我这就去通知小胡，让他待会儿开车送您去村里。"

"你去安排一下！"老华侨吩咐道，"顺便到财务部拿点钱，我们一同去见村领导。不管是吃饭还是喝茶，到头来还不是咱们埋单？"

"晁总，我知道了。"小刘扭着腰肢走了，老华侨又把眼睛眯缝起来，他现在想的是，等会儿自己该怎样面对村里的领导！

## 4

砚富村是深圳市龙岗区一个普通的村子，过去是一片荒滩，是20世纪初才形成的滨海内陆村。村里的姓氏除了许姓，还有岳姓、柴姓等几个姓氏。村子不大，杂事却不少，过去村民常为争夺权力闹得不和，村领导走马灯似的经常换，直到几年前，姓许的重执村政大权后，才有所改观。如果不是地理位置优越，说不定现在砚富村也不会有太大发展。20 世纪 70 年代后期，一代伟人到南方视察后，砚富村就像旭日东升那样快速发展起来。其实他们也没有什么高招，靠着离香港和深圳市区近的独特优势，吸引了大批外资老板在这里投资办厂，村里每年收取一定的管理费、土地出租费、水电费、卫生费等。不要小瞧这些零星收入，归总起来可不是个小数，你要用水，你要用电，你要租房，你要购物，你要在这里吃喝拉撒，总之，你只要在这里投资办厂，就不会让你白办。在人家地盘上做事，就得听从村里安排。不听，村里就给你脸色看，让你吃不了兜着走。不错，外资是吸引过来了，村里该提供的提供了，至于其他的问题，对不起，就是你们投资者的事情了。你得做好村里工作，和村民搞好关系，只有这样，企业才会平安无事，才会发展得越来越好。

老华侨现在要去拜见的领导，就是那个权大无边的村主任——砚富工贸集团公司的董事长许自力。这可不是个一般人物，他不但在村里响当当，就是在区里、市里也有一定影响。别看他官不大，权力却不小，砚富村的大小事情没有他点头是不行的。因此，老华侨就把主攻对象放在了许董事长身上。老华侨和其他老板一样，隔三岔五就去见见许自力，拉拉关系，套套近乎。这种事情是要经常性的，不能中断，不然村里随便找个理由，就够你喝一壶的。都说南方投资环境好，但这是相对而言，一样有游戏规则，一样有数不清的繁杂事情。既来之则安之。既然选择在这里投资，出了事，你不可能把自己的投资丢掉不要吧！所以你就得学会委曲求全，做村领导的工作，只有把工作做到家，你的企业才会平安无事，才会稳健发展。这就是双赢，这就是皆大欢喜的事情，这就是游戏规则。

那天，老华侨特意打扮一番以示郑重。他头戴礼帽，身穿一套笔挺的阿玛尼深灰色带细条纹西装，里面套了件雪白的花花公子衬衫，脖子上戴了条猩红的金利来领带，脚蹬一双锃明瓦亮的骆驼牌皮鞋，头上抹了发胶，头发梳得一丝不乱。去村里见许自力时，除了带上秘书小刘，他还特意让姚远跟着一起去。现在老华侨已经把姚远当成自己的心腹。一路上，老华侨都在向姚远灌输去见村领导时要做的“功课”，同时还把一些潜规则有意无意地讲给他听。既显示自己的精明和老练，又表明了对姚远的亲近。说是让姚远长长见识，其目的还不是为了让他不要生二心，好好跟着自己干。

姚远并不知道在这里办企业有这么多“游戏规则”，听着老华侨的经营理念，他心里暗暗多了个心眼儿。处处留心皆学问，看来今后自己还是要多留心才是。

许自力四十多岁，低矮个，板寸头，大嘴巴，皮肤灰黑，典型的南方人相貌，所不同的是身材较胖，满脸横肉。别看他眼睛小，但目光如炬，时时给人一种精明强干、工于心计的感觉。

砚富工贸集团公司是个独院，院子里栽着高大的阔叶植物。五层高的办公楼坐北朝南，里外装修得很是豪华，在两边裙楼的衬托下显得更加高大气派。如果不是办公室的门口挂着接待室、会议室、计生室、档案室等门牌，保留着村级机构的办公特色，你会以为这是一家企业的办公场所。但是企业办、行政办等门牌，又让人感觉有些不伦不类。

进院、下车，拾级而上。在三楼董事长宽大的办公室，老华侨、小刘和姚远见到了许自力。一说话，姚远就看出了许自力的城府和实力。对老华侨这种有身份的人，许自力没有表现出过分的热情，甚至连正眼瞧一下都没有，而是坐在那里大口大口地抽着雪茄。许自力斜起眼睛审视着他们三个，看看这个，又看看那个，他的目光在姚远身上停留片刻，脸上不由露出一丝笑容。看到老华侨他们进来后，许自力只是伸出胳膊向前挥了一下，随便做了个“请”的动作。老华侨在他对面的椅子上落了座。

“晁总，今天来带了保镖呢！”许自力看了看姚远，调侃似的冲老华侨说道。

“哪里，哪里，来见许总怎么可能带什么保镖？”老华侨扭过头介绍起来，“小刘，我的秘书，你认识的。姚远，是我们公司的人事部经理。我把他们带上，是想让他们为许总服务的，怎么样？许总，有什么需要，您尽管吩咐。”

“不敢不敢，又是美女又是帅哥的，我怎敢掠美？还是留着让他们为你服务吧！”许自力说着不由呵呵地笑起来。

办公室的气氛缓和下来，两个人开始轻松地谈起话。不咸不淡的谈话中，不时夹杂着调侃和幽默。谈话快结束时，老华侨回头冲姚远和小刘使了个眼色，示意他们到外边等候，他要和许自力谈点私事。两人出去后，看房间里再无他人，老华侨从随身带着的手提包里掏出带封条的钱，递了过去。

“晁总，你这是什么意思？”许自力看着老华侨，不动声色地说。

“没什么意思，我是来感谢许总的。”老华侨毕恭毕敬地笑着，“我这段时间不在公司，多亏您的关照，我们新天地公司才能够正常运转。我今天特意来看看您，表达一下谢意！”

“客气了，晁总！”许自力斜起眼睛看了看，轻描淡写地说道。他并没有收起来，而是让那钱尴尬地躺在老板台上。许自力一脸平静地抽着雪茄，时间仿佛静止了似的。过了大概半分钟，许自力这才咧开嘴巴轻轻地笑起来："晁总，你年龄大了，身体要紧呀！你住院这段时间，村里事太多，我也没顾上去看你，请谅解！这样吧，你有什么事情，直接给我言一声，能办的我一定照办！"

"谢谢许总对我们新天地公司的关照！"老华侨恭维道，"您是日理万机的董事长，我哪敢劳烦您的大驾去看我？有您这句话就什么都有了！"看着老华侨那一副讨好的样子，许自力禁不住想笑。

"谢个鬼耶！"许自力还是笑了起来，"再说我们谁和谁噢！提这些就显得外气了。"

整个见面时间不到半小时就结束了。从许自力那里出来，却不见小刘和姚远的人影，原来他们觉得老华侨在那里可能停留时间过长，所以先回了车里。老华侨只好独自下楼。看见老华侨出来，小刘急忙从车里钻出来迎上前去，扶着他的胳膊悄声问道："晁总，没什么事吧？"

"能有什么事情？"老华侨斜了小刘一眼，如释重负地嘘了口气，"只要人到礼到，有事也会变得没事。走，咱们回公司！"

看见老华侨，司机小胡急忙跳下去，打开后边的车门把老华侨让进去，然后躬身钻进驾驶室，轻轻一踩油门，性能良好的宾利车像条鱼一样，在村道上平缓地向前驶去。

“晁总，怎么这么快就结束了?”姚远像是在探询，又像是关心地问了句。

“这种事情，你还想要多长时间?”

“我想，怎么也得一个小时吧!”

“咳，我又不是来和他商量事情的，干吗要那么长时间?”老华侨把脑袋平放在靠背上，松了口气，“再说我就是来谈事也用不了那么久，你以为这里是北方，做什么事情都慢腾腾的?在这里做事是要讲究效率的，这就是深圳速度，明白吗?”看姚远不说话，他又解释道，“办这种事情，只要东西一放就算完事，哪有那么多闲话可说。”

“晁总，给了他多少?”

“五万。”

“啊——那么多?”

“不多不多，如果他来找你的麻烦，再有两个五万也不够。”

“他可真够黑的。”

“唉，其实都一样的，在人家地盘上做事，你要懂得游戏规则嘛，你要处理好方方面面的关系嘛，否则事情就会变得很麻烦喽!”

宾利载着三人来到公司门前，老华侨闭上嘴巴不再说话。姚远看了看紧绷着脸的小刘，知道言多有失，随即也表现出一副谨小慎微的样子，变得沉默起来。

# 第五章　走马换将

## 1

一天上午，姚远正在办公室里忙着工作，这时只见门口人影一闪，很快两个熟悉的面孔出现在他的眼前。

“姚总，还认得我们吗？”其中一个身材魁梧的男子上前说道。姚远吃了一惊，急忙抬头一看，马上认出了两人。说话的是杨亚彬，站在杨亚彬旁边的是王德伟，都是他的债主。

他们怎么找到这里来了？看到两人的一刻，姚远心里不由“咯噔”一下，他怎么也想不到，这两个人居然会讨债讨到这里来，他急忙站起来，脸上赔着笑说：“我们是老关系了，怎么能不认得两位老总呢？”

“哼，你的记性还算不错嘛！”王德伟抢前一步，毫不客气地说，“姚总，这么长时间都找不到你，我们还以为你跑到国外去了呢，没想到你躲到这里发大财来了。”

“王总说笑了，我也就是找个地方混碗饭吃，怎么能说发大财呢？”姚远脸上赔着笑，“以我现在的条件，也发不了什么财呀！”

“姚总，我们也不和你绕弯子，还是谈谈正事吧！”还没等杨亚彬开口，旁边的王德伟便挑明了来意，“欠我们的账时间也不短了，你打算怎么办，什么时候还我们？”

“唉，遇上金融危机这种事情，我也没办法！再说我自己还赔进去一百多万呢！”姚远一脸歉意地看着王德伟，摊着手做出一副无可奈何的样子，“你们说遇上这种事情，谁来弥补我的损失？”

“俗话说，冤有头，债有主。谁来弥补你的损失我们不管，我们只说你欠我们账的事。那可是我们的血汗钱呀！你倒好，欠了账，什么也不说，屁股一拍就走人，和我们玩起了失踪，可把我们给害苦了，如果不是弟兄们道上朋友多，还真不知道你躲在这里享清闲，和我们藏猫猫。我们今天特意从广州赶来，什么也不做，就是来要回我们那笔钱的。姚总，你打算怎么办？”

“还能怎么办？只能再等一等了。”姚远蹙着眉头，做出一副无奈状。他是真不知道自己该怎么办，因此只好站在那里叹气，“我现在手里真没钱，有钱我也不会来给人打工不是？两位老总，要不这样好不好，你们再给我点时间缓一缓？”

“缓？你让我们缓到什么时候？”王德伟斜着眼睛不满地盯住姚远，“如果不是我们朋友多，说不定现在也找不到你呢。好不容易才打听到你藏身的地方，如果趁着缓一缓的工夫，你再躲起来，不是又让我们找不到了吗？”

“不会的不会的，我怎么可能躲藏起来呢？”姚远急忙解释道，“我现在这么做，不过是想找点事儿干，等挣到钱后好还你们……”

“姚总，你说得比唱得都好听，现在什么都不要说，你就是说得天花乱坠也没用。”杨亚彬打断姚远的话，说道，“我们两个今天来可不是听你给我们摆龙门阵的，我们是要带钱回去的。”

“不行啊杨总，我现在没钱，真的没钱。”

“欠债还钱，天经地义。不还钱不行，你得还我们。都这么长时间了，你总不能就这么拖着一直不还吧？”

“那你们说怎么办？”面对两个步步紧逼的债主，姚远窘在那里，涨红着脸低下头，他真不知道该怎样应付眼前的局面，只好一再解释，“说实话，我真的没钱，现在是一点儿也拿不出来。”

“没钱好办，那我们今天就不走了，你吃饭我们跟着吃饭，你睡觉我们跟着睡觉，你上班我们跟着来上班，反正你去哪里我们就跟到哪里，直到你还上账为止。”说完，王德伟拉过一把椅子，一屁股坐上去，把膀子一架，二郎腿一跷，打起了持久战。

“杨总、王总，我求求你们，欠钱的事，我们改天再谈好不好？现在是上班时间，我要工作，不能违反公司纪律，不然老板知道会炒我鱿鱼的。”

“哟，你是谁呀？”王德伟瞄了姚远一眼，从鼻子里往外哼了一句，“你不是老板高薪聘请来的人事部经理、位高权重的高级管理人员吗？你是他身边的红人，他哪敢得罪你，炒你的鱿鱼？”

“两位老总不要开玩笑了。”姚远自嘲地说，“就我这臭水平，你们又不是不知道，什么高级管理人员，说白了就是一个四处奔波、找地方混饭吃的打工仔。”

“姚总，你也不用瞒我们，其实我们什么都清楚，你在这里每年拿着二十万的年薪，待遇不错啊。既然你们老板这么器重你，你为何不向他提出预支年薪，再想想办法不就还上我们的钱了？”

“好了两位，你们不要再为难我了，事情并非你们想象的那么简单。”面对这两个步步紧逼的债主，姚远一时不知该怎么办才好。又听他们说得如此清楚，姚远不禁感到心惊肉跳，看来他们把自己的底细摸得很清，知道隐瞒不下去了，他只好苦笑着说道，“我来这里仅仅几个月时间，哪有什么钱？这不还没到年底吗，我怎么有钱还你们？再说，即使我向老板提出预支年薪，老板也不可能提前支给我呀！何况就那么点钱，就是支给我，也不够还你们俩的账。”

“哼哼，那我们可就不管了。”

看着两个人蹲在那里像两尊神似的，不但干扰自己的工作，影响也不好，如果此事传到老华侨那里怎么办？姚远不由紧张起来。上班时间不会客，这是自己制定的制度，现在自己怎好带头违反呢？正当姚远急得抓耳挠腮不知如何是好时，忽然看见销售部经理何心安从办公室门前路过，还有意停了一下，姚远心里更加着急起来。回避是回避不了的，无奈之下只有向何心安求救，看他能否帮自己一把。姚远走过去叫住何心安，可是何心安却装出一副事不关己的样子，身子一转，快步走了过去，身后留下一串得意的口哨声……

这个何心安，为什么早不出现晚不出现，偏偏在这个节骨眼上路过这里，这不是故意让自己难堪吗？而且看他刚才那副幸灾乐祸的样子，真让人心里难受！想到这里，姚远脑子一转，忽然意识到了什么，何心安刚才的表现，如果不是巧合，那又会是什么意思呢？是有意为之吗？想到这里，姚远心里“咯噔”一下，后背生出一层凉意……

## 2

“晁总，刚才行政部汇报，公司来了两个讨账的，现在就在姚经理的办公室，您看怎么办?”

“只要不是公事，他自己的事由他自己解决!”听说姚远那里来了两个讨账的，老华侨简单问明情况后，想也没想就告诉马占军，“这是姚远的私事嘛，不用我们出面，让他自己把屁股擦干净就是，这种事情何必惊动公司?”

“可是……来讨账的赖在那里不走，影响公司的形象呀!”马占军有意夸大其词，“我听说这两个讨账的很不友好，一来就闹，把矛头直指咱们公司，口口声声说什么赖账、不讲信誉，这不是抹黑咱们新天地吗?几十年了，咱们新天地公司在业界一直有着良好的信誉，如果被这些讨账的给搅坏，再四处宣扬怎么办?这对公司今后的发展极其不利，所以我想……还是晁总您亲自来处理一下这件事情。”

“嗯——怎么会这样呢?”老华侨听后感到不对劲，急忙问道，“马总，来的都是些什么人，你弄清楚了没有?”

“这个……我还不太清楚。”马占军故作夸张地说，“只知道他们是来要账的，这些人出言不逊，嘴里骂骂咧咧的，态度极不友好……”

“你先问清楚，然后再告诉我。”老华侨压低声音叮嘱道，“我正在村里和领导们说事情呢，不方便给你多说。不过你要给我记住，马总，决不能在这个时候给我闹出什么乱子。”

“是，晁总!”马占军答应一声挂了电话，过了几分钟，他又慌慌张张地打来了电话。

“晁总，我刚才已经打听清楚了，是姚远欠钱不还引起的纠纷，现在两个要账的正在公司里闹呢！他们口口声声说我们不讲信用，还说如果再不把钱还上，他们就不走了，不但不走，还要报警，找有关部门来这里解决，您看这事怎么办?”

“怎么会出这种事情?”老华侨不满起来，“这个姚远，我看他人不错，没想到素质这样差!”

“是啊，谁会想得到呢?”马占军跟了一句。

“看来他真是不想在公司待了，刚来新天地，讨账的就脚跟脚地追过来，这可不是什么好现象。他这样做，分明是往新天地公司的脸上抹黑，不是让我们一起跟着丢人吗?”老华侨显得很生气，他沉吟了一下，接着便提高声音吩咐道，“你让姚远给我打电话，我要向他问清楚，看看究竟是怎么回事。”紧接着他又补了一句，“我是做企业的，我可不想有人来找公司的麻烦!”

听说老华侨要自己给他打电话，姚远心里叫起苦来，真是怕什么来什么。老华侨像鸟爱护自己的羽毛一样，极为爱惜公司的声誉，如果知道有人来公司找自己要账，给公司造成了不良影响，不定会有多生气呢。唉，是福不是祸，是祸躲不过，一切只有听天由命了。姚远心一横，只好掏出手机走到一边，给老华侨拨起了电话。

“晁总，听马总说……您找我？”姚远小心翼翼地问道。

“姚经理，你是怎么搞的，居然让几个讨账的跑到公司来了？这样做可不好呀！”接到姚远的电话，老华侨从村主任许自力的办公室里出来，站在走廊一端，不满地说，“你是知道的，新天地公司的声誉一直都很不错，而且向来很纯净，受不得外界的任何干扰，你作为部门经理，心里应该清楚这一点！”

“我……我知道，晁总！”听到老华侨话里的不满，姚远心里更加紧张，连说话都变得语无伦次起来，“晁总，你知道的，我在广州开公司时，因为金融危机欠下了账。我就是因为欠了这两个人的账，才被逼无奈跳的珠江。”姚远擦着头上的汗水，歉意地说道，“这是我个人的事情，跟新天地公司没有任何关系，我希望晁总您不要生气……”

“什么？姚经理，原来你说的是这个事情啊！我还以为你在公司做了什么出格的事情呢！”听了姚远的解释，老华侨这才恍然大悟，口气也变得和缓下来，“关于你欠账的事情嘛，在广州住院时，不是已经告诉过我了吗？嗯，我知道了。不过事情过去了这么久，我忘了你当时说的欠了人家多少，你能不能给我说一下？”

“不算多，可也不算少。”姚远思忖着说，“晁总，这两个人的账合起来有八九十万……”

“八九十万？哈，我还以为你欠了他们多少呢！不就这几个钱？”老华侨松了口气，想了想说道，“这样吧，姚经理，你欠的这几个钱，我先替你还上，何必让他们跑到公司来闹呢？这样做可不好，社会影响有多坏你知道吗？现在你不要着急，也不要担心，我马上给财务周经理打电话，需要多少你去财务部拿多少，先把欠人家的钱还上，免得他们在这里闹事！”

“什么？晁总，你要我去财务部拿钱，先替我还债？”姚远以为自己听错了，求证道，“那可是好几十万呢？”

“好啦，你不要考虑那么多了好不好，不就是几十万吗？小意思啦！姚经理，你还给他们不就完事了嘛，省得他们在公司里闹！记住，不要影响公司的正常工作，更不能影响公司的声誉。你明确告诉那两个讨债的，什么都不要说，闭上嘴巴，拿了钱赶快走人！不要影响公司形象！”临挂电话，老华侨又叮嘱道，“姚经理，我可给你说好了，还债的事情，你一定要处理干净，不能拉拉扯扯的留下后患，我可不希望再有类似的事情发生！”

“我知道、我知道。”老华侨为自己解了围，姚远连忙感激地说道，“这个您放心，晁总，我决不会做任何对不起公司的事情。”

“行啦，有你这个话我就放心了，你快去财务部拿钱还账吧！希望以后不要再让这样的事情发生，不然我可就要生气了。”老华侨说完挂了电话。

姚远没想到这么大的事情，老华侨一个电话就解决了。当他擦着头上的汗，跑到财务经理那里时，他还觉得这一切就像做梦似的不够真实。是的，这个梦曾经像座大山一样把自己压得喘不过气来。不过现在好了，钱已经还上，自己再也不用担心了。只要打发走这两个索命鬼似的债主，一切就好办了，起码欠李建峰的账现在不用那么急着还，何况瘦死的骆驼比马大，李建峰的生意做得那么大，还不至于为这么点钱和自己过不去，等以后有了钱再还他不迟。

杨亚彬、王德伟起初还有些不相信，两人面面相觑地相互看了看，直到确认自己手里拿的钱是实实在在的，才敢相信这是真的。他们看着姚远，结结巴巴地说道：“哎呀，我们没想到……姚总，你在这里如此受器重，真让我们……没有想到……真的！”两人伸出大拇指称赞道，“好、好，姚总，就凭你的为人，相信你今后一定会大有作为，说不定将来我们还会有合作的时候……”

“谢谢两位老总，咱们先不说这些好不好？我也希望今后我们有合作的机会。”姚远擦了把头上的汗，如释重负，“不好意思，让你们久等了。”

“没关系，没关系，真是难为你了。”杨亚彬满脸歉意地说道，“我们也是没办法呀，要知道，我们还等着这笔钱办事呢！”

“能理解，能理解！”说着姚远又给他们倒了一杯茶，示意二人喝茶。杨亚彬和王德伟急忙摆摆手：“不喝了，不喝了，趁着时间尚早，我们还要赶回广州呢！”

“既然如此，我就不挽留两位了，刚好我这里也有事情要处理，抱歉！”姚远说着冲他们拱了拱手。

“姚总，知道你忙，不好意思，打扰了，我们就此告别！”

看看钱已到手，杨亚彬和王德伟也不多说，起身离去。

站在办公楼的走廊上，看着他们走出办公楼，消失在大门外，姚远这才长长出了口气。欠这两个人的账总算还上了，自己终于可以轻松一下了，但他转念一想，这两个人的钱还上了，可欠李建峰的那笔账什么时候才能还上呢？他不由又皱起了眉头。

李建峰是中国（广州）富达投资有限公司的总裁，给予姚远很大的帮助。李建峰从姚远开始办公司时就支持他，前前后后算起来有一百五十万之多。姚远本来想等自己囤积的那批货卖完后还他的，可是没想到一场金融危机席卷而来，像记重拳，一下子打破了姚远的发财梦。一夜之间，他从老板变成了债台高筑的破产者。四面楚歌，欲哭无泪，到了走投无路的地步。姚远心里清楚，尽管李建峰的企业做得很大，但同样也在这场金融危机中遭受了重创，资金链断裂后急需得到补给，可当时自己的钱全都砸在这批货上了，货根本出不了手，到哪里去弄钱还他？接到李建峰的电话，姚远急得像热锅上的蚂蚁，无奈，只好一再赔着笑脸向他道歉，希望得到他的谅解，把还钱的日期向后拖一拖。当时李建峰也很着急，一连给姚远打了几次电话都没有结果，这让李建峰感到很失望。最后只好叹着气不了了之，直到自己被逼无奈跳了珠江，李建峰也没有再和自己联系过。也因此直到现在，自己都没有还上李建峰的债。

李总对我实在太好了，他这人讲义气够朋友！姚远知道，自己这辈子欠李建峰的情实在太多了，多到这辈子都无法还清。这么长时间过去了，现在也不知道李建峰怎么样了，他会怎么想自己呢？如果李建峰也像杨亚彬和王德伟那样，得到消息后找到新天地公司来，不依不饶怎么办？此事若被老华侨知道了，他又会怎么想？

晁总对我不错，不行，我决不能再让这种事情发生。我要把自己的事情处理好，决不能让公司跟着自己丢形象。与其将来让李建峰找到公司堵住门讨债，还不如来个主动出击，给他解释清楚，即使自己现在还不上钱，也要让他明白，我姚远不是无情无义之人，等今后有了钱，一定会加倍偿还他的！和李建峰打了那么长时间交道，姚远了解李建峰的为人，他豪爽大方，不拘小节，只要和他把事情解释清楚，他肯定会原谅自己的。想到这里，姚远拿起了手机。

## 3

事后不久，姚远很快弄清了杨亚彬和王德伟来公司找自己要账的来龙去脉，原来是销售部经理何心安做的手脚。他这样做的目的很明确，就是不想让姚远在新天地公司待下去，这样的人事部经理对自己太不利，有这样一个定时炸弹在身边，无论什么时候都是一种隐患。何心安坐不住了，在马占军的授意下，他开始通过各种渠道打听起姚远来。靠着自己跑业务时间久，认识的人多，结果没费什么周折，就摸清了姚远的底细，并且很快找到杨亚彬和王德伟这两个让姚远头疼不已的债主，希望通过他们来除掉姚远。

什么？这家伙躲在深圳？好哇，这次终于能讨回我们的钱了。至于其他的事，我们一概不管，只要能讨回自己的钱，就达到了目的。所以当他们听说姚远躲在深圳一家外资企业做人事部经理，深得老板器重，而且年薪不低时，两个人不由喜出望外，当即按照何心安提供的地址，驾车径直来到新天地公司，这才引出一场要债的风波。

杨亚彬和王德伟是姚远在广州开公司时的生意伙伴。金融危机爆发前，泡沫经济到处弥漫，物价飞快上涨，刚做生意不久的姚远，根本没有这方面的经验。他在尝到甜头后，当即便有了大干一场的想法，雄心勃勃地勾画出一幅宏伟蓝图，希望能在当前的市场经济中有所作为，早日实现自己的发财梦。他到处筹借资金囤积商品，以期在持续上涨的物价中捞上一把。就这样，在姚远的劝说和鼓动下，杨亚彬和王德伟分别投进去了几十万资金。他们和姚远一样，都以为可以狠狠赚上一把的，没想到几个月后，金融危机爆发，一下子破灭了他们的发财梦。两个人把一切责任都推到姚远身上，认为姚远欺骗了他们，害得他们砸进去了一大笔钱。对此姚远是有口难辩，有苦难言，和他们解释多次都没用，这才造成了他们多次向姚远讨债的恶果。姚远被逼无奈，最后跳江自杀。

其实，姚远到新天地公司任职，并非有意躲债，纯粹是万不得已。当然如果不是走投无路，他怎么能狠心地去跳珠江？经历过那次生死之后，他万念俱灰，根本没有再活下去的勇气，如果不是遇到老华侨，他现在还不知道在哪里流落呢！既然老华侨给自己提供了一个展示能力的舞台，自己就要珍惜这来之不易的机会，好好干上一番，等到将来挣钱后，再归还欠账。没想到自己刚来新天地公司几个月，工作上刚有起色，杨亚彬和王德伟就追到了这里，这不是为难自己，让自己出丑是什么？让姚远生气的是，自己与何心安本是同事，大家同为部门经理，本应该相互配合，好好工作的，可是没想到他却偏偏在这个时候落井下石，欲除自己而后快，这样做不是太恶毒了吗？姚远对此一直没有转过弯来。

几天后的一个晚上，在秘书小刘的陪同下，老华侨带着姚远来到富达大酒店吃饭，无意中提到姚远被人要账的事。当时老华侨还没想那么多，只是想带两名心腹来这里放松一下，所以一副无所事事的样子。服务生把菜一一上来，林林总总地摆满了餐桌。老华侨也不客气，坐在主位上吃了起来。席间，心情愉快的老华侨不停地示意姚远吃菜，还频频地举杯相邀。酒是好酒，菜是好菜，可是姚远却没什么兴趣，而是显得相当沉闷。

“怎么了，姚经理？看你一副不开心的样子，是不是有什么心事？”老华侨看着姚远，又举起了酒杯。

“没……没什么。”看老华侨举杯，姚远也把杯子端起来，略带忧郁地说，“谢谢晁总，如果那天不是您帮我，真不知道会闹到哪一步！”

“噢，原来是为这个事情啊。”老华侨笑着说道，“应该的，应该的。你是我公司的人，我不帮你谁帮你？再说事情既然已经过去了，就不要再想那么多，好好干。”说着端起酒杯一饮而尽。

看老华侨已经喝完了，姚远端着酒杯犹豫一下，最后还是喝了下去。

“晁总，您知道姚经理那天为什么被人堵在公司里要账吗?”由于喝了几杯酒，小刘的脸红扑扑的，像飞了两片红霞。此时她身子前倾，把胳膊肘放在餐桌上，垂着长发，用余光看了眼姚远，幽幽地说了一句。

“怎么回事?”老华侨吃惊地瞪大了眼睛，“难道这里边有什么问题?”

“有没有问题我说不清楚，不过我总觉得这事情有些蹊跷。”小刘端起茶杯喝了一口，“何况要账的怎么会知道姚经理在我们公司？他们又怎会直接找到姚经理的办公室？因此我觉得这是有人故意使坏，在姚经理背后捅刀子。”

“什么蹊跷不蹊跷、捅刀子不捅刀子的，你说的都是什么呀？小刘，你不会是喝多了说胡话吧?”老华侨笑容可掬地望着小刘，有些不解地问，“我怎么听着有些糊涂呢？欠账还钱天经地义，这本是很正常的事情嘛，怎么是有人故意为难姚经理呢?”

“晁总，您仔细想一想，姚经理是公司的人事部经理，他制定的那些规章制度，很容易触及某些人的利益。这些人当然会不满，所以他们想方设法为难姚经理，这才引出两个讨债的来公司找姚经理要账。”

“他们这么做的目的是什么?”

“很显然，他们这样做的目的，就是除之而后快。说白了，让您对姚经理产生误解，然后赶走姚经理。难道您没有看出来吗？

“你说的这些人都是谁啊？我怎么越听越糊涂？”老华侨瞪着眼睛看了看姚远，又转过头看了看小刘，一时如坠云雾之中。

“还能有谁？”小刘又端起茶杯喝了一口，鼓足勇气说，“还能有谁？咱们公司销售部经理何心安呗！”

“何经理？你怎么知道是他？”老华侨再次吃惊地看着小刘，不解地问道，“我怎么觉得这里边有些复杂呢？”

“这有什么复杂的？”小刘把身子向后一靠，做出一副未卜先知的样子，“我呀，注意何经理不是一天两天了，他是什么样的人，我一看就知道。你们应该清楚，像他这样经常在外边跑业务的，很容易成为江湖老手，心眼忒多。所以晁总，我觉得您应该多注意注意他，慢慢就会从他身上发现一些问题。”

“什么问题？”老华侨往前倾了倾身子，疑惑地盯着小刘，“莫非你已经看出什么来了？”

“其实也没看出什么，我只是凭着自己的感觉。晁总，您今后要对他多留留心，也许就会发现一些问题。”

“你看你这个小刘，怎么和我卖起关子来了？有什么你直说就是，对我还有什么可隐瞒的？”

“晁总，我没有卖关子，也不想对您隐瞒什么，我只是凭着自己的感觉。在没有真凭实据的情况下，我又能说出什么来呢？”

“唉，你呀！”老华侨看小刘一副高深莫测的样子，不由叹了口气，他在心里琢磨起来。小刘是老华侨的贴身秘书，公司的大小事务差不多都是由她出面代为安排的。别看她只是个秘书，其实她是在代表老华侨做事，权力远在总经理马占军之上。小刘年龄不大，心思却细，别看她平时不显山露水，可一到关键时刻就显出能力来了，因此她的话有时挺有用……就拿这件事情来说吧，老华侨根本没想到姚远会遭人暗算，可是却被细心的小刘给捕捉到了，这就是她的过人之处。关于姚远被人堵门要账这件事，其实她早就有了自己的分析和判断，要不然也不会说出这么一番话来。

“姚经理，你有得罪过何经理的地方吗？”认识到问题的严重性后，老华侨神情显得很严峻，他疑惑地看着姚远问道。

“我不知道啊！”姚远抬起头，一副蒙在鼓里的样子，茫然地看着老华侨。过了一会儿，他才若有所思地说道，“初来乍到，人地两生。我来新天地公司，一心只想干好自己的工作，根本没有其他想法。天天忙于工作，根本没有闲心去想这些事，更不要说得罪他人了！我一直觉得，做好人事管理工作是我的职责，至于其他，我想都没想，因此我不会和他们产生矛盾，更不会给他们制造矛盾。大家都在一起做事，没必要制造矛盾，这样对公司发展不利。我是真的不清楚什么时候得罪了他，更不知道哪里得罪了他。”

“这就怪了，既然你没有得罪他，他却来为难你，这是怎么回事?”

“我也不知道。”姚远垂着头，一副受了委屈的样子，“正如刘秘书所说，或许是我制订的规章制度触动了他的利益吧，这才让他如此恼恨我，不然他怎么会这样做?”

“据我推断，也许是姚经理的工作能力引起了他们的嫉妒，再加上姚经理制定的规章制度触及了他们的利益，所以他们才会这样做。”小刘在旁边说道，“其目的很简单，还不是为了把姚经理赶走，他好继续在这里为所欲为!”

“真是以小人之心来度君子之腹!”老华侨生气地说，“从这件事情来看，说明这个人的品质有问题。”他突然想起自己出院回来那天，何心安开完会后并没有马上离开，而是向自己提出了涨薪资的事，心里马上产生了警觉。不过在事情没有弄清楚之前，自己这个老板不便表态，本着为大局着想，老华侨安慰道：“姚经理，不管何经理有没有问题，也不论他出于何种目的，刚才小刘的话也有一定的道理。俗话说，无风不起浪。凡事不可全信，但也不可不信。不过有一点你应该明白，不管怎样，你都要按照自己的想法来，该怎么管理就怎么管理，我既然把公司的人事管理交给了你，就是要让你来抓一抓这方面的工作，所以你不要有任何顾虑，有事情我替你担着。”

“谢谢晁总对我的信任，我一定认真做好本职工作，不辜负您的期望!”看老华侨对自己如此放心，姚远大为感动，他当即坚定地表态。

那天晚饭后的第二天，老华侨就把小刘叫到自己的办公室，让她安排人秘密调查何心安。随后，他又把财务总监叫过来，让他悄悄调出销售部的来往账目，秘密对其进行审查。结果没费多大力气，很快就查出销售部经理何心安采取调包、隐瞒、虚报、低开等手段，多次侵吞公司资金等问题。

哎呀，他怎能这么做?面对这个调查结果，老华侨惊呆了，坐在老板椅子上久久没有回过神来。他怎么也想不到自己一向信任的何心安，竟然会给他来这么一手!按说何心安弄公司的钱倒不多，甚至在老华侨看来还不够一句话，可何心安的做法却让他所不齿。君子爱财，取之有道。考虑到做业务不容易，所以才让你拿底薪+利润分成，按说给你的待遇够高了，没想到你居然背着我黑公司的钱，这不是素质低、人品有问题吗?老华侨心里有种说不出的愤怒。

几天后的上午，已经完全考虑成熟的老华侨，一个电话就把销售部经理何心安叫到了自己办公室。他想把这件事情挑明后，再把他从公司里清理出去。

“晁总，您找我?”何心安来到董事长办公室后，疑惑地看着坐在宽大老板桌后边的老华侨，问道，“有什么事情吗?”

“嗯，何经理，过了这么长时间，你那天说的待遇问题考虑得怎样了?”老华侨故意以此为切入点，想尽快把话题引到主题上。

“晁总，根据公司现在的情况，我回去考虑了一下，还是按过去的惯例，我仍然拿底薪+利润分成吧!”何心安不明白老华侨此时找自己的真正目的，也不敢坐，就那么恭恭敬敬地站在老板台前，察言观色地小心回答着。

“按过去的惯例，你难道不觉得自己拿得少了吗?”老华侨眯起眼睛，不紧不慢地喝着茶，一连喝了两口，这才放下杯子用讽刺的口气说，“现在公司的效益可不算好呀!”

“晁总，我知道公司现在正处于困难时期，利润少时我拿个底薪也是无所谓的……”

“你恐怕不只拿个底薪吧?”老华侨睁开眼睛盯着何心安，用手一拍桌子，大声质问道，“何经理，你今天倒要给我说清楚，在公司的这几年，你究竟黑了我多少钱?”不等何心安反应过来，老华侨从老板桌的抽屉里拿出财务部出示的打印清单，“啪”地摔在他的面前，“你好好看看这个是怎么回事?”

“这，这……”何心安往前探着脑袋，粗略地看了下清单上的数字，脸“唰”地一下全白了，嘴唇抽搐着说不出话来。

“你不要说了，我已经彻底认清了你这个人。”老华侨绷着脸恼怒地说，“我平生最恨的就是有人背着我做损公肥私的事情，何况我平时待你不薄，你怎么能这样做?”

“我……我错了晁总……”

“好了，你现在什么也不要说，赶快把这几年黑我的钱拿出来。否则，我就去起诉你，由司法部门来处理!”

“晁总……您……您别生气……您听我解释好不好……”

“公司出了你这种败类，我怎能不生气?”老华侨沉下脸，毫不留情地冲他说道，“你什么也不用解释，要解释去和法官解释，我不需要，也没时间听!”

“我……我错了晁总，我对……对不起您，求求您看在我这几年没少为公司出力的分上，放……放过我这一次吧……”何心安看着一脸恼怒的老华侨，头上的汗水很快涌了出来，流得满脸都是，像刚洗过那样，此时他的腰也塌了下去，看上去比平时矮了许多。

“哼，早知今日，何必当初?”老华侨丝毫不放脸，“你不要解释了，说什么都没用的。何心安，我现在只问你一句，你拿还是不拿？”说着就要打电话报警。

“拿、拿、拿，晁总，我拿。”何心安一看老华侨动了真格，知道多说无益，急忙求饶道，“晁总，您……您可千万别报警……”

“赶快把吞进去的钱给我吐出来，然后卷铺盖走人！”老华侨厌恶地冲他说道。何心安嘴上说拿钱，可身子却没有动，他还想为自己做最后的辩解。老华侨一眼就看出了他的心思，冲他摆了摆手，让他赶快走人，接着就把眼睛闭上了。他不想给何心安任何机会。这种人，已经不值得再留恋了。

何心安站在那里愣了一会儿，事到如今，他知道没有回旋的余地了，只好一脸羞愧地低下头，迈着有气无力的步子走了出去。

看着何心安离去的背影，老华侨一点儿也不惋惜，此时他只是感到有些遗憾。他怎么也不明白，何心安为什么要这样做。自己平时待他不薄，把销售部交给他，没想到他竟然会做出这种事情，真让人痛心啊！他叹着气把头靠在椅背上陷入了沉思。现在老华侨想的是，何心安离开公司后，谁能顶他的空缺。老华侨明白，销售部是公司的重要部门，没有订单可是个大问题，所以不能没有人负责，否则怎么做业务？可是眼下公司里没有合适的人选，现招聘显然来不及，新手自己又不放心，这可怎么办？

老华侨坐在那里叹着气，把公司各个部门的人掂量个遍，也没有挑出一个合适的人选，正在他绝望之时，姚远的名字忽然跳进他的脑海。这个人自己开过公司，又是做业务出身。嗯，在目前缺人的情况下，只有把他先调上来，或许还比较合适。

唉，在这个关键时期，我可不能掉以轻心呀！想到这里，老华侨拿起手机给姚远打了电话，要他尽快到自己办公室来一趟。

## 4

就在何心安去财务部办理清账退款的时候，姚远接到老华侨的电话，来到了他的办公室。

“姚经理，知道叫你来干什么吗?”老华侨笑眯眯地看着姚远。

“不知道。”

“我想把销售部交给你，让你做新天地公司的销售部经理，你觉得怎样?”

“啊——让我负责销售部，做销售部经理?”刚刚落座的姚远惊得张大嘴巴，差点从椅子上跳起来。他怎么也没想到老华侨会让自己接替何心安的职务，有些不太相信，不由吃惊地盯着老华侨。

“是的，我想让你担当重任，把新天地公司的业务做起来。”看着姚远吃惊的样子，老华侨站起来，走到饮水机前，亲自给姚远接了杯水，放在他面前的茶几上。

“晁总，您这样安排不太合适吧！”姚远皱起眉头，他一时弄不明白老华侨的意思，“我没有这方面的经验啊，再说我到公司时间短，还没有完全熟悉公司的情况，您怎么就把这么重的担子压在我肩上？我怕自己做不好，万一出现失误怎么办？因此，关于销售部经理的人选，我想您还是另选他人吧！”

“哎，姚经理，你就不要推辞了，和你接触了这么长时间，我知道你的能力和为人，我相信你能干好这个工作。”老华侨看着姚远那张略显疲倦的脸，不容置疑地说道，“在新天地公司，你知道什么是最重要的吗？”

姚远鼓起眼睛看着老华侨，不知道他要说什么，一时不知道该怎么回答。

见姚远一副呆傻的样子，老华侨不由得笑了，他偏过头看了看秘书小刘，自顾自地答道，“新天地公司最需要的是忠诚和能力！经过一段时间的观察，我觉得你具备这样的素质和能力，所以我让你来担这个重任！”为了打消姚远的顾虑，老华侨接着说道，“你不用担心自己能不能胜任，只要努力，我相信你完全可以做得更好！至于待遇问题你更不用考虑，我一切都安排好了，你只管认真去做就是，好不好？”

“我……我实在不行啊。”姚远推辞道，“我没有这个能力，我怕自己做不好，误了公司大事，担当不起……”

“姚经理，你就不要推辞了。既然晁总这么安排，就是对你的信任，你又有什么可担心的呢?”看姚远还在推辞，小刘也在旁边劝道，“晁总是个性情中人，他一贯疑人不用，用人不疑。在广州时就已经了解过你的情况，姚经理的才能在广州开公司时就已显露出来了，只不过你那时初入商海，还没有摸清经商之道，所以才会有那种结果。究其原因，不是你的能力不够，而是运气不好，又赶上金融危机，任谁也没有办法。而咱们新天地公司已经成立了几十年，在业界有着良好的口碑，所以你完全不要有任何顾虑，只管大胆去做，相信你一定会做得很好!”

“刘秘书，你这么说真的让我受宠若惊。只是我能力有限，并不像你们说的那样。我希望你们能再考虑考虑。”姚远看了看小刘，又转过头来，望着老华侨。

“好了姚经理，你不用再解释，我心里清楚。我决定了的事就不会再变，就这么定了，你赶快做好上任的准备吧!”

“谢谢晁总对我的信任，可我对公司的业务情况一无所知，做起工作来肯定会有不少困难，我担心自己胜任不了这个工作。”看到决定的事情不可能改变，姚远望着老华侨，诚惶诚恐地说道，“晁总，要不这样好不好，我先熟悉一下公司业务?”

"嗯，姚经理考虑得很周到。"老华侨看了眼小刘，和她交流一下目光，马上对姚远说道，"这样也好，现在金融危机还没有过去，订单不是太多。正是你熟悉业务的时候，不过，你现在已经是公司的销售部经理，有哪些不清楚的地方只管找小刘就是，小刘会告诉你的。你先到销售部熟悉一下情况，待过段时间，再开展工作。"

"好的，既然如此，那我就先试一试吧！"在老华侨和秘书小刘的鼓励下，姚远最终下定决心，但他仍有些顾虑地说，"晁总、刘秘书，今后如果哪里做得不到位，请你们及时指出来，我好改正，免得走弯路，出现不必要的失误。"

"这就好，这就好，这说明姚经理做事很认真嘛！"老华侨端起茶杯喝了一口，用眼睛瞟了瞟小刘，不由哈哈一笑，夸赞道，"嗯，我们新天地公司需要的就是像姚经理这样的人才，忠诚和能力，有了这两项，一切都成了！"

# 第六章　开拓创新

## 1

新天地公司生产的产品用途极广，除了销往国内，在国外也有着庞大的市场，尤其是在美国、法国、加拿大、新西兰、澳大利亚等国家。过去新天地公司的业务一直做得不错，当然利润也相当可观，在深圳同行业中，属于少有的大型规模化企业，也是龙岗区砚富村的龙头企业和纳税大户，在全村几十家外资企业中有着举足轻重的地位。有了这样的资本和实力，老华侨自然也就成为当地企业界炙手可热的人物。什么时候提起来，人们都会竖起大拇指称赞说，新天地公司，牛！新天地公司的老板，更牛！可是金融危机像头猛兽似的，一下就把全球市场冲得七零八落的。在这场突如其来的金融危机中，一度畅销的新天地公司生产的数控产品，史无前例地出现了滞销现象，国外订单少了许多，目前只能勉强维持公司的正常运转。根据权威经济专家的预测，这场席卷全球的金融风暴短时间内不可能过去，至少还要持续一年。而要完全消除金融危机带来的影响，则最少需要两年时间。

眼前怎么办？怎么渡过这个难关？一想到金融危机还要持续这么长时间，不少企业老总发出这样的感叹。为了应对这场突如其来的金融危机，深圳市有关部门组织召开了经济研讨会。老华侨作为龙岗区企业家的代表，参加了这次研讨会。

会议在深圳市一家五星级酒店举行。来自全市的企业家代表们热烈地讨论着，“金融危机下，企业如何应对”成为这次会议的焦点话题。

“我们总不能就这样坐以待毙吧！”领导讲过话后，会议进入讨论阶段，一位代表率先发言。

“也不要那么悲观，金融危机迟早是要过去的，我不相信它还真能生了根，就这么一直持续下去。”一位代表站起来充满信心地说道。

…………

大部分代表认为，市场历来都是起起伏伏的，从来就没有一个定数，金融危机也有着自己的规律，就像世道轮回一样，三十年河东，三十年河西，隔上几年，就会来上这么一次。1997 年，亚洲金融危机来势汹汹，怎么样？不还是被成功地化解掉了？现在都全球经济一体化了，中国早已加入 WTO（世界贸易组织），我们还害怕什么？影响肯定会受到，不过也就是一两年的事。等熬过了这两年，一切都会变得好起来的。

研讨会还请来一些在国内、国际上都有一定知名度和影响力的经济专家，这些专家一个个端着面孔坐在那里，不时发表着自己的看法，他们胸有成竹，高屋建瓴，谈起话来旁征博引，妙语如珠，就像那些技术高明、经验丰富的医学专家为病人看病那样，面对与会代表们提出的各种问题，他们毫无惧色，侃侃而谈，一一化解。他们分别就当前金融危机下，国内企业如何展开自救阐述了自己的观点，说得人热血沸腾，怦然心动。会场内低沉的情绪突然被鼓动起来，高涨起来了，听着这些专家自信的话语，大家很快又增强了信心。

研讨会开了一天，大家讨论了一天。“无论多么困难，大家都要坚定信心，做好经营管理工作，夯实基础，从容应对，只要顶住这场危机，冲过去，前面就是艳阳天。没有山穷水尽，又哪里会有柳暗花明?”会议组织者最后铿锵有力的总结，给大家吃了一颗“定心丸”。

开会回来的第二天，老华侨就召开了中层以上管理人员会议。会上，他转述了此次去市里开会的情况，以及自己的心得体会，并针对当前面临的问题做出了安排布署。他同时鼓励大家越是这种情况，越要拿出勇气和信心，开拓创新，努力工作，早日走出这场金融危机，新天地公司将会在逆境中重新崛起。

老华侨的话，引发了姚远的思考。他相信金融危机很快就会过去，一切都会好起来的。如今自己是新天地公司的销售部经理，企业大，风险小，何况新天地公司又有着较为成熟的销售渠道，而且出了事背后有老华侨扛着。自己还有什么可担心的呢？自己只管放开手脚，放心大胆地去干就是！

此后，只要一有时间，姚远就会去图书馆看书学习。看李嘉诚的成功之道，看比尔·盖茨的发家史，看松下幸之助的销售学，看汪中求的《细节决定成败》……

做业务就是做市场，就是做沟通，不仅需要广泛地接触市场，还要对市场充分地了解和把握，只有这样才能对市场的变化趋势做出准确的判断。

当上新天地公司销售经理不久，姚远便在老华侨的安排下，先后到华北、东北等地进行了考察。在此期间，他发现一个奇怪现象，东北等地受金融危机的影响并不明显。经过一番调查了解后，他才终于明白，中国地大物博，资源丰富，人民团结，加上改革开放以来，国家下大力气搞经济建设，大力扶持企业发展，先后出台了一系列优惠政策，这才出现全国上下一派繁荣景象。眼下，中国就像一艘汪洋大海中的航空母舰，马力十足，无论面对多大的风浪，都能沉稳应对，勇往直前，驶向成功的彼岸！

其实在这次金融危机中，受冲击最大的不是内地，而是南方沿海经济发达地区。因为这些地方与国外贸易往来紧密，全球金融风暴来袭时，自然就会首当其冲。不过根据当前的社会形势来看，中国完全有能力抵御这场来势汹汹的金融危机。对日益强大的中国而言，它不过是一次小小的感冒，只需对症下药即可，根本损害不了他强健的体魄，稍稍喘息之后，仍然是一条威风凛凛的好汉！

## 2

从东北回来后，姚远把自己了解到的情况向老华侨做了汇报。紧接着，他又搭乘飞机去了大洋彼岸。

由于是第一次出国，姚远显得异常兴奋。经过二十多个小时的飞行，飞机缓缓降落在纽约机场。来不及欣赏纽约美丽的风景，姚远便马不停蹄地去了位于纽约和洛杉矶的两家与新天地公司有着业务往来的公司。这两座世界上最繁华的超级大都市，受这次金融危机的影响较大，街上许多店铺都关门了，街上的行人大都凝着脸，表情冷峻，给人一副心事重重的样子。大大小小的企业，基本上都处于半停工状态，整个社会呈现出一片萧条景象。看到这里，姚远不禁感叹，没想到美国这个号称世界上最强大、最富有、经济最发达的国家，也会有衰败的时候。究其原因，还不是因其狂妄自大，作茧自缚？如果不是美国过于强权，实行垄断经营，全世界的经济会跟着遭殃吗？不过细细想来，这也是市场经济的必然规律，是多年来形成的恶疾所致。根据眼前状况来看，姚远估计没有一两年的时间，美国是不会从这场经济危机中恢复过来的。

来到加拿大多伦多，姚远发现这里的情况要比想象中的好很多。姚远参观了几家多伦多本地的大企业，与当地的企业家们进行了交流。姚远还拿出随身携带的宣传册，向他们介绍新天地公司。

半个多月的国外考察结束了，姚远的心里有了底。就在他回来后不久，几家加拿大企业便表示愿意和新天地公司开展进一步的合作。尤其是一家名叫凯里的大公司，更是表现出极大的合作热情，姚远曾去这家公司考察过。在与姚远进行了进一步的商谈后，对方便准备与新天地公司签订一份价值一千万元的合同。一直以来，凯里集团都是与东莞的一家企业合作。姚远在加拿大考察时，无意中了解到这家国际知名的大公司，由于业务发展需要，正有意换一家合作伙伴，于是他就对其展开了强大的宣传攻势。姚远身上那股坚韧不拔的劲头，引起了凯里集团高层领导的注意。最终，凯里集团决定先试一试新天地公司的实力，于是就有了这份价值千万的订单。

订单来了，姚远高兴的同时，却又感到十分为难。这张订单看似诱人，但其实并没有多少利润。因为凯里集团对这批产品的精密度要求极高，这也是新天地公司以前所没有遇到过的。而且对方的态度十分强硬，“不做，我们再找其他厂家，愿意与我们合作的厂家多得是!”

做，还是不做?

这天晚上，姚远坐在办公室思考了许久，也没有一个答案。他本想找总经理马占军商量，但后来一想，很快又放弃了。犹豫一番后，他拨通了刘秘书的电话。

接到姚远的电话，小刘权衡再三，认为此事比较棘手，她也不便多言。于是便对姚远说道：“你是销售部的经理，这事你说了算!”

本指望小刘给自己指点迷津的，没想到却盼来这样的回答，姚远心里有些没底。过了好一会儿，他突然从椅子上站起来，像是下了很大的决心：既然这事自己说了算，那就做，虽然这笔订单利润不大，要求高，但总比没有好。虽然新天地公司还没有走到断米断炊的地步，但也不能就这么白白放弃一个大客户。想到这里，姚远决定把他的想法告诉老华侨。

“什么？没利润？没利润我们为什么要做?”老华侨正在广州一家大酒店里陪客人，听了姚远的汇报，很是不解，“没利润的事情我们不干！即使机器歇着，工人放假也不干！”怕姚远不理解，末了又说，“我们何苦要这么做呢？不赚钱的事，我们坚决不做！我可不想当傻子。”

“晁总，我觉得咱们还是接下来的好……”姚远在电话里阐述起自己的理由，“虽说咱们新天地公司在这次金融危机中是为数不多坚持下来的生产加工企业，但并不代表深圳只有咱们一家。我们不做，肯定有其他企业做。但是我们应该明白，没有前期的感情投入，又怎会有回报？所以我想，我们还是应该接下来，这也是为以后长期合作打下基础。再说这是一次机会，只要我们的产品质量过硬，借此机会争取更多的订单也说不定！”

“这样的单子有什么好接的？”老华侨听得有些不耐烦了，没好气地对姚远说道，“啊呀，姚经理，你不要再说这个事情了好不好，不就是张一千万的单子嘛，没什么大不了的啦！”

“晁总，我坚持自己的看法，如果我们不做，我们将会失去一个大客户。尽管这个订单没有多少利润，但这是我们树立公司品牌的好机会……”

“好啦，姚经理，既然你已经考虑周全了，那就按你的意思办吧！”老华侨不胜其烦，有些不情愿地补充道，“不过，姚经理，你要记住，做企业是讲究利润的，如果说没有利润，或者说利润过低，我们是不会做的。因为我们要考虑成本，低进高出一直是我们做企业的基本原则，不然我们的利润从哪里来？我们的企业靠什么生存？这次就算了，今后这样的单子就不要再接了！”

“晁总，单子接下来了，可是生产上怎么办?”听老华侨同意接下这笔订单，姚远很是高兴，但他马上又担心起来，“对方要求十天内交货，时间很紧啊！”

“这个问题，你就不用操心啦，我会安排的。”老华侨又强调道，“姚经理，今后一切都要以公司的利益为先！”

“好的，晁总，我记住了。”挂断电话，姚远松了口气。站在窗前，望着黑漆漆的夜，他心里不禁感到有些怅然。接下这笔订单，对自己来说意味着什么呢？也许是一个机遇，也许是一次挑战，可是谁又能说得清呢？

3

一千万的订单，在老华侨眼中可能是毛毛雨，但在姚远看来却是笔大买卖。这是新天地公司迈出的一大步，如今经济形势这么差，能接到这么大一笔订单，实在是一件可喜的事。要知道，这都是自己努力的结果，虽然没有得到老华侨的赞扬，但是公司里的很多人都明白，他们都很佩服姚远，以至于姚远在公司里的威望大增。

在老华侨的安排下，整个新天地公司忙碌起来。根据凯里集团的要求，设计、开模、出样板、签合约，每一个环节都在紧张有序地进行着。

为了在规定的时间内交货，姚远天天盯在生产车间，就差住在那里了。在他的监督下，机器开足马力，工人铆足劲。全厂两千多名员工六十多条生产线，在生产部的统一调度下，一刻也不停歇，到第九天头上，产品全部生产完毕。

第九天下午，打包装箱，货物出仓。第十天，产品如期交付凯里集团。待验收完毕，凯里集团负责人的脸上露出笑容，态度也不再那么傲慢了，禁不住对着姚远竖起了大拇指，连声夸赞："very good！（非常好！）very good！"姚远悬着的一颗心终于放下了。

其实姚远哪里知道，凯里集团所提的要求完全是强人所难，这笔订单如果让其他企业来完成，至少需要半个月的时间。凯里集团之所以提出这样苛刻的要求，一方面是因为这批产品本身时间就要得紧迫，另一方面也有考验新天地公司的意思。没想到新天地公司不但按时完成了任务，而且保质保量，凯里集团对此感到十分满意。

半个月后，凯里集团再次联系姚远，表示愿与新天地公司建立长期的合作关系。同时为了表示自己的诚意，凯里集团主动提出，价格可以适当上浮。

真是精诚所至，金石为开。姚远很激动，庆幸自己当初做的决定是正确的。鉴于此事关系重大，他不敢擅自做主，当即向老华侨汇报了此事。

这段时间，老华侨也一直没闲着，为了找订单，他是国内国外来回飞。让姚远担任销售部经理一职后，老华侨的心里也没底，甚至说他是在冒险。尽管觉得姚远有能力，可他还是不太放心，毕竟当前经济形势在那摆着，谁又能担保一个新手上来就能做得很好呢？因此，他不得不亲自出马，主动与人家拉关系，套近乎，希望能够借此拉来订单。可以说，为了新天地，老华侨绞尽了脑汁。可是效果并不理想，得到的答复不外乎“我们考虑考虑”“现在形势不好，还是等过段时间再说吧”。接连受挫，老华侨心里十分焦急，禁不住诅咒起来：“妈妈的，这要命的金融危机呀！”

就在这时，姚远打来了报喜电话：“晁总，加拿大多伦多的凯里集团主动提出想和咱们新天地公司建立长期合作关系，咱们做吗？”接到电话，情绪低落的老华侨立马来了精神，兴奋地说道：“这是一件大好事嘛，怎么不做？只有傻子才不做呢！”老华侨掩饰不住内心的兴奋，当即做出指示：“姚经理，对于这件事，你一定要认真对待，万不可草率从事，更不能在关键时刻掉链子，知道吗？你现在什么都不要想，赶快做好准备工作，迎接凯里集团的人。”

接到姚远的电话时，老华侨正在赶往白云机场的路上，他要乘坐下午的飞机飞往哈尔滨。听到姚远的汇报，他立马让小刘退了机票，并让司机掉头返回深圳。

## 4

为了这次合作，凯里集团派出了一名副总裁。接待酒宴设在了深圳富达大酒店。

这天，老华侨着一身深蓝色的杰尼亚西装，打一条猩红色的金利来领带，脚上穿着骆驼牌皮鞋，稀疏的头发梳得一丝不苟。在姚远和秘书小刘的陪同下，精神抖擞地来到位于富达大酒店十八楼的西餐厅。

凯里集团的副总裁名叫N·怀特，身材高大，高鼻子，深眼窝，铁灰色头发，长着一张棱角分明的脸，一双深蓝色的眼睛里，闪烁着灼人的光芒。

“您好，董事长先生!”见面的那一刻，怀特先生亲切地与老华侨握了握手，紧接着又与刘秘书握了握手，最后，他紧紧地握住姚远的手，称赞道：“姚先生真是年轻有为啊！祝贺董事长先生，您有一位非常出色的员工!”怀特的话让老华侨倍感欣慰，姚远是他挑选的，看来自己的眼光不错。

“怀特先生，首先我代表新天地公司欢迎您的到来。”老华侨看了看身旁的姚远，接着说道，“听我们姚经理说，您在加拿大的企业界有很高的影响力，非常值得我们尊敬!”

“客气了，董事长先生!”

两人同时笑起来。

丰富的菜品，考究的餐具，每一道菜都是那么精致，怀特先生感到非常开心，连连向老华侨点头致谢!

豪华的大包间像一座美丽的宫殿，金碧辉煌。在明亮而又璀璨的水晶灯的照射下，众人的眼睛看上去亮晶晶的，身上的衣服也像是镀了金，看上去华贵无比。音乐缓缓响起，是约翰·施特劳斯的《春之声圆舞曲》，所有的人都陶醉在这优美的旋律之中。

怀特先生端起酒杯，轻轻晃动着，红酒沿着杯壁摇动，散发出阵阵醉人的香气。这是2006年的奥瓦帕乐酒庄艾米塔，价格在5000元钱左右。酒色呈明亮的红宝石色，带有黑醋栗、覆盆子和紫罗兰的清香。单宁柔顺细致，酸里略有甜味。关于红酒，姚远了解得不多，他偶尔喝过几次，不过大都是国产的。他记得过去自己喝过一款名叫桃乐丝的外国红酒。喝之前，要先倒入醒酒器中醒一醒，至于为什么要醒一醒，他就不知道了。然后再倒入酒杯里，最好用高脚杯，一小口一小口地慢慢品尝，这样才叫高雅。据说，一些懂酒的人，会将杯子倾斜成四十五度，观察酒的颜色及液面边缘，以此判断出酒的成熟度。

所以今天在这个场合，姚远尽量装出一副文雅的样子，端起酒杯，轻轻地摇晃了一下，然后将杯子倾斜四十五度，观察起酒的颜色来。看着姚远那有些蹩脚的动作，怀特先生的脸上不由得浮现出一丝笑意。

“姚先生，你也喜欢喝葡萄酒吗?”怀特望着姚远，用生硬的汉语问道。看姚远表现出一副不置可否的样子，接着他又饶有兴趣地讲解起葡萄酒的知识来。他从葡萄酒的起源讲起，一直讲到如何选购葡萄酒，同时还对法国葡萄酒、意大利葡萄酒和西班牙葡萄酒等世界上著名的葡萄酒作了一番比较。怀特先生对法国葡萄酒赞不绝口，他认为法国是世界上酿制葡萄酒最好的国家，法国人把葡萄中的酸味、甜味巧妙地融在一起，口感恰到好处，因此品尝起来别有一番风味。但是在说到葡萄酒的发源地时，怀特先生卖起了关子，他眨着蓝眼睛问道：“你们知道葡萄酒最早产自哪里吗?”老华侨看了看姚远，姚远看了看小刘，三个人都不知道。这时，怀特先生的同行者笑着回答道：“葡萄酒的最早产地应该在法国卢瓦尔的图尔地区，那里有座萨榭城堡，不仅是葡萄酒产地，还是大文豪巴尔扎克的故居。”

“No! No! No!”听了同行者的介绍，怀特先生连连摇着手指，然后又抑扬顿挫地背诵起古诗来，“六月食郁及薁，七月亨葵及菽。八月剥枣，十月获稻。为此春酒，以介眉寿。”老华侨、姚远、小刘三人听得目瞪口呆，怀特先生接着解释道：“这是你们中国《诗经》中的一首诗，叫《七月》。其实，中国在很早的时候就开始酿造葡萄酒了。”哦，原来葡萄酒的发源地是中国，大家被怀特先生渊博的知识所折服。

别看接待晚宴上，怀特先生表现得风趣幽默，在接下来的考察过程中，他一点都不含糊，厂里的角角落落，他都亲自察看了一遍，他还深入到员工中了解情况。怀特先生尤其关注质检部，当他看到质检员一丝不苟地检验着刚生产出来的产品时，脸上不由露出了笑容。

“Very good!”怀特对着老华侨竖起大拇指，称赞道，“董事长先生，我对你们新天地公司的经营管理和生产情况非常满意!”

两天的参观考察结束了，怀特先生非常满意，他表示双方马上就可以签订合作协议。

签订合同那天天气不错，在富达大酒店五楼的会议室里，经过一番友好而愉快的洽谈之后，姚远和怀特分别作为双方代表，在协议书上签下了名字。

就像姚远当初预想的那样，一切都变得美好起来。在和凯里集团签订协议后不久，先后又有多家外国企业主动与姚远取得联系，纷纷表示愿意和新天地公司建立合作关系。接二连三的喜讯，不禁让姚远信心大增，心情也轻松了许多。

## 5

“姚经理，好样的！”

“姚经理可真厉害，一来就为公司拉来这么多订单。”

“姚经理是咱们新天地的大功臣！”

…………

订单源源不断地飞来，大家戏说姚远简直就是新天地公司的“财神爷”！当然，姚远的出色表现也得到了老华侨的赞赏。

这么有能力的人不用用谁？不但要用，而且还要重用。从此以后，不管任何场合，老华侨都愿意带着姚远，他逢人便夸“这就是我们公司销售部的经理姚远，年轻有为”。姚远真正成了老华侨身边的“红人”。当然在薪酬方面，老华侨更是没有亏待姚远，尽管还是底薪+利润分成，但是订单多了，利润分成也就随之增加了。而且老华侨还在不少方面给予他格外“照顾”。

“哼，姓姚的，凭什么拿得比我多？”总经理马占军对此很是不满，“论职务没我高，论资历没我老，他凭什么？”

马占军坐不住了。想想自己来公司这么多年，新天地能有今天，哪一点不是自己辛辛苦苦努力的结果？老华侨虽是董事长，但他方方面面的事情比较多，平时公司的大小事都是我来处理，哪一样离得了我？可到头来自己得到了什么？这些年来自己一直拿的是固定年薪，效益好了，年底时老华侨会发个红包。哪像姚远，一来就是人事部经理，后来又是销售部经理，现在是公司副总经理，真是春风得意啊！更让人生气的是，他的薪酬竟然比我还高。马占军越想越生气。

马占军心里憋着一口气，总想找机会发泄一番。

这一天，马占军和老华侨一起出席村里的活动。吃完饭，老华侨没有急着回公司，而是坐在那里悠闲地呷着茶。马占军见老华侨身边无人，便晃着肥胖的身子，凑到老华侨面前，想说几句悄悄话。马占军是个聪明人，说话做事喜欢讲究方法和策略，他知道与老华侨谈论姚远，要婉转而不能直说，只要把自己的意思透露给老华侨就行了。

“晁总，咱们新天地公司现在形势一片大好，这都是您高瞻远瞩、运筹帷幄的结果。不过，我觉得有些问题还是需要向您汇报一下。”

“有什么事情你就直说！”老华侨哼了一下，端起茶杯喝了一口。

“情况是这样的，”马占军俯着身子又向前凑了凑，压低声音说，“晁总，姚经理工作积极，表现突出，这是大家有目共睹的。不过，现在公司里大家说您有失公允，我担心这样下去，不利于团结……”

“怎么回事，有人提意见?”老华侨看了马占军一眼，端起茶又喝了一口，“马总，我想听听你的意见。”

“晁总，不少部门经理把问题反映到了我这里。”一看自己的话引起了老华侨的注意，马占军壮起胆子说道，“销售部固然重要，但其他部门也同样重要。如果任由这样发展下去，势必会影响到大家的积极性，您说是不是?”

马占军来自湖北武汉，大学读的是经济管理，十多年前来到深圳，先后在几个公司做过高管，五年前来到新天地公司，从最初的人事部经理做到现在的公司总经理，经历了公司的辉煌时期，老华侨一直对他不错，把公司里的大小事都交由他来打理。不过在这场金融危机中，马占军显得力不从心，一些事处理得不够到位，有时还会出现纰漏。关于这点，老华侨早就看出来了，马占军能力有限，尤其是缺乏开拓精神，在他的带领下，公司虽不至于垮掉，但也绝不会有大的发展。这也是老华侨看重姚远的原因，如果不是姚远资历尚浅，老华侨早就让他取代马占军，坐上总经理的位置了。所以听了马占军的这番话，老华侨心里很是不快，只见他把茶杯一放，不满地看了马占军一眼，板起面孔教训道：

“马总，你是公司的总经理，看问题要全面，不能带着情绪只盯着某一个人！现在全球正处在金融危机时期，我们没有关门就已经不错了。新天地公司之所以能够生存下来，靠的什么？还不是订单。只要销售部为公司拿到订单，这就是功劳，这就是成绩！所以，我们不能只看他们拿了多少，还要看他们为公司赚了多少。我觉得，他们拿得多是应该的，这是他们应得的！多劳多得嘛！我不知道你想过这个问题没有，他们拿得再多，能多过他们为公司带来的收益吗?”老华侨的话像机关枪一样，“突突突”地扫过来，马占军的脸色马上变成了猪肝色。

“晁总，我明白了!”马占军低下头，像做错了事的孩子一样。

“明白了就好!”老华侨看着马占军，心不由得软了下来，“占军啊，作为公司的总经理，你可不能带着情绪工作，要保持一颗平常心，不要一看别人拿钱比自己多就心里不平衡。销售部门的事你暂时就不要管了，我自有安排。如果谁再提意见，就让他直接来找我好了!”

完了，完了，非但没有说动老华侨，反而惹得老华侨不高兴，受到一番训斥，这可不是闹着玩的，难道老华侨已经对自己失去了信任吗？这个老华侨，现在心里只有姚远，这样下去如何是好？不行，我一定要想个办法，不然要不了多久，姚远就会取代自己，当上公司的总经理。一想到姚远骑在自己的头上拉屎撒尿，马占军心里有说不出的憋屈。不行，绝不能让这样的事发生，哼，要知道在新天地，现在还是老子说了算。

# 第七章　归来的爱

## 1

远在河南的余静打来了电话，当时姚远正在广州和客户谈业务，双方谈话即将结束时，他的手机响了起来。

“喂，姚远，你在忙什么?”余静甜美的声音里带着万分柔情，从她说话的气息中可以听出来，余静此时的心情是相当喜悦的，就像百灵鸟一样。

“我刚和一位客户谈了笔业务，你在哪里？有事吗?”听到余静久违的声音，姚远心里很是惊喜，便匆匆结束了和客户的谈话。

“业务谈得怎样？成了吗?”

“成效还不错，客户已经同意合作!”

“那就好。”余静话题一转，笑着说，“如果你有时间的话，我想给你说件事……”

“好的，你说吧，什么事？”

“你知道我已经回来好几个月了，经过反复考虑，我不想待在河南了，我想去南方和你在一起。”余静说这话时故意提高了声音，“你可能不知道吧，我已经办了停薪留职……”

“什么？你办了停薪留职？”姚远不觉吃了一惊。

“是呀！”余静轻声笑道，“把你一个人留在那里我不放心，我想去南方和你一起生活。办了停薪留职手续，我就可以无牵无挂地到你那里了，怎么？你不同意我这样做吗？”

“同意，怎么能不同意！只是我还没有做好准备……”

“其实你不用做什么准备，我反复考虑过了，这次我非去不可，因为……因为……我现在有重大事情要办！”

“什么重大事情？”听余静说得如此郑重，姚远的心不由提了起来，“不会是和我说结婚的事吧！”

“这件事比结婚更重要！”余静轻声笑着卖了个关子，停了一会儿，她压抑不住内心的兴奋，尽量用平和的语气说道，“哎呀，不是结婚，是我怀孕了，你知道不知道？我怀了你的小宝宝，已经几个月了……这下你该明白了吧！”余静略带羞涩地说，“我本来不想告诉你的，可是我觉得这是一件大事，所以还是应该给你讲明白……”

“什……什么？怀孕？你怀了我的孩子？”余静的话让姚远惊得差点跳起来，拿手机的手抖动着，仿佛拿了块烫手的炭火，连说话都变得结巴起来，“什……什么时候的事，我……我怎么一点儿都不知道？”

“你呀……你们做男人的当然不知道这种事情了，怀在我们女人身上，你又怎么可能知道？”余静在电话里“扑哧”一声笑了，“你们这些男人呀，只知道图一时快活，哪会想到给女人留下的麻烦？不过我可告诉你姚远，你做过的事情，就得负责到底，你可不能提起裤子不认账啊！”

“哪能呢，哪能呢，我高兴还来不及呢！”听着余静的调皮话，姚远的心慢慢放了下来，接着他又在电话里安慰道，“这么大的事儿你得让我好好想想，我……我怎么突然就有了孩子呢？真是太不可思议……”此刻，姚远突然变得沉默起来，想了一会儿，他带着不相信的语气问道，“这是什么时候的事？余静，我怎么事先一点都不知道呢？”

“你自己做过的事情怎么会不知道？”姚远的话显然让余静有些不高兴，说话的语气当即变得严厉起来，“你忘了在你住院养伤期间，有一天晚上……”余静提醒道，“其实，我早就该把这事告诉你了，可是当时你那种处境，我不想给你增加压力，所以一直默默地忍着，直到现在才告诉你。”

“噢，噢，噢……原来是这么回事。”在余静的提示下，姚远恍然大悟，不由连连点头道，“我知道了，我知道了。既然事情到了现在这一步，你说怎么办，我一切听你的!”

“很简单，我已经和我爸妈商量好了，反正这里的工作也就那样，虽说是事业单位，工作轻松，可是整天待在办公室里消磨时光，很没意思。所以我打算到深圳去，和你生活在一起。再说你工作那么忙，身边没个人照顾也不行。我一去，一切问题不都解决了吗?”

“你考虑得真周到。这想法好是好，可余静你知道吗，我现在还没有站稳脚跟，没挣到什么钱，你来会吃苦的。这里的情况你又不是不知道，不是深圳市区，处在这偏僻的地方，生活条件太差了，我怕你来了会受不了。”姚远犹豫地说道，“你在梅南县城生活得那么安逸，突然来到这里会很不适应的……”

“这有啥?”不等姚远把话说完，余静便打断他说道，“我早就说过，我不图你什么，存折我不要，汽车我不要，只要有房子住，有口饭吃，所有的问题不就解决了?”

“汽车没有，存折倒有两个，不过上边的钱可不多，买房只够首付吧，全款是根本买不起的。”

“按揭也可以呀，只要有房子住就行。实在不行，我们先租一套也可以。”余静笑着说道，“现在租房的多了去了，人家能租我们为什么不能租？再说，我和你都这么大年纪了，也不用讲究那么多，先凑合着，等今后有了钱，我们再弥补也不晚嘛！”

“好吧！既然你都这么说了，我也没什么可说的了。”姚远一副被迫就范的样子，就差举双手投降了，接着他又在电话里问道，“你什么时候过来，我好安排时间提前去车站接你！”

“半个月后吧！”余静回答道，“毕竟要去深圳长待，我先把家里的事情处理一下，半个月后，我就去你那里，去之前我会给你打电话的。”

“好的，我等你消息！”

挂上电话，姚远心里突然有种找不到北的感觉。

## 2

余静回河南后，姚远的生活相对过得比较平静。

这段时间，姚远根本没有考虑过自己的事，老华侨对自己恩重如山，自己不能辜负他的期望。因此，他白天除了吃饭就是工作，到了晚上，回到住处，洗涮过后，把头一放就沉沉地睡了过去，根本没有想过生活方面的事情，即使生理有了需求，他咬着牙挺一挺也就过去了。想想吧，这一年多的经历简直就像做梦似的，一眨眼的工夫就过去了。刚到广州那会儿，自己像个堕落青年，吊儿郎当地工作，整天在女人身上寻找刺激。经历过这场人生和事业上的重大变故后，自己成熟了许多，对女人也不再怎么感兴趣了。说句实话，不是不想，而是不愿。在姚远看来，女人就像攀缘而上的藤萝，只有依靠一棵大树，才能够爬得更高。而现在，自己这棵树还没有长大长粗，还没有抗击风浪的能力，怎么能让她攀附在自己身上？因此，自己才没有过多地沉湎于儿女私情之中。尤其来到深圳后，一头扎进了工作中，根本顾不上考虑个人问题。一是事务太多，业务太忙；二是他心里一直对广州的那段生活经历有阴影，心理上过不了那道坎儿。回想起那段时光，就像坐过山车一样，先是给人打工，再是自己开公司，眼看着几百万马上就要到手了，可是没承想一场席卷全球的金融危机，让自己的发财梦转瞬即逝，从本来手里还有盈余的小老板变成了一无所有的穷光蛋，那种滋味就像打翻了五味瓶，苦辣酸咸甜什么都有。每次想起这些，姚远都心有余悸，总觉得这一切都不那么真实。

人生怎么会是这个样子？想想自己在南方努力了这么久，却没有实现理想和抱负，真是心有不甘。他现在只想踏踏实实地好好干上几年，等挣到钱后再考虑自己的事。因此，姚远天天都忙忙碌碌的，不是在外面见客户、谈业务，就是在办公室里看报表、做总结，分析市场，制订计划……如果不是余静今天给他打来电话，他几乎都快忘了余静。让人没想到的是，余静的电话，让姚远平静的心再次变得骚动不安起来。

余静要来了，这可怎么办？回到深圳后，一连几天姚远都在沉思。大起大落之后，现在姚远变得深沉多了，不再狂热，也不再自我沉沦，他对人生有了新的认识。人过四十，已是不惑之年，也到了人生的成熟期。人生在世，此时求的是稳，在稳中求进，这是一种人生态度。何况自己从医院一出来，就到新天地公司担任中层领导，先是人事部经理，再是销售部经理，都是公司的要害部门，对自己来说，这样的人生机遇不多了。现在能有工作干，能有落脚地，就是对自己最大的安慰。何况自己还欠老华侨几十万呢，自己怎敢不尽心尽职呢？

啊，一切都过去了，还是好好面对现实吧！余静的电话一下子把自己拉回到了现实，他不得不认真思考起来。姚远心里清楚，余静在电话里说得很明白，她不计较条件，没有过高的要求，只希望能来深圳，守在自己身边安安稳稳地过日子，这是她的精神需求。顶顶重要的是，余静怀孕几个月了，这可是自己的骨血呀，我怎么能对她有其他想法呢？和前妻生的女儿姚瑶，离婚时判给了前妻。现在自己房无一间，除了姐姐，身边连个亲人都没有，真是一无所有，想想都让人心里难受。如果不再要个自己的孩子，将来的日子可怎么过？余静的出现唤起了自己的信心，他们是真爱。从读技校开始，两个人就谈起了恋爱，经历了人生的风风雨雨之后，他们又走到了一起，自己怎能不好好珍惜呢？是的，以前自己曾不止一次地说过，要和余静生下一个属于两个人的孩子，现在这个孩子已经悄无声息地来了，就在余静的肚子里，日新月异地成长着，再有几个月就出世了，多好啊，想起来就让人激动不已，这是多么幸福的事情啊！我还有什么可拒绝的呢？不行不行，这是万万不能的事情，我要对得起余静，对得起余静肚子里的孩子。连钟爱自己的女人都不要，连自己的骨血都不要，自己还算个顶天立地的男子汉吗？

自从那天接到余静的电话，姚远就在心里琢磨起来，余静要来深圳的决心已下，自己不要再有任何想法，现在自己所能做的就是欢迎她的到来。事不宜迟，我要赶快做好迎接余静的准备。

房子是买不起的，尽管现在深圳的房价回落了不少，但是面对一平方米上万的房价，姚远只有望房价兴叹。不过，正如余静电话里说的那样，买不起房难道还能租不起？现在来南方的人那么多，有几个能在这里买上房子？等以后手里有钱后再买也不迟。为今之计，还是先租套房子，把余静安置下来再说。

其实这段时间姚远不是没挣到钱，而且挣得还不少，只是他欠的账实在太多，怎敢有其他想法？他尽管省吃俭用，过得相当简朴，但仍然显得捉襟见肘。姚远算过一笔账，如果不是还债，现在手里怎么说也有个十几万的存款，买房时完全可以先付个首付，何至于窝在这里？

市区的房子租不起，再说新天地公司远离深圳市区，自己工作和吃住都在这里，没必要去市区租房。与其把战线拉得那么长，不如本着就近原则，把房子租在公司附近，这样工作生活两不误，岂不是两全其美？

此后几天，趁工作之余，姚远便在砚富村转悠起来。和深圳的其他村子一样，砚富村租住着大量的外来人员，不少村民都在自家的宅基地上盖起四五层高的楼房，除了自己住外，大部分房间都出租出去。这些对外出租的房子没有统一的标准，多种多样，有一室的、两室的，还有三室的，有些房子的面积特别小，只有几平方米。别看这些房子的面积小，可麻雀虽小五脏俱全，卫生间、厨房等一应俱全。有些房子里面还带有简单的家具，租房者只需购买日常生活用品就行了，简直就是拎包入住。而来这里租房子的，有不想住厂里的小青年，有年轻的小夫妻，也有青年小情侣等。在砚富村，租房者比比皆是，几乎家家都能看到租房者的身影，他们白天上班，晚上下班后回来。所不同的，这些外来租房者，与当地人相比，无论长相还是穿戴，都有着明显区别，但是大家却能和谐地生活在一起，这就是砚富村的现状。经过一番挑选和比较，姚远最终相中了一套两居室，这里临近村边，比较安静，而且楼层适中，采光也不错。

房子里空空如也，在这里居住，简单的生活用品是必不可少的。本来姚远想等余静来后再买，可是一想到余静大老远来，怎能忍心再让她受累？何况余静还怀着身孕。想了想，姚远便决定自己做主购买。

别看深圳是座繁华的城市，可如果你居住的地方过于偏僻，买东西也就不那么方便了。村里的商店只出售一些生活必需品，大件的家具很难买到。姚远跑了多家商店，才勉强购齐了生活所需。

“姚经理，公司不是有宿舍吗，你怎么突然在外面租起房子来了？”听说姚远最近又是忙着租房，又是购买家具，老华侨很是奇怪，难道姚远在外面有了情人？实在忍不住了，老华侨便打电话给姚远询问起情况。

“晁总，是这么个情况。”姚远回答道，“您可能不知道，我爱人马上要来了，住在宿舍里不方便，所以我就在外边租了一套房子。”

“噢，原来是这么回事呀！”老华侨急忙安慰他说，“莫急嘛，姚经理，等忙过了这段时间，公司在市区给你买套房子不就得了，何必在外面租什么房子？”

“谢谢晁总的好意，房子的事怎敢劳烦您为我操心呢！何况我来公司的时间尚短，还没有为公司做什么贡献，如果现在公司为我买了房子，肯定会引起其他人的不满，不利于公司的团结稳定。况且房子我已经租好了！”姚远谢绝了老华侨的好意。

听姚远这么说，老华侨不便再说其他，只是让他有什么困难，尽管和他说，他会让小刘帮助解决。最后，老华侨又叮嘱道：“姚经理，家里的事情要办，公司的事情你也要多想一想，可不能有了小家就忘了大家呀！”

“放心吧晁总，我会处理好两者的关系！”听到姚远这么一说，老华侨这才放心地挂上了电话。

## 3

余静完全可以在老家生完孩子再来深圳的，可一想到自己很长时间没有见到姚远，心里便有些担忧。因此，她带着几个月的身孕，不顾家人劝阻执意到了深圳。余静是那种浪漫的女人，对未来充满了幻想，因此特别珍惜和姚远的感情。她想，如果自己生孩子的时候，姚远能够陪在身边，不是比什么都好吗？她听说，女人生孩子的时候，如果丈夫在一旁陪着，不仅有助于孕妇顺利生产，而且还能增加夫妻之间的感情。可现在她与姚远相隔这么远，姚远一时半会儿也回不来，那就只能自己去深圳找他。

姚远和余静的婚礼办得极其简单。这是两个人商量的结果，起初姚远是想大办的，可是余静劝他说，两个人都是结过婚的，即使双方情投意合也是再婚，没必要那样大操大办。眼下事业要紧，还是等以后有条件了再说吧！由于是在非常时期，他们没有大操大办，没有举行仪式，没有穿婚纱，没有走红毯，更没有大宴宾朋，甚至没有通知亲朋好友，而是悄悄在私下进行的。

举行婚礼那天，姚远向公司请了假，两人在砚富村找了家像样的饭店，点了几个菜，要了瓶葡萄酒，算是他们的婚宴。他们在小包间里，举起杯子，庆祝这只属于他们两个人的日子。两个人相互谦让着，度过了一生中最难忘的美好时光。

举行婚礼后的第二天，姚远和余静就去了深圳市区，开始了蜜月之旅。由于余静有孕在身，行动不便，他们不敢到处跑，生怕动了胎气，一切都是小心翼翼的。两人的蜜月之旅，说白了，就是到深圳市区转一转，看一看，照几张相，留几张合影而已。

在深圳市区，姚远带着余静看了欢乐谷，看了帝王大厦，看了连接深圳与香港的罗湖桥，桥那端影影绰绰的高楼大厦和高山，是那样梦幻。就像第一次到广州那样，每到一处，余静都觉得特别新奇，楼是高的，路是宽的，绿树成荫，鲜花盛开，一派热闹与繁华。世界之窗真是一个不错的地方。余静在这里仿佛看到了另一个新的天地，那些技术高超的设计师运用自己的智慧，别出心裁地把世界上最著名的建筑、最奇怪的景致、最好玩的东西搬到了一起，集中向游人展示，这样游人只需花上几十块钱，就可以把全世界著名的景点都玩个遍看个够。宫殿、大峡谷、雕塑，一样一样地看过去，就像站在博物馆里观看着令人新奇而又眼花缭乱的建筑物展品一样。余静观看之余，禁不住发起了感慨。

“深圳就是好，多漂亮繁华的地方啊！想要什么就有什么，想看什么就有什么，这里简直就是一个花花世界，人间天堂，怪不得那么多人都来这里淘金。换了我，我也会来这里的。”

“那当然，深圳是中国改革开放的试验点，是最能体现改革成果的地方嘛，自然就会成为中国最有魅力和最有发展潜力的城市。它的发展速度，简直是中国的奇迹，即使与北京、上海、广州等大城市相比，都毫不逊色。”姚远用手指着给余静一一介绍，“你看那边的海湾，对面就是香港，香港是什么地方？它是世界上吞吐量最大的港口城市，罗湖口岸、红树林、莲塘等景点隐约可见，维多利亚港是香港的重要标志。你再向远处看，那不是闻名世界的澳门吗？妈祖庙、旅游塔，都是澳门著名的旅游景点。你再看那里的山，都是深圳的特色。”

“是的是的，我看到了，我看到了！”顺着姚远的手指，余静欢快得像个孩子似的，“真没想到这些过去只有在电视里才能见到的地方，居然近在眼前，真是太奇妙了！”

“还有比这更奇妙的呢。”见余静如此兴奋，姚远来了劲头，不时在旁边指点着介绍起来，末了还不无遗憾地感慨道："深圳再美，但是与世界名城相比还是有一定的距离，比如美国的纽约、法国的巴黎、英国的伦敦、加拿大的多伦多……那才真叫漂亮呢！"

"听你说的这些城市，好像你去过似的。"余静看了一眼姚远，一只手抚着隆起来的肚子，一只手挽着他的胳膊，眼里充满了好奇和向往，她故意装出一副不相信的样子，问道，"你倒是给我说说，这些外国城市都有什么特点？"

"这个你不用考我，我是真的去过这些城市。"看余静不信，姚远低下头看了看心爱的女人，然后抬起头望向远方，回忆似的说道，"因业务需要，几个月前，在老华侨的安排下，我先后去了那几座城市。所到之处，那真是让人感慨万端，城市环境、地理位置，那真是绝了，世界一流建筑设计大师的作品，让你看到的是个性，是艺术，更是一种让人顶礼膜拜的崇敬。就拿法国的巴黎来说吧，一个梦幻般的地方，香榭丽舍大道、凯旋门、卢浮宫、凡尔赛宫、塞纳河，还有蒙玛特、圣心教堂、红磨坊……具有几百年甚至上千年的历史，巴黎的大街小巷里游人如织，不知聚集了多少名流和政要，他们在那里参观考察，或者旅游小住，尽情享受着那里的阳光。置身于法国巴黎，你会以为自己来到了天堂，好吃好喝好玩的应有尽有，此外还有很多风景名胜，这一切都会使你流连忘返。埃菲尔铁塔知道吧？就是在世界之窗里看到的那座建筑，400 多米高，XO 洋酒瓶子的造型，它以其独特的建筑风格，已经成为法国的象征。巴黎的时装驰名中外，那里是闻名世界的品牌服装集散地。巴黎是一座国际性的大都市，那里的气候和环境实在是太适合人类居住了。”姚远又说道，“你可能不知道吧？在巴黎，晚上十点，是酒吧开始嘈杂的时刻。烟雾缭绕，弥漫出一种沉郁气息，坐在那里，如果要上一小杯苏格兰威士忌酒，或者一大杯冰啤，慢慢地品尝，耳边是一支叫不出名字的曲子，那会是怎样的感觉？而在美国纽约，你可以看到世界上最顶尖的建筑设计师设计的建筑，一座座都是那么独具个性，气度不凡，你又会是怎样的感受？特别是双子座大厦，不但高大壮观，而且魅力十足，让人叹为观止……”

“哟，听你讲得头头是道的，难道你真的去过啊！你是怎么去的？你去那里干什么？”

“我真的去过，难道这还有假？”看余静还是不相信，姚远便认真地告诉她，“你可能不知道，我去过的国家可不止一个。这么给你说吧，凡是跟新天地公司有业务往来的国家，我几乎全都去过，再说这是我的工作需要嘛。我是销售部经理，我是代表公司前去洽谈业务的。”

“真是羡慕你呀！”余静挎着姚远的胳膊，一脸幸福地望着自己的男人。过了一会儿，她无限神往地说道：“从出生到现在，我一直待在梅南那个小地方，除了郑州，只去过北京、广州等少数几个大城市，我真想去国外看看啊！”

“这有何难？”姚远当即来了精神，豪迈地对余静说道，“想去国外看看还不容易，有机会我带你去开开眼！”

“真的？”

“真的！”

“哼，你说得那么轻松，我连香港和澳门都没去过，又怎么有机会出国？我看只有等到下辈子了。”

“你别说得那么悲观嘛，想出国还不容易？”姚远低头看着余静，轻柔地说道，“现在这社会，有了钱哪里不能去？上天入地都没问题，还有哪里不能去的？科技这么发达，月亮上都有人去了，何况是国外？你就等着那一天吧！等我赚到一千万时，我就天天陪着你，坐飞机、坐火车、坐轮船，你想去哪里我们就去哪里，来他个周游世界！”

“赚一千万？”余静不相信地白了姚远一眼，揶揄着说道，“你就做梦吧！凭你的本事，我看你这辈子都挣不到那么多的钱。”

“余静，你怎么能这么小看我呢？”姚远不满地看了余静一眼，拍起胸脯自信地夸下海口，“要知道，我现在是销售部经理，拿的可是底薪+利润分成。就凭我的能力，哼，一千万算什么？赚他一千万又有什么难的？告诉你，根本不在话下！”

“好了，别把牛皮吹破好不好？听你说得这么轻松，好像赚钱很容易似的。不过听你说得这么有信心，我就放心了。”余静启齿一笑，激励着将他一军，“君子一言，驷马难追。姚远，你可不能忘了今天说过的话，今后我可是要你带着我出国的。”

“放心，有让你如愿以偿的那天，你就等着吧，相信这一天不会太远，只是现在还不是时候。”

“我知道姚远，我比你清楚眼前的情况。何况我也不是非让你现在就带着我出去的，你现在的主要任务是好好工作，多赚钱。再说我很快就要生了，还是把心思放在眼前的生活上吧，为了我和孩子，你一定要争气，给我们创造一个良好的生活环境才是。”

看着一脸幸福的余静，姚远抬起头望着前方的高楼大厦，心里突然升起一种强烈的责任感，他暗暗在心里发誓：“这辈子我决不会就这么平庸下去，我一定要出人头地，一定要挣更多的钱，一定要实现自己的理想，不辜负余静对我的期望！”

## 4

台风来了，这是谁也没有想到的。天气预报说台风要来，可说了多次也没有来，就在大家放松警惕的时候，它忽然就来了。

那天上午，工人们在生产车间里忙碌着，台风像一头凶猛的野兽突然蹿了过来。最先看到的是离窗户最近的一个女工，台风呼啸而至，一下一下往里面扑。台风是带着颜色的，起初是黄色，明黄，接着整个天空就黄了，透着一种让人不安的明亮。天很快黑了下来，连对面的楼房都看不到了，黑得吓人。正在大家惊讶之时，猛烈的暴雨接踵而至，像横扫千军一样迅猛，风狂雨骤，风雨交加，转瞬之间就变成了海浪扑进窗子。大家一片尖叫，厂房里一下子全变成了水。由于厂房里亮着灯，外面看上去显得更加黑暗，简直就像黑夜提前到来似的，不，简直比黑夜还黑。

台风就像一个暗示或一道命令，就在大家惶恐不安的时候，不知道谁大声地咒骂道："他妈的，老子不干了。"紧接着所有人都停了下来，纷纷叫嚷起来："不干了，不干了！"刚才还机声隆隆的厂房瞬间安静下来，与此同时，六十多条生产线全都停了下来，只有传送带还在发出"嗤嗤"的声音走着，数控机床上的产品越积越多，一会儿就像积木似的堆了起来，最终堵在那里不再动弹。

面对厂房里突然出现的情况，管工和拉长非常生气，他们冲到工人中间，看了一眼大家，气急败坏地吼道："是谁说不干了，赶快给我站出来。"

没有人应声，工人们像机器人那样静默着，像是在示威。管工鼓起眼睛扫视了一圈，仍然没有人接茬，没有办法，他只好一跺脚，掏出步话机，把这一情况上报给了生产部经理。

什么？不干了？听说工人罢工了，生产部经理不敢怠慢，惊叫着跑到厂房里。当他顶着狂风暴雨冲进厂房时，被眼前的景象惊得目瞪口呆，只见工人们静静地站在那里，个个木雕泥塑一般，表情显得十分冷漠。

“啷（哪）个不干了？啷个不干给老子站出来!”生产部经理是四川人，一着急就说起家乡话来，他骨碌着眼睛看看这个又看看那个，看了一圈也没见一个人站出来应声，便用足力气尖叫起来，“龟儿子，你们这个样子想干吗？有啷个说啷个，我晓得你们有道理，可是要先把活给干好才对嘛!”

还是没有人接他的话，生产部经理束手无策地站在那里。顿了一会儿，他意识到事情重大，自己做不了这个主，只好向领导请示，于是他急忙掏出手机给老华侨打了过去。

“什……什么？有人竟敢趁着台风闹罢工？”老华侨正在香港办事，接到电话禁不住大吃一惊，一种不祥的预感袭上心头，他顾不得手头的事情还没有办完，急忙和秘书小刘往回赶。一路上，他不停地打电话，做安排。“笨蛋，一群笨蛋，简直是一堆废物!”老华侨嘴里大骂道，他很快意识到自己的言语有些不妥，于是急忙改口道，“妈妈的，目前正在给凯里集团生产一批产品，一刻也不能耽误，怎么会在这个节骨眼上闹出这种事情？”说这话的时候，他们已经过了罗浮桥。

事情的起因很快就查明了。工人们之所以罢工，是与公司下发的一项规章制度有关。

一个多星期前，公司出台了一项降低工资标准的措施。鉴于全球性的金融危机，经公司总经理办公室研究决定并签字下发文件，原定每个班的三十元降为二十五元，加班费由过去的每小时五元降为三元。这样一来，两千名工人每天少拿的工钱就不是一个小数。大家都是出来打工挣钱的，谁也不是傻子，扳起指头都能算得出这笔细账。大家要的是多干活多拿钱，他们也明白当前公司正处于非常时期，可以理解，就是拖欠两天工资倒也没有什么关系，或者说保持原来工资和加班费标准，工人们也不会有什么意见。大家加班加点地拼命工作，天天累得要死，图的什么？还不是为了多拿两个钱，可现在公司居然置大家的辛勤劳动于不顾，要降低工资标准和加班费，这不等于端了大家的饭碗吗？工人们哪个会乐意？心里的怨恨正无处发泄时，机会来了，所以大家就趁着台风来袭，罢工不干了。

老华侨匆匆忙忙地赶了回来。当他走进厂房时，看到工人们一个个木偶似的站在那里，他心里不由感慨万端，自己出院回来时看到的那种喜人景象没有了，现在工人们一个个全都跟仇人似的，哪里还有半点兄弟姐妹的情义？

老华侨踱着步子在厂房里走了一圈，转着脑袋看看这个又看看那个，无比痛心地叹了口气。在回来的路上，他就已经弄清了事情的因由，否则老华侨也不敢一回到公司就来厂房。毕竟是公司老板，任何表态都会带来不可估量的后果，所以要谨小慎微，小心行事才对。尽管他知道解决问题的办法，可在没有弄清事情的来龙去脉之前，自己是不能轻易表态的。老华侨在小刘的陪同下，这里看看，那里看看，他没有生气，也没有埋怨，他心里清楚在这种时刻，要克制自己的情绪，要平静对待，只有这样才能大事化小，小事化了。经过一番冷静的思考之后，老华侨突然笑了，接着便做出一副大度的样子，对工人们说："有什么大不了的，有事情就说事情，大家干吗要这个样子呢？"

"老板，我们没别的要求，就是想恢复我们的工资标准和加班费！"这时人群里冒出一个声音。

"对，我们都是出来打工挣钱的，谁不想多拿钱？可是现在要降低我们的工资标准和加班费，这不是在榨取我们的血汗钱吗？"有人跟着说。

"公司有困难我们理解，可也不能这么做呀。眼下我们都在加班加点地干活，你们却要这么做，这不是拿我们大家开涮吗？"

一看有人说话，大家跟着嗡嗡起来，纷纷发起牢骚，述说着自己内心的不满。

“好了好了，我知道此刻大家的心情，你们都不要闹了好不好？等事情调查清楚后，我会给大家一个满意的答复。”看一时难以平息工人们的怒气，老华侨只好说道，“今天天气突然发生变化，大家的心情可以理解。这样吧，今天先下班，至于你们提出的问题我一定会妥善解决的。”可大家听后，依然站在那里不动，看到这里，老华侨只好无奈地安慰道，“大家不要有什么顾虑，都是出来挣钱的，都不容易嘛。我现在宣布，今天所有上班人员的工资，公司照发！”

# 第八章　重任在肩

## 1

情况紧急，老华侨急忙召集各部门经理召开会议。干了几十年企业，老华侨心里清楚，工人罢工不是小事。如果传出去，公司的信誉和形象全没了，不要说区里、市里说不过去，就是村里这一关都过不了。明显是不稳定因素嘛，今后谁还敢跟你合作？如果再闹出什么爆发性事件来，可就要你吃不了兜着走了！企业要的是什么？还不是稳定。稳定压倒一切，如果连稳定都做不到，又何谈生存和发展？老板们心里都清楚，谁也不想让自己的公司发生这种事件。更重要的是，凯里集团的这批货要得很急，现在公司却发生了罢工事件，负面影响严重不说，还影响交货日期，误了事怎么办？要知道这可是大客户，自从双方建立关系以来，一直合作得很愉快，目前正在做进一步合作，怎能在这个节骨眼上发生这种事情？

开会之前，老华侨先让财务部做了份预算报告，并让财务部经理在会上宣读了预算报告上统计的数字。这是一份员工日平均工资和加班费降前和降后的对比报告。

不比不知道，一比吓一跳，居然相差几十万。这个数字可不小，如果单算一两个月的还好，可如果要按年计算呢，会怎样？听了财务部经理公布的结果，老华侨坐在那里皱起眉头，一脸焦急地看着大家说："眼下公司发生这么大的事，怎么办？大家都谈谈看法吧！"

"我先谈谈我的看法。"老华侨话音刚落，总经理马占军率先发言，"现在经济形势在这里摆着，厂里却发生这种事情，是谁都不愿看到的。可事情既然发生了，我们就要认真对待，想办法解决。怎么解决？如果我们答应工人提出的要求，等于公司的利润要大打折扣。大家心里都清楚，我们做企业的，要的是利润，如果没有利润我们还做什么？这也是晁总经常给我们灌输的经营理念，所以我觉得在这件事情上，还是要慎重些好，不能让步，不能让他们想怎样就怎样，为所欲为。不然开了这个口子，今后我们还怎么来管理企业？"

"马总说得是，我们不能开这个口子。口子一开，今后我们就无法收拾局面。"说这话的是公司新任人事部经理，他看了一眼大家，继续说道，"大家都知道，企业靠管理，如果我们连管理都做不好，又何谈效益和利润？因此我赞同马总的看法，就这么晾晾他们，他们闹一阵子自然就会收场。不然他们也太横了，个个自以为是，好像他们是老板似的，他们有什么可闹的？再说现在工人好招得很，招工启事贴出去，大把大把的就来了，多的是，走了他们难道我们就不办企业了？我还真就不信了！”

“我不赞同你们的看法，这是不负责任的表现嘛。”马占军和人事部经理的话引起了生产部经理的不满，他急忙站出来反驳道，“尽管你们说得有一定道理，可是如果就这样僵持下去，让工人们停工停产，凯里集团的这批产品什么时候才能完成？什么时候交货？别到时候耽误了交货时间，又拿我们生产部门说事。我们可是千方百计地督促着工人干活，如果出了问题，我们生产部可不负这个责任。”生产部经理的话直击要害，话虽不多，但是很有分量，简直捅到了老华侨的心窝子里。

听双方说得如此有理，大家坐在那里都不说话了，个个把头低下去，似在思考。

“大家都发表一下意见嘛！不要坐在那里看公司的笑话。现在是关键时刻，都给我保持高度警惕，千万不能在这个时候闹出乱子！”老华侨的眼里几乎要急出一团火来，他一遍遍地扫视着众人，希望能找到解决问题的办法，可是大家的表现很是令他失望，最后他只好把目光落到姚远身上，希望他能有所表现。然而，此时姚远正垂着眼皮，表情漠然地坐在那里，一副事不关己高高挂起的样子。一看他这个样子，老华侨只好点他的名，“姚经理，都到这个时候了，你可不能沉默呀，说说你的意见。”

“我没有什么好说的。”听老华侨点自己的名字，姚远皱了皱眉头，扫视了一圈或沉默、或愤懑、或冷漠、或淡然的各部门经理，若有所思地说道，“我觉得大家谈得都有道理，按说这不关我们销售部的事，销售部只要做好本职工作，拉来订单就行了。至于其他部门该怎么做是他们的事，与销售部联系不是太大，至多是生产上出了问题，不能按时交货，影响到我们今后的业务而已。所以从这上面来说，你们怎么做都可以，我们销售部没有什么发言权。”

“姚经理，你说的这是什么话嘛！作为部门经理，你怎能说出这种风凉话来？这可是不负责任的表现啊！”很显然，老华侨对姚远的话很是不满，甚至有责怪他的意思。他心里明白姚远话里的意思，如果公司不能按时完成订单，就会影响今后的业务，进而影响企业的发展，当然就更谈不上利润，这样一来问题就真的大了。老华侨为此忧心忡忡地拧起了眉头。

冷场，真正的冷场！会议室里一下子变得十分安静。

“怎么了？大家怎么都不说话呢？”看大家一个个坐

在那里僵着脸，老华侨连茶也顾不上喝了，他望着姚远说道，“姚经理，我记得你做人事部经理的时候，工人可是都很拥护啊。怎么你一离开人事部，问题马上就来了呢？是不是这里边有什么事情没有解决好？”

“此一时彼一时，谁又能说得清呢？关于这个问题，晁总，您最好多考虑一下。”看老华侨一副满怀期待的样子，姚远知道他遇到了难处有求于己，可又不便明说。便看了一眼老华侨欲言又止，像是有什么顾虑。

这可怎么办？连自己最信任的人都开始说这种不负责任的风凉话，这不是要自己的命吗？老华侨皱着眉头坐在那里想，如果不答应工人的要求，他们不复工怎么办？客户规定的交货时间可是很紧的呀！

“好办得很，我们就这么拖一拖，等到工人们实在拖不下去时，他们就会主动复工，到那时问题不就解决了？他们出来是干什么的？还不是为了钱，如果连钱都挣不到，他们还会和我们对着干吗？”看情况陷入僵局，马占军不免有些扬扬得意地说，“反正也就是一两天的时间，难道他们还真敢和我们一直对峙下去？”

“不行、不行，这样做肯定不行，如果工人们就这么一直闹下去，对公司极为不利。”听着马占军不负责任的话，老华侨摇着头，不无担心地说，“耽误交货时间不说，一旦传出去，我们公司的信誉就没了。到那时，公司的损失可就大喽！”

“既然这样不行，那就同意工人的要求，涨工资，提高加班费，不然解决不了问题!”生产部经理有些着急，“现在只有这么办了，不然耽误了交货时间，对公司来说才是真正的损失!”

“我再考虑考虑。”越是这种关键时刻越要保持冷静，老华侨挠着头，无奈地说道，“既然大家都没有什么好办法，那今天的会就开到这里！你们先回去吧，我再考虑一下!”说完无力地挥了挥手，等大家都离开后，他把身子往椅子上一靠，闭上眼睛思考起来。

此时此刻，老华侨觉得自己真的需要一个人安静一下了。

## 2

唉，怎么会这样呢？老华侨的脑子里乱成了一团麻。做了这么多年企业，他还是第一次遇到这种事情，他真不知道该怎么处理才好。

大家离开后，会议室里一下子安静下来，老华侨抱着头沉思良久也没个结果。他从椅子上站起来，拧着眉头在会议室里踱起步来。走了一会儿，他停下脚步来到窗前向外望去，整个厂院一片沉寂，不见工人的身影，平时厂房里那轰轰隆隆鸣响的机器，此时哑巴似的静默着。可怕，真正的可怕。老华侨的眼前立时出现工厂倒闭的画面，啊，如果走到那一步可怎么办？老华侨有心答应工人的要求，恢复生产，可想到这样一来，就意味着公司每年都要支出一大笔资金时，他心里又犹豫起来，怎么办，怎么办？老华侨一着急，头上的汗就下来了。此刻他决定到外边走走，换个环境也许会想到解决办法。于是他给司机小胡打电话，要他马上开上宾利，拉他去富达大酒店。

富达大酒店是新天地公司常年定点的酒店，但凡遇有吃喝玩乐和招待方面的安排，都会在这里。这里位于深圳市中心，交通便利，集吃喝玩乐住宿为一体，功能齐全，装修豪华，是深圳数得着的大型酒店之一，把公司的定点招待设在这里，既彰显实力，也是公司对外展示的窗口。然而老华侨今天来不是为了吃饭，也不是为了娱乐，而是另有打算。他想找一个安静的地方，好好思考一下，为了更好地解决问题，同时他还把姚远找来了。老华侨一直看好姚远，对他很器重，把他当成了自己的心腹。但是这一次，姚远在会上的表现并不令老华侨满意。至于为什么，老华侨也说不清，只是从姚远的话中隐隐感受到，姚远有话要说。他之所以在会上表现得吞吞吐吐的样子，一定有所顾虑。为了不引起他人注意，老华侨想趁此机会把姚远叫过来听听他的意见。

宾利车驶出公司大门，十多分钟后，老华侨便给姚远打了电话，要他乘出租车赶往富达大酒店。新天地公司为各部门经理配备了车辆，销售部是重中之重，为了便于开展业务，公司专门配备了一辆北京现代。老华侨之所以让姚远坐出租车是有着自己的考虑。

半个多小时后，当姚远赶到富达大酒店时，老华侨已经等在那里了，此时他的旁边陪着秘书小刘。

“姚经理，你知道我为什么把你请到这里吗?”老华侨亲自给姚远倒了杯水，嘴里和气地说道，“我觉得现在公司出现的一些问题有些不正常，我把你单独约过来，就是想听听你的看法。”

“晁总，您太客气了。”姚远接过水杯，知道老华侨没把自己当外人，便不好意思地说道，“我的想法已经在会上说过了，真的没什么好提的了。”

“真的没有想法吗?”老华侨发现姚远在应付自己，便有些不满，“姚经理，实话讲，我对你怎样?”

“很好啊!”见老华侨如此说话，姚远急忙说道，“晁总对我恩重如山，一直没把我当外人，我心里清楚。可以说，没有您就没有我的今天，我非常感谢晁总对我的关照。”

“这就对了嘛!”老华侨紧盯着姚远，语气平缓地说，“我知道你是个人才，在企业管理方面有自己的见解，只是公司现在有更重要的事情要你去做，所以就把你调到了销售部。你应该明白，销售部可是公司的重中之重啊!”

“我知道，晁总。谢谢您对我的信任！其实您把我放在哪里我都没意见，我都会尽自己最大能力去做好每一件事。如果真的做不好，并非我不卖力，而是说明我的能力有限。”

“你误解了，我不是这个意思。姚远，你可能也看出来了，最近公司里有些事情，我总感觉不大对劲，也不知道问题究竟出在哪儿。这不，还没有等我腾出手来处理这些事，结果就发生了工人罢工事件。这可不是小事，传出去咱们新天地公司就完了。所以我想趁此机会把公司的事情给理一理，我希望你能在这个关键时刻帮我一把。”

“只要有用得着我的地方，我决不推辞。晁总，您需要我怎样做?”看老华侨已经把话说到这个份儿上，姚远知道再不有所表现，就真的辜负了老华侨对自己的信任。于是他挺直身子，迎着老华侨的目光，诚恳地说道。

“眼下最关键的问题就是如何解决好工人罢工问题，让工人尽快复工，不能耽误了交货日期。”

“这个问题其实很好解决。”姚远胸有成竹地说，“同意工人的要求，涨工资，提高加班费标准，这是目前解决问题的最好办法！”

“我也知道这么做，可这样一来，就像马占军所说，开了口子，将来不好收拾。在会上你也听到财务部经理的报告，这么做，对公司来说可是一笔不小的开支呀！”

"这个您不用担心。"姚远往前倾了倾身子，给老华侨分析道，"工人的要求并不高，过去我们不是一直都在执行这个标准吗？为什么现在突然要改变呢？他们其实很容易满足，你只要稍微给些好处，他们保证会把工作干得好好的。我们做企业的，又何必盯着那点蝇头小利呢？做出这点牺牲，与公司的收益相比，简直是九牛一毛。"为了把自己的意思表达清楚，姚远进一步分析道，"不错，如果按照工人的要求做，公司的利润会受到一些损失，可这小小的损失和公司的巨大利润相比，又算得了什么？所以我的意见是，满足工人要求，尽快让他们复工。这样拖下去对公司极为不利，耽误了交货日期，失去了信誉，那才是真正的大问题。"

"嗯，我明白了。"听姚远的分析有理有据，直指问题的核心，老华侨点了点头，赞许地说，"嗯，还是姚经理看问题全面。经你这么一提醒，我就知道该怎么做了。可我不明白，为什么你不在会上把这话讲出来呢？"

"晁总，您错怪我了。"姚远笑道，"公司开会，大家都在一起。那种场合下，我即使把意见讲出来，您也未必会听。再说他们一个个说得头头是道的，您让我说什么他们才会相信？与其和他们做毫无意义的争辩，我还不如保持沉默，免得他们在背后说我闲话，四面树敌。"

"四面树敌？他们会说你什么闲话？"老华侨不解地瞪大眼睛盯着姚远，"你是不是觉得公司的管理有问题？"

他看了看左右，“除了小刘，这里没有外人。如果你认为哪里有问题，我希望你能及时指出来，我也好进行调整，免得今后再闹出什么乱子。”

姚远笑了笑没再说话，而是屈着腿坐在那里，端起杯子品起茶来。

老华侨看出姚远心里有话，便看了一眼小刘，不再催问，而是端起杯子喝起茶来，边喝边观察姚远。他在心里反复琢磨着，这个含而不露的姚远，不想把心里的话说出来，估计是有什么顾虑，不然他不会表现得如此深沉。看他分析起问题来头头是道的，结合来公司后的做事风格，从中可以看出，这是一个反应敏捷，逻辑思维能力很强的人。这个姚远太有能力了，如果不是他刚才的一番点拨，自己现在还深陷在泥潭里挣扎不出来。俗话说，千军易得，一将难求。不行，我要重用他。看姚远对这件事情的处理方法，显然已成竹在胸，只不过没有涉及他的利益，所以他才像个旁观者。他这样做不难理解，来公司不久，资历没有其他部门经理老，做事有顾虑，实属正常。再说他只是一个部门经理，不给他权力，他又怎能为你卖力？想到这里，老华侨放下杯子，若有所思地说道：“姚经理，我想让你做公司总经理，同时兼任销售部经理！”

“什么？让我做公司总经理？”姚远像被热水烫着了似的，急忙张大眼睛，不相信地看着老华侨，“晁总，您不会是在和我开……开玩笑吧！我……我怎么可能做公司总经理?”

“这有什么不可能的。”老华侨笑眯眯地看着他，“你做过老板，有管理经验，怎么就不能做新天地公司的总经理?”

“您不要取笑我了，晁总，我那是个小公司，而且还被我赔得一塌糊涂的。您现在让我做新天地公司的总经理，这不是拿我开玩笑吗？万一因为我出现了什么闪失，我可担不起这个责任!”

“我相信你有这个能力。”老华侨直视着姚远，仿佛一下子看穿了他的五脏六腑，直看得姚远把头低下去，这才不容置疑地说道，“好了，就这么定了，过几天你就上任吧!”

“可公司里有总经理呀！您这样做不太合适吧?”姚远抬起头，面有难色地说，“我做公司总经理，您让马占军干什么?”

“这个你不用管，我自己的公司，至于怎么安排，我有的是办法。”

“可是……”

“你不要有那么多的可是。”老华侨用一副长者的口吻，爱惜地说道，“你呀，姚远，什么都好，就是这一点不太好。遇到事情不往前站，不去争去抢，总是顾虑重重、畏畏缩缩的，太缺少往前冲的劲头。如果你身上的锐气再多一些，你会是一个了不起的人物。”为了安抚姚远，不等他说话，老华侨紧接着又补充道，“至于待遇问题，你不用考虑，我打算给你一些股份，你看怎样？”

“那……那怎么行？”老华侨的话让姚远很是惊讶，当即诚惶诚恐起来，“我……我看，还是按照以前那样吧！”

“那样会亏待你的，再说我也不是小气的人。为了公司的发展，我要重用你！这样吧姚远，我给你新天地公司百分之十的股份！”老华侨扭头看了眼小刘，又回过身对姚远说道，“就这样定了，你回去准备一下，三天后上任。”

“这，这……”

看姚远坐在那里张着嘴巴，一脸茫然不知所措的样子，老华侨知道他一时还没有回过神来，于是走过来拍了拍他的肩膀，用十分坚定的口气说道：“我一会儿就给行政部打电话。就公司这次罢工事件，我完全听从你的意见，同意工人的要求，恢复他们的工资标准，提高加班费，通知工人们尽快复工！”

## 3

姚远和马占军的冲突是在公司中层以上管理人员会议上爆发的。

那天上午，老华侨布置完工作，刚刚宣布完由姚远接替马占军，担任新天地公司的总经理，马占军就坐不住了。他挺直腰杆，目光狠狠地在姚远身上扫来扫去，像是要把姚远给一口吞掉。尤其是当他看到姚远一脸平静地坐在那里，一副若无其事的样子时，马占军心里的那团火“腾”地燃烧起来，他怎么也想不明白，这个家伙怎么突然就成了公司的总经理，不声不响地顶替了自己。何况自己的总经理干得好好的，为什么说免职就被免职了？凭什么？

“我干得好好的，为什么要免我的职？”马占军一脸不解地大声提出抗议。

没有人回答他，会议室里一时静得能听见彼此的呼吸。大家面面相觑，似乎都在等人打破这沉闷的宁静。可是没有，短暂的沉默，压抑得人喘不过气来。

“这都是姚远干的好事，一来就又踢又咬，闹得公司上下不得安宁，为什么？难道就是想出人头地，把新天地公司变成他的地盘，变成第二个天远？把新天地带上绝路？”马占军不敢把矛头指向老华侨，只好把一腔怒火全都发泄在姚远的身上。

“马总，你这话说得就不对了。”姚远看了看老华侨，又把目光盯在马占军的身上，知道自己不能再心慈手软了。他尽量控制住自己的情绪，不卑不亢地说道，“马总，我是什么样的人，你心里清楚，我没有把别人赶走自己好出人头地的想法，更不想把新天地公司带上绝路。

我只是一个打工者，凭着自己的良心，为公司尽力做着自己该做的事。至于我的能力，我觉得这个问题不用我来回答，你应该问一问大家。”

“我谁也不用问，我心里清楚得很！”马占军失去理智似的冲着姚远大声吼道，“你这个阴险的家伙，心怀叵测，对公司肯定没安好心……”

“马总，你不要血口喷人、胡言乱语好不好？说话是要有根据的。”姚远坐在那里，心平气和地说道，“你身为公司总经理，不能尽心尽职把工作做好，应该从自己身上找原因，而不是怪罪别人。再说，你这个总经理当得称不称职，你自己心里是最清楚的。”

“我有什么不称职的？姚远，今天你倒要给我说说清楚。”马占军像头暴怒的狮子似的咆哮着，“今天当着这么多人的面，我倒要听听你是怎么个无中生有、胡编乱造地往我身上泼脏水的。”

“马总，你用不着和我发这么大的脾气，有些事情是不用说出来的，难道非要让我当着大家的面揭你的短吗？”姚远一脸平静地看着马占军，他本不想说，可马占军步步紧逼，让他不得不说，“你虽然没有假公济私，但是在你的领导下，公司并没有取得大的发展，而且许多事情处理得并不好，这说明你的执行力不强，领导能力也不足……”

“姚远，你这是鸡蛋里头挑骨头！”马占军突然打断姚远，“公司发展到今天容易吗？有些问题并不是我一个人所能解决得了的。现在正处于金融危机之中，哪家企业的日子好过？你不能把责任都往我身上推……”

“马总，你不要把所有问题都推到金融危机上，有些事情我们是完全可以把握的，但你的做法却令人匪夷所思，让人置疑，而且还蓄意破坏公司的利益。”

“匪夷所思？让人置疑？蓄意破坏公司利益？”马占军吃惊地看着姚远，他不大明白姚远的意思，瞪起眼睛问道，“姚远，你给说清楚，我怎么蓄意破坏公司的利益了？”

“马总，咱们还是不要再争论下去了。”

“姚远，你怎么说不出来了？要知道你这是栽赃陷害！”马占军满脸怒气地说道。

“栽赃陷害？我为什么要栽赃陷害你？”姚远并没有生气，依然神情淡然地坐在那里，“马总，还请你自己想一想，干吗非要我把话说得那么明白！”

“晁总，请您来做个评判。我究竟干了哪些有损公司利益的事？”马占军有些急了，转过头问老华侨。

“占军啊，姚总之所以一直不说破，那是给你留面子呢。而我之所以让姚远担任公司总经理，是有综合考虑的，你就不要再多说什么了。”

“可是晁总，我不明白，您怎么能就这样草率地做出这个决定！您能不能给我个解释？”

“解释？马占军，既然你非要问个明白，那我就直说吧。”老华侨生气地盯着他，“我问你，这次工人罢工是怎么回事？”

“这我怎么能知道？”马占军装出一副茫然的样子，望着老华侨，“或许是他们对公司有什么不满吧……”

“马占军，我平时对你不薄，让你做公司的总经理，可你呢？置公司的利益于不顾，明知故犯。你为什么签发降低工人待遇的通知？”老华侨毫不留情面地质问道，“你为什么要这样做？在讨论如何解决员工罢工问题时，你又推三阻四的，你这样做的目的是什么？居心何在？”

“晁总，您应该明白，现在全球经济形势不好，我这样做还不是为了公司考虑，降低人工成本，减负增效……”

“好了，你不要再说这些了马占军。”老华侨生气地打断他，“你说得好听，降低人工成本，减负增效！你不要拿这些冠冕堂皇的理由来为自己开脱，分明是你嫉贤妒能，想借机把姚远赶走，对不对？”

“不不，不，我没有赶走姚远的意思，我确实是为公司考虑啊，晁总！”

“你不要强词夺理了，难道我还能不了解你？”老华侨不想再和他纠缠下去，当即说道，“好了，你不要在我面前要什么心眼，你的那点心思我还能不知道？你是担心姚远影响到你在公司的地位，所以才故意制造事端，是不是？”

“这……这个……”见老华侨一下子揭穿了自己的阴谋，马占军一时语塞，脸上青一阵白一阵的，显得十分难看。

“你不用再解释了，我一切已都明白，你不就是想赶姚远走吗？可你不要忘了，姚远是我请来的，我很信任他，也很清楚他的能力。能者上，庸者下。所以免你的职，你也不要怪他，要怪就怪到我身上好了，这是我的安排。”

“晁……晁总，我知道错了，您……您能不能给我一次机会？”马占军浑身瘫软地坐在那里，说话的口气也随之软了下来，“请您给我一个将功赎过的机会，我今后一定好好干……”

“晚了！”老华侨恼怒地说道，“我们是做企业的，可耽误不起这个工夫。”

“晁总，看在这些年我没有功劳也有苦劳的分上，请您再给我一次机会好不好？”马占军乞求道。

“好了，你不要在这里耽误工夫，该去哪儿去哪儿吧！”说完，老华侨闭上眼睛不再理他。

“哼！我就不相信，离开新天地，我就活不成了？”看到再无挽回的余地，马占军突然把心一横，霍地站起身来，狠狠地剜了姚远一眼，接着甩门而去。

# 第九章　喜得贵子

## 1

马占军带着一腔怨恨走了。

他怎么也没有想到，自己精心策划的罢工，非但没有影响到姚远在新天地公司的地位，反而把自己给绕了进去。马占军本想制造一些事端，想趁机赶走姚远。为此他早就策划好了一切，先是让人事部经理制定一套新的薪酬制度，在赶生产进度的紧要关头公布出来，成功地引发了工人的不满。而那场不期而至的台风算是帮了他的大忙，直接导致工人罢工。他本想趁此机会鼓动老华侨拖延下去，这样一来凯里集团的订单就不能按时完成，不但公司的信誉毁了，而且还得交一大笔违约金。他知道老华侨最珍惜公司的信誉，肯定会迁怒姚远，甚至一怒之下赶走姚远。但是马占军没想到这次搬起石头砸了自己的脚，结局竟然会是这个样子。

马占军在新天地公司多年，自然也笼络了几个心腹，这次罢工事件就是由他的心腹挑起的。他们按照马占军事先策划的方案，通过公司文件和“工厂活动”相结合，最终借着台风导演了这场罢工，可是没想到还是被明察秋毫的老华侨给查了出来。

“妈妈的，这个马占军，身为公司总经理竟敢这么做!”调查结果出来后，老华侨气得把手里的杯子都摔了，“不像话，真是太不像话！我给你那么高的地位，给你那么高的年薪，你不安心工作，居然还想赶走我的人?实在是太过分了!”老华侨心里明白，马占军这样做，表面上看是想赶走姚远，实际上却给新天地公司带来了灾难性的打击，如果“罢工潮”传出去该怎么办?信誉没了，将来谁还敢和新天地公司合作?这个马占军真是聪明得过了头，是可忍，孰不可忍。老华侨当时就想把马占军叫到办公室里痛骂一顿，可后来想了想，念及他跟着自己干了这么多年，没少为公司出力，自己也不能把事情做得太绝，没有功劳还有苦劳嘛。好在自己发现及时，才没有酿成大祸。他有心对马占军从轻处理，降职使用，但又考虑到如此一来，马占军定会怀恨在心，对今后工作不利，犹豫再三，最后还是决定打发他走人，免得将来再生出什么事端。

看到马占军被老板炒了鱿鱼，那些跟随他的人纷纷倒戈，很快和公司站在了一起。马占军走的那天，身边连一个人都没有，更没有人出来为他送行。马占军垂头丧气地提着包，迈着沉重的步子，带着几分悲壮和羞愧离开了总经理办公室。下楼，绕过生产车间，他矮胖的身子从厂院里穿过去，直到走出公司大门，都没有一个人去送他，甚至连正眼看他一眼的人都没有。

铁打的营盘流水的兵。企业里人来人走的现象太普遍了，谁走谁留，大家早已司空见惯，习以为常，不要说是马占军，就是同一个地方出来的打工仔们，也未必会把这种聚合离散的事情放在心上。马占军平时喜欢独来独往，高傲得不可一世，根本没有什么知心朋友，又极少和老乡来往，所以他和工人之间也就没有那么多情义可言。那些靠利益笼络起来的人，一看大事不妙，马上与他划清了界限，自然他的离去就像离群的大雁那样，显得形单影只。

马占军走后，大家该干什么干什么，一切很快又恢复如初。

马占军前脚刚离开新天地公司，姚远后脚就走马上任，接任了公司总经理。不过在此之前，他就已经谋划好了员工安抚工作，并在老华侨的支持下，重新签发文件，并以通知的形式下发到各班组和车间。恢复员工工资标准、提高加班费，除马占军之外，一律不再追究其他人的责任，这些措施的实施，让工人们看到了希望。

一看没了后顾之忧，大家的干劲一下子高涨起来，大家纷纷表示，完全拥护晁总决定，谁也不再闹情绪，在拉长和管工的带领下，撸起袖子干起活来。

一场由台风引发的罢工事件，就这样被平息下来。由于时间短，处理及时，前后不过三天时间，因此没有留下什么后遗症，连一向敏感的村领导们也没有觉察到什么。待一切恢复如初后，公司上下很快又呈现出一派热火朝天的繁忙景象。

哈，没想到我也会有今天。坐在总经理办公室里，面对舒适优雅的办公环境，姚远感慨万端，他简直不敢相信眼前这一切是真的。他左手放在充满质感的高背靠椅的扶手上，右手放在光可鉴人的办公桌上，支起尖瘦的下巴，眼睛环视着办公室。大套间，外间会客，里间办公，此外还有个干净的洗手间隐在书柜后边。写字台真大，差不多占了一间屋子，花梨木的笔架上吊着几支巨毫，笔洗是玉的，砚盒是黄花梨的。左手电脑工作台，右手电话传真机。他想起了来新天地公司报到时，在这里见马占军时的情景。那时自己不过是个落难的打工仔，能有人收留就不错了，何曾想到会有今天？以前自己想都不敢想的事，现在居然变成了现实，真让人感慨啊！

姚远用脚点了一下地面，性能良好的真皮转椅随之跟着转了起来。随着身子转动，姚远把目光望向了窗外。此时窗外是一片晴朗而又明净的天空，几株高大的椰子树站在那里，微风吹来，树叶跟着拂动起来……远处厂房里隐隐传来工人干活的声音，组合在一起，机器隆隆的声音，像是在演奏一曲优美的乐曲，欢快的节奏是那么的和谐……看到这里，姚远不由感慨起来。自己不是没有当过老板，在广州时，自己创办了天远经济技术开发公司，那可是自己一个人说了算的公司，但天远公司实在太小了，小得根本不值一提。要知道在广州，这样的小公司实在太多了，简直可以说多如牛毛，随手一抓就是一大把，难怪人们经常开玩笑说："天上掉下一块砖头，就能砸到几个总经理。"这大概就是对自己那种小公司的嘲讽吧！可是现在不同了，新天地公司是多大的企业？员工两千多人，每年产值过亿。即使是金融危机时期，产值也有数千万之多。在这样的企业里任总经理，那该是一种怎样的感受？千军万马，振臂一呼，响应者众，想一想都让人热血沸腾。可姚远没有得意忘形，他深知自己肩上的担子。现在自己是公司总经理，身负重任，要为大局着想，赶快理顺公司事务，让一切正常运转起来。只有如此，自己的工作才好做，公司的利益才有保证，今后才会有更大的发展。

姚远给自己倒了杯水，接着给行政部经理打了个电话，让其通知各部门撰写工作计划和工作进度安排，并要求尽快送到总经理办公室。过后，姚远又根据自己掌握到的情况，紧急召开了各部门经理会议。会上，他指出问题，广开言路，认真听取大家的意见，并很快制定出新的工作计划。

上任公司总经理后，姚远不像马占军那样，天天坐在办公室里上网、打游戏，不思进取，得过且过。他心里清楚，自己现在要做的是稳定军心，理顺各个方面的关系，点面结合，有计划、有步骤地推动公司不断向前发展。因此只要不忙，他就会到厂房里转一转看一看，检查生产情况，抽检产品是不是合格，发现问题及时纠正，认真得就像个 QC（质量监控）安检员。有时还会深入生产一线，和工人们说说话谈谈心，了解他们的心情，嘘寒问暖，给人一副平易近人的样子。

“好啊，真是太好了！”看到姚远没有摆总经理的架子，工人们纷纷称赞道，“看来我们遇到了一个好领导。”这样一来，大家的干劲更足了。

紧赶慢赶，到底没有误事。经过一连几天的加班加点，凯里集团公司要的那批货，终于赶在指定日期全部完工。直到此时，姚远才长出了一口气。如果不是工人罢工耽误了几天，这批货早就完工了。不过现在也好，通过这次事件，也让他懂得了自己这个总经理该怎么当，该怎样来掌控工人。

## 2

这天夜里，正在睡觉的余静突然感到肚子一阵一阵疼痛，她意识到自己快生了，于是急忙叫醒姚远：

“姚远，你快……快……起来……把我送……送医院……我……我这是快要生了……”

“什么？你要生了？”姚远一下子清醒过来，疑惑地问道，“不是说预产期还要再等几天嘛，怎么这么快就要生了？”

“早几天晚几天是常有的事，生孩子这种事，谁又能算得那么准？”余静催促道，“快，快……不要再耽误时间，我自己的身体我知道……”

姚远一边穿衣服，一边思考着如何才能把余静尽快送到医院。他本想打电话叫120，又怕耽误时间；想开公司配备的奥迪，可听到余静痛苦的呻吟声，他马上放弃了。于是，他赶忙扶着余静下楼来到马路边，拦了辆出租车，就往市区赶去。

茫茫的黑夜里，出租车像鱼一样飞快地向前滑行着，余静疼得满头大汗，斜躺在姚远怀里，一只手紧紧抓住姚远的胳膊，生怕他离开自己似的……面对此情景，姚远焦急万分，他不时安慰余静道：“别紧张，别紧张，咱们马上就到医院了，再忍一忍，忍一忍……”

市妇幼医院到了，余静很快被推进了产房。姚远焦急地在产房外走来走去。突然，产房里传来一阵骚乱："哎呀！产妇大出血，急需输血，否则会有生命危险。"消息传出来，姚远吓了一跳，急忙冲上前去，伸出胳膊就对护士说："来，抽我的！"

"你是O型血吗？"

"不，不是，我是A型血。"

"不是O型血，瞎捣什么乱？"护士白了他一眼。

看着护士匆匆离去的背影，姚远站在那里，嘴里不停地念叨着："如果我是O型血就好了，如果我是O型血就好了……"

几分钟后，护士手捧血袋返了回来。谢天谢地，经过一个多小时的焦急等待，余静终于生了。男孩，七斤八两，母子平安。

"是个男孩儿？"守候在产房外的姚远，听说余静生了个男孩儿，心里别提有多高兴，他搓着手，兴奋地大声叫道，"太好了，真是太好了！"可是不知道为什么，此时他突然想起前妻，以及和前妻生的女儿，如今女儿瑶瑶已经十多岁了，长得乖巧可爱。现在余静又给自己生了个男孩儿，尽管两个孩子不在一起，但也算是儿女双全了。好，真好！

姚远很早就意识到，自己这一生注定漂泊。不像其他人有很多兄弟姐妹，姚远只有一个姐姐，因此他一直都觉得自己很孤单，他太缺乏兄弟姐妹之间的爱和关怀了。有了女儿后，他就有了生个男孩儿的愿望，只是后来和前妻离了婚，但这个愿望一直埋在他的心里。在广州时，姚远也交往过几个女孩，其中最令他心仪的叫吴倩，但也仅仅交往了几个月而已。自从和余静走到一起后，生个男孩的念头又浮现出来。其实，姚远也曾多次表示想和余静要一个属于他们的孩子，无论是男孩还是女孩，他都会喜欢的。余静听后，还夸赞他不重男轻女，思想解放，以后肯定是个称职的丈夫和父亲。可是说句实话，他内心深处还是希望余静给他生个儿子，这样自己的下半生就有了指望和寄托。现在好了，真是天遂人愿，余静真的给他生了个儿子，这是多么让人高兴的事情呀！要什么来什么，此生自己还有什么不满足的呢？

余静并不理解姚远的心情，当她看到姚远兴奋的样子，就知道他心里的高兴劲儿绝不亚于自己。孩子没有出生以前，她曾无数次问姚远，如果将来生的是女孩儿，你会喜欢吗？姚远总是想也不想地回答道，我当然喜欢，只要是我们两个人的，无论男孩还是女孩我都喜欢！正是因为有了姚远的这句话，余静总是生活在快乐中。是啊，和自己爱的人在一起，还有什么不快乐的呢？那段时间，她每天挺着个大肚子，像只企鹅一样在房间里转来转去，心情愉快地哼唱着时下流行的歌曲。当然她有时也会走出出租房，沿着村子转转，放松一下心情。一路上没一个认识的人，看着刚下班的打工妹，三五成群地走在一起，说笑着，余静心里总会生出羡慕之情。她想，如果不是自己怀孕了，和她们走在一起，一点不比她们差，无论是样貌还是身材，都是一等一的出众。可现在自己挺个大肚子，像只企鹅。尽管有些难看，但这有什么？等生完孩子，穿上健美裤，练练健美操，买几套亮丽的衣服，把自己打扮得漂漂亮亮的，让姚远好好看看，我余静是个什么样的女人。有时她也会幻想着，等孩子大了，带着他到处走一走转一转，一家三口在一起，真是太幸福了！那时，自己就是这个世界上最幸福的女人。

余静一脸幸福地看着怀里的孩子，眼里充满了母爱。这时姚远悄悄来到病床边，低头看了眼孩子，又看了看幸福而又疲倦的余静，俯下身子轻轻地问道：“感觉怎么样？好点了吗？”

“嗯，感觉好多了。”余静眨了眨美丽的大眼睛，说，“姚远，你熬了大半夜，也累了，赶快去休息一下吧！”

“我不累，累的是你！”姚远帮余静理了下有些凌乱的头发，充满爱意地说，“你想吃点什么，我去给你买。”

“我现在什么都不想吃，就是感觉有点累。”

“既然不想吃东西，那就先躺着好好休息一下吧！”

“嗯，那你也去休息一下吧！”

姚远走出病房，轻轻地关上门。熬了大半夜，确实感到很累，可做爸爸的幸福感让他根本无法平静下来。

天亮了，该去上班了，可是姚远舍不得离开。然而一想到公司里还有一大堆事等着自己去处理，姚远又不得不离开。他来到妻子跟前，想再表示一下自己的关心，此时余静已经醒了。姚远俯下身，轻声问道：“余静，你现在需要什么，我马上去买。”

“不用，不用，我现在什么都不需要。”

“那，你看……”姚远看着余静欲言又止，“我该去公司上班了，我本来不想去的，可公司里有那么多事需要我去处理，你看……”

“公司里的事，不能耽误。不过，远，我现在这个样子，你能不能请个假？”余静看着姚远，轻声说，“我这里也需要人，没个人怎么能行？”

“我知道，这个你不用担心。”姚远安慰道，“我已经请了月嫂，让她先照顾你，等我处理完公司里的事，马上来医院陪你。”

“嗯，既然这样，那你赶紧去公司吧，放心，不用担心我和孩子！”余静看着一脸倦意的姚远，心疼地说，“你一夜都没睡，忙完工作后，不用急着来医院，先回家好好休息一下。”

姚远答应一声离开了，病房里只剩下余静和孩子。父母远在内地，母亲除了要照顾父亲外，还得接送孙女上下学。姚远的姐姐一时半会儿来不了。余静不由叹了口气，唉，如果自己有个姐姐或妹妹就好了，这样她们也可以来照顾一下自己。姚远如今是新天地公司的总经理，天天忙得不可开交，就算不忙，他一个大老爷儿们，很多事情根本插不上手，看来一切只能靠自己了。

余静正胡思乱想着，病房门突然开了，姚远从外边走进来，后边还跟着一个中年妇女。

“余静，这是赵姐，是我雇来照顾你的。我这就回公司，有什么事你给我打电话，我会马上赶来的。”临走时，姚远又交代了赵姐几句。

赵姐来自湖北农村，个头不高，穿着朴素，浑身上下收拾得利利索索的，一看就是那种让人放心的人，余静心里踏实了几分。姚远离开后，赵姐轻手轻脚地走到床前，用不太标准的普通话小声说道：“刚才姚先生都已吩咐过了，姚太太，有什么事尽管叫我做就是。”

余静笑道：“赵大姐，我老公忙，抽不开身，这段时间就麻烦你了！”

“不客气姚太太，你放心，我一定尽力做好。”赵姐轻轻掀开盖在孩子脸上的布片，满脸堆笑地夸赞道，“啊呀！长得和妈妈一样漂亮，白白胖胖的，真是可爱！”

听了保姆的赞美，余静心里像吃了蜜一样甜。

# 第十章　祸起萧墙

## 1

姚远要去北京参加行业高峰论坛。这次论坛是由国家有关部门联合权威行业协会共同举办的，规格较高。考虑到这次论坛的重要性，老华侨特意安排小刘陪姚远同去，目的是想让她多长长见识。

从广州到北京，要飞 3 个小时。坐在飞机上，没了平日的劳累与繁忙，姚远此时显得无比放松，于是便和小刘有一搭没一搭地闲聊着。

小刘名叫刘晓丹。关于小刘的情况，姚远过去并不了解，完全是到新天地公司后才慢慢听到的。有一次，他和小刘一起外出办事，无意间聊起了各自的过往。由于身边没有老华侨，小刘显得非常活泼，一路上和姚远说说笑笑的。在小刘心中，姚远是个值得信赖的人，所以当姚远问起她的过往时，小刘没有任何隐瞒，一股脑全都告诉了姚远。

小刘的家在贵州山区，很早就出来打工了，五年前才来到新天地公司。小刘家境贫寒，高考落榜后没钱复读，只好和村里的几个年轻人一起外出打工。和大多数女孩子一样，小刘先是在东莞一家电子厂里打工，一天工作十几个小时，常常累得她腰酸背痛的，加上想家，心情很是压抑。有一次，她和几个女孩下班后去外面吃消夜，当她们走到一条偏僻的马路上时，被几个小流氓拦住了。在她们的苦苦哀求下，其他小姐妹都被放走了，唯独留下了小刘。小流氓们嘴里说着一些不干不净的下流话，甚至还肆无忌惮地动手动脚。小刘没有经过这种事情，吓得要死，她躲在墙角里，身子蜷成一团，不时发出尖厉的呼救声……恰巧老华侨有急事要去广州，途经此地，看到几个小流氓正在欺负一个柔弱的小姑娘，于是便让司机停车，上前进行阻拦。几个小流氓一看有人要坏他们的好事，又看老华侨是个老头儿，便不怎么把他放在眼里。他们指使其中一人看住小刘，别让她跑了。剩余的呈扇形包围住老华侨，然后狞笑着说道："老头儿，识相的，赶紧给老子滚开，坏了哥儿几个的好事儿，哼哼，可就别怪我们对你不客气！"老华侨丝毫没有退缩，他大步走过来，冲着小流氓们大声说道："大家都是在外边混的，何必要跟一个小姑娘过不去？你们还是放了她吧!”

“哼哼，放了她？想得美!”一个小流氓疯狂地叫嚣道，“我们哥儿几个可是盯她多时了，怎么能说放就给放了?”

“那你们想怎样?”

“还能怎么样？这小妞儿长得这么漂亮，我们还不是想让她陪哥儿几个玩玩儿!”说着，几个小流氓便大声淫笑起来，“老头儿，你是不是见这小妞儿漂亮，也动心了？啊，想和我们争是不是？不过那可是要付出代价的哟！哈哈——”

“说吧，你们有什么要求。”老华侨毫无惧色，“你们如果缺钱花，我可以给，但是请你们不要为难这个姑娘!”

“真是稀罕!”长着刀条脸的长发流氓笑道，“你这老头儿这么大年纪了，难道还想来个英雄救美？只可惜我们不缺钱，就是想让这小妞儿陪我们玩玩儿。所以我劝你还是不要多管闲事，否则别怪我们对你不客气!”说完还伸出拳头，冲着老华侨晃了晃。

“我可没那份闲心。”老华侨镇定自若地说道，“我现在只有一个要求，要你们把这个姑娘放了!”

“放人可以，不过放人是有条件的。”

“什么条件?”

“呵呵！你既然想英雄救美，那我们就成全你。不过老头儿，我可告诉你，坏了我们哥儿几个的好事，可是要付出一定的代价。”

“我明白你们的意思，不就是想要钱吗？说吧，要多少？”

“一万！”长头发流氓与其他几个同伙交换一下眼神。

“好，我给你们一万。”说完，老华侨回到车上拿出一捆钱扔给几个小流氓，大声说道，“不用点了，这是我今天下午刚从银行取的，你们赶快把这个姑娘放了！”

几个小流氓没想到老华侨这么痛快就答应了他们的条件，有点不敢相信地愣在那里，面面相觑。老华侨趁机大步走过去，扶起小刘说：“小姑娘，不要怕，赶快跟我走！”说着，拉起小刘就走。司机一看他们上了车，急忙一踩油门，宾利车低哼一声，飞快向前蹿去。

坐在车上，惊魂未定的小刘像只受伤的兔子，瑟瑟地发着抖。直到汽车驶出一里多地才缓过神来，她望着身边的老华侨，连声说：“谢谢，谢谢大叔救了我……”

老华侨安慰道：“小姑娘，不要害怕，没事了，你现在已经安全了。”

“谢谢大叔，如果不是您，真不知道我今晚会遭到怎样的厄运呢。”

“好了，小姑娘，你现在什么都不要说，先休息一下。”老华侨安慰似的拍了拍小刘的肩头。过了一会儿，看到小刘慢慢平静下来，这才问起小刘的情况。

小刘侧着脸看了看老华侨，觉得这是一个可以信赖的老人，于是便讲述起自己的经历。在救命恩人面前，小刘没有隐瞒。老华侨坐在一旁，边听边打量小刘。小刘长得机灵乖巧，口才不错，还是个高中毕业生，心里便对她有了几分喜欢。要知道，那几年的打工者中，读过高中的年轻人不多，更何况像小刘这样既漂亮又聪明伶俐的小姑娘呢，于是老华侨便有意让她到自己的公司上班。当老华侨征求小刘的意见时，小刘没有丝毫犹豫，当即点头答应。

小刘稳重大方，做事干脆利落，很快就得到老华侨的赏识。她先是在行政部做文员，一段时间后，老华侨便把她安排到自己身边，当了自己的秘书。

至于小刘是怎么做了老华侨的贴身秘书，小刘的解释是这样的。老华侨的家在新加坡，只有他一个人在深圳，身边无人照顾，为了报答老华侨的相救之恩，小刘主动担负起老华侨的饮食起居，就这样，她很快便成了老华侨的贴身秘书。小刘的表现让老华侨很满意，他也没把小刘当外人，就像对待自己的亲生女儿一样对待她，不但把生活中的事交给小刘去办，而且有时还会把公司里的事也交给小刘去处理。甚至公司中的重大决策，老华侨也都会征求小刘的看法和意见。而小刘也是诚心诚意地对待老华侨，该谈看法就谈看法，该提意见就提意见，而且经常从旁观者的角度，提出极具参考性的意见，深得老华侨的好评。时间一久，小刘就成了老华侨身边最亲近的人。公司里的人都知道她和老华侨的特殊关系，所以各部门经理对她也是言听计从，就连公司的原总经理马占军也不例外。

原来是这样，知道这些情况后，姚远对小刘多了几分钦佩。他心里清楚，自己来新天地公司后，小刘没少帮忙，尤其是与销售部经理何心安的对峙中。后来，姚远做公司总经理，也是老华侨当着小刘的面拍的板。可以说，小刘不仅是老华侨的贴心人，还是新天地公司的核心人物，而她对姚远的帮助，又让姚远心生感激。这次和小刘一起去北京，姚远觉得是一次难得的机会，不仅可以拉近两人的关系，而且还能借机感谢小刘长期以来对自己的帮助。

## 2

在北京，姚远和小刘入住一家五星级酒店。

白天参加论坛活动，晚上还要和客户谈事情。一连忙碌了一个星期，直到论坛结束的那天晚上，两个人才真正空闲下来，此时也该放松一下了。小刘已经订好了第二天返回深圳的机票，因为那天晚上没有其他事情，姚远便想请小刘吃饭。来北京已经一周时间，两个人还没好好在一起聊聊。当姚远把自己的想法告诉小刘时，小刘马上兴奋地说："好呀，我也正想去放松一下呢，真是再好不过！"

晚上七点钟，两人在酒店旁边的一家西餐厅找了个安静的卡座坐了下来。他们点了两份西餐，一瓶干红。此时西餐厅里的灯光恰到好处，伴随着钢琴曲《致爱丽丝》优美的旋律，姚远心里感到莫名的兴奋。与广州、深圳相比，此时的北京少了些浮躁，多了些平和与安宁。也许是因为心情舒畅，谈话间隙，姚远频频举杯，盛情之下，小刘也喝了不少。他们谈着各自来北京的感受，有时也会轻松而愉快地谈论公司里的事情，谈到热闹处，两人不时发出会心的微笑。

也许喝了酒的缘故，小刘感到身上一阵燥热，过了一会儿，便脱去外套，只穿着一件紧身毛衣，姚远也把外套脱了。两人相对而坐，边喝边谈，不一会儿，一瓶干红就喝完了。这时小刘的脸红成了一片灿烂的桃花，说话都含混不清起来。

"姚……姚总……你……你看我是不是喝得有……有点高……"小刘醉眼迷蒙地看着姚远。

"我看你没喝多少，怎么可能会高呢?"姚远看了看小刘面前的高脚杯，里边还剩下大半杯红酒。

"可是我的头好好晕啊!"小刘用手摸着额头，轻声说道，"姚……姚总，你……你在骗我……我……我确实……喝得有点多……多……"小刘定定地看着姚远，嘴里含混不清地说道。

“你杯子里的酒还多着呢，来，小刘，再喝点!”姚远举起酒杯邀请说。

“我……我实在不能再喝了，姚总，再喝，我……我就要醉了。”可是小刘还是举起酒杯和姚远碰了一下，然后仰起脖子一饮而尽，喝过后还把高脚杯倒过来亮了一下，接着往桌子上重重一放。酒精的后劲儿让小刘的头晕得要命，她本想去卫生间洗一下脸，清醒清醒，可就是站不起来，她只觉得眼前一片模糊，人影乱晃。她实在有些坚持不住了，整个人摊在桌子上，很快便昏昏沉沉地睡了过去。

“也没喝多少啊，怎么会这样?”姚远惊讶地坐在那里，一时不知该怎么办才好。愣了一会儿，姚远抬起头看了看周围，发现没有人注意到他们，便俯过身子小声叫着小刘的名字。可是小刘睡得正香，一点儿反应也没有。

看来小刘是真的醉了，他没想到小刘的酒量这么小。姚远坐在那里，呆呆地看着熟睡的小刘，又过了一会儿，看小刘还是没什么反应，他只好叫服务员买单，而后架起小刘的胳膊，像拖根面条似的，把她从座位上拉了起来。

从西餐厅出来，经风一吹，姚远感到自己也头晕得厉害。他踉踉跄跄地搀着小刘往酒店走。此时小刘已经醉得不成样子，身体软得连路都不能走。好不容易把小刘拖进了电梯，姚远也已累得筋疲力尽。他按了下电梯上的数字键。十六楼到了，出了电梯，小刘仍没有清醒，姚远喘了口气，接着又把小刘往房间里送。从电梯到房间也就二十多步，可此时姚远身上一点儿力气都没有了，他满头大汗地拖着小刘，摇摇晃晃地往前走着。

其实姚远也醉了。一大瓶干红，小刘喝了三分之一，其余的都灌进了他的肚里，怎么能受得了？这段时间，他又是跑医院，又是忙工作，自己都快变成陀螺了。如果不是因为这次论坛比较重要，姚远根本不会来北京。不过好在已经结束，是该好好放松一下了，可是没想到一瓶红酒下肚，居然把两个人都给喝醉了。按说一瓶红酒也不多，何况红酒度数低，酒精含量少，怎么就能喝醉人呢？姚远弄不清楚，现在他的脑袋重重的，像是脖子上挂了块千斤巨石，坠得他直不起头来。不过意识还算清醒，走起路来踉踉跄跄的，如果不是搀扶着小刘，说不定自己早就摔倒在地上了。

打开门进了小刘的房间。房门一关，喧嚣远了，房间里一下子变得安静下来。安顿好小刘，姚远摇晃着身子勉强烧了壶开水。他倒了一杯，放在小刘的床头柜上。此时，小刘躺在宽大的席梦思床上，手臂弯曲着伸过头顶，白皙的脸歪向一侧，身子半曲着，样子像是在跳着一支舞蹈，看她睡得这么香甜，根本没有要喝水的意思，姚远只好作罢。

看着小刘醉卧在床上的样子，姚远禁不住有些恍惚起来。当他迈动双脚，本要回自己的房间时，结果发觉一点儿力气都用不上，脚像是踩在棉花上一样软绵绵的，突然他感到头一晕，整个人歪倒在床上。

仿佛是在云里，又像是在雾中……不知过了多长时间，姚远醒了过来，当他睁开眼睛，忽然发现余静正躺在自己的身边。咦——我什么时候回来的？姚远想不明白，自余静生完孩子，两人已经很长时间没在一起了。姚远不由得疑惑起来。余静熟睡时的样子，简直像个睡美人，松开的衣领处露出一片雪一样白的胸脯。柔和的灯光，温馨的房间，一切是那么的梦幻。姚远揉了揉眼睛，那一刻的余静万种风情，他的双眼再也不舍得离开，此时那雪白的胸脯像团熊熊燃烧的火焰，烤得他浑身炙热起来……他的心躁动不已，呼吸也变得急促起来。

渴，一种说不出的渴像巨浪一样袭来，把他覆盖……姚远像一头敏捷的雄狮，一跃而起，不管不顾地压了上去……

第二天早晨，当阳光透过窗帘，洒落在姚远的脸上时，他突然醒了过来。努力睁开眼睛后，感觉有些异样，姚远抬头看了看，这才发现胸膛上放着一只柔软而雪白的手臂。

姚远不由得吓了一跳，自己身边怎么会躺着一个女人？这是怎么回事？这个女人是谁？再一细看，原来是小刘。我的天啊，这是怎么了？我怎么会在这里，小刘怎么会睡在我的身边？一连串的问号在姚远的脑子里晃动着，简直快把他弄迷糊了。

小刘依旧睡得香甜。姚远躺在那里，一动也不敢动，他闭上眼睛努力回忆起来……昨天晚上，自己和小刘喝了点酒，后来呢？后来发生了什么事？他怎么一点都想不起来……

天啊，我会不会对小刘做了什么出格的事？姚远心里惊了一下，他感到了事情的严重，不行，我得马上离开，不然等小刘醒过来，问题就大了。

“姚总，你急什么呀？”姚远轻轻挪开小刘的手臂，支起身子刚要起来，便听到小刘叫他。姚远转过身，发现小刘正睁着一双美丽的大眼睛深情地看着自己，“姚总，天还早着呢，你怎么这么着急起床啊？咱们可是下午两点半的飞机，现在时间还早，再睡一会儿吧！”说着伸出双臂，抱住了姚远。

“这……这怎么行，小刘，我们……这样……可……可不好……”姚远结结巴巴地说道，“很抱歉，昨天晚上，我喝多了……”

“姚总，昨天晚上我们都喝多了，这是很正常的事情嘛！”小刘打着哈欠，一副没有睡醒的样子，“你不要太自责了，好不好？咱们出门在外，也是身不由己呀!”

“不行、不行，小刘，话可不能这么讲，这成什么了？再说我们这样做对不起晁总……”

“什么对不起晁总，你不要想那么多好不好?”小刘歪起脑袋看着姚远，“其实我和他什么关系也没有，你不要相信那些闲话!”

“你和他……”姚远疑惑地看着小刘，“难道你们不是……”

“姚总，你不要胡思乱想好不好?”小刘白了姚远一眼，“别人说什么你都相信？是不是有人说我是晁总的情人？真是天大的笑话！我怎么可能是他的情人！他都那么大的岁数了，简直比我父亲的年龄都大……”

“那你们怎么天天在一起?”

“我是他的干女儿，这下你该明白了吧!”

姚远摇了摇头，有些不相信。看一时走不脱，他只好半躺在床上，望着窗外出神……

## 3

公司要举办周年庆典，这可是大事。村里领导送来了贺词，客户们也都纷纷发来了贺信和贺电，大家都在祝福新天地公司。老华侨心里一高兴，就放了一天假，同时安排食堂改善伙食，他要好好犒劳一下工人。而他则带领各部门经理，到富达大酒店进行庆祝。

那天晚上的庆祝宴会上，气氛热烈，大家都喝多了酒，于是都很兴奋地唱着歌跳起舞来。唱的什么歌，不知道；跳的什么舞，也都记不清了，只知道每个人都兴奋得过了头，在那里又唱又跳的，灯光璀璨，人影绰绰，一个个都变成了活跃分子和文艺青年。

能坐二十多个人的包间很大。固定在墙上的巨型数字电视清晰度很高，带环绕音立体声的音响效果也不错，于是就有人唱起了老歌，《莫斯科郊外的晚上》《红梅花儿开》，还有人唱起了《大头皮鞋》《一无所有》，更多的人则选择了当下正在流行的歌曲，孙传辉的、羽泉的、刀郎的、庞龙的，还有那个新加坡人阿杜的，《老鼠爱大米》《两只蝴蝶》《情人》《为爱痴狂》……有人唱就有人跳，跳到后来，不知道是谁提议，于是有人跳起了贴面舞。

大家来自全国各地，方言和口音各不相同，虽然平时都说普通话，但由于喝了酒，就原形毕露起来，说出来的普通话也都变了调，听起来就像是一支五音杂合的交响乐。如此一来，一些人就成了另外一些人取笑的对象，大家嘻嘻哈哈地笑着闹着，气氛显得异常热烈。

姚远是这次庆典宴会上除老华侨之外最受大家追捧的对象，一开始吃饭，就有人向他敬酒。姚远也是高兴，升任了公司总经理，又喜得贵子，心里从来没有这样兴奋过，仗着自己酒量不错，只要有人向他敬酒，他是来者不拒，统统照单全收。就这样，一杯一杯地喝下去，就把自己喝高了。后来，当看到大家都在跳舞时，他也激动地走上前去，情不自禁地跳了起来……

老华侨没有跳，老华侨也没有喝那么多酒。大家向他敬酒时，考虑到他的年龄和身份，都是尊敬有余，谁也不敢让他多喝，而他也始终把握着一个度。每当有人向他敬酒时，他都是端着酒杯象征性地在嘴边轻轻抿上一下，算是有了那么点意思。当大家都迷醉起来，欢快地跳舞唱歌时，老华侨始终清醒地坐在旁边的沙发上，像个旁观者一样。心情愉快地打着拍子，有时还跟着哼唱几句，大多数时候他都是微眯着眼睛，看着自己的手下，尽情地表演着。可是看到后来，他打拍子的手突然停了下来，目光变得越来越冷峻。原来，他发现不知什么时候姚远和小刘跳在了一起。按说这本没什么，庆典嘛，谁都可以跳上一曲，可是他们两个的表现却让人有了异样的感觉。此时他们两个人紧紧搂抱在一起，已经超出了同事之间应有的距离，怎么看着这么让人刺眼呢？老华侨认真观察着，他越看越生气，心里突然涌出一种说不出的厌恶和恶心……

音响的声音很大，姚远和小刘忘情地在那里跳着，一会儿是伦巴，一会儿是恰恰……跳到高潮处，两个人手指相扣，双臂相交，身子紧紧缠在一起，几乎要合二为一了……老华侨再也看不下去了，心里在隐隐作痛。其实老华侨哪里知道，姚远和小刘早已有了亲密接触。也就是在北京有了那次一夜情之后，两人之间便没有了禁忌和距离，多了一份说不出的默契，所以现在跳起舞来，除了配合默契外，还有一种说不清的情愫在里面。那眼神、那动作，都成了欲盖弥彰。可是不管两个人怎样遮掩，都没能逃过老华侨那双锐利的眼睛。

“哼，这个姚远怎么能这样？”老华侨心想，“要知道，你可是有老婆有孩子的，为什么还和小刘这么亲近？两人之间该不会有私情吧？”这时一个可怕的念头忽然跳进了老华侨的脑海，难道上次去北京参加论坛，姚远和小刘两个人做了什么出格的事情？要知道，小刘正值青春年华，姚远对她不可能没有非分之想。想到这里，老华侨浑身打了个激灵。这时，房间里突然响起了掌声，紧接着还有人吹起了口哨，老华侨抬头望去，只见姚远和小刘像两条蛇一样纠缠在一起，简直不分你我了……

“真是太不像话了！”老华侨在心里狠狠地骂道，“姚远，你真是不识抬举，没有我，哪里能有你的今天？当初是看你可怜，我才把你从广州带到深圳，并提拔你为公司总经理。怎么，现在翅膀硬了，就想为所欲为了？当着这么多人的面，居然还敢如此放肆。”

老华侨实在是看不下去了，霍地从沙发上站起来，狠狠地盯了他们两个一眼，接着便拂袖而去……

# 第十一章　分道扬镳

## 1

自从庆典上发现姚远和小刘两人的不正常举动后，老华侨的心里像吃了只苍蝇般难受。于是，他便暗暗留意起二人来。接连几天他都发现，尽管姚远和小刘还像以前那样保持着一定距离，但两人的言谈举止，与过去相比有了明显差别。老华侨是过来人，他知道两个人一旦有了男女私情，无论怎样都是遮掩不住的。俗话说，要想人不知，除非己莫为。姚远和小刘现在就是这个样子，说话的语气里都透着暧昧。还有两个人的眼神，总是躲躲闪闪的，可是又都在寻找着对方，里面含着深情。这就更加坚定了老华侨的判断，这两个人身上一定有事。

什么人不能找，为什么要找小刘？要知道，小刘可是我的人，真是太岁头上动土。姚远，你可真是胆大妄为！老华侨为此十分恼火。

捉贼捉赃，捉奸捉双。为了弄清姚远和小刘之间的关系，老华侨悄悄行动起来。他一方面以清理整顿公司账目为名，让跟随自己多年的财务总监严查姚远的账目，看看他有没有经济问题；另一方面，他又暗中派人前往北京进行调查。

按照老华侨的指示，财务总监很快就把账目查得一清二楚，结果没有发现什么问题。为了方便老华侨查看，财务总监还特意列了份清单，以统计表格形式放在老华侨的办公桌上。

“真的没问题?”老华侨盯着财务总监。

“没有。”财务总监肯定地答道，“根据您的吩咐，我回去后就把姚总到公司后的往来账目，认真盘查了一遍，结果没有发现什么问题。晁总，您看这份统计表，列得清清楚楚，都是正常的支出。”

“姚远来公司这么长时间，先后在几个部门待过，怎么可能没有问题?”老华侨有点不相信，拿起统计表又认真看了一遍。

“确实没有发现问题!”财务总监摇了摇头，“凡是涉及姚总的我都逐一排查了一遍，没查出什么问题，包括出差补助及他经手的项目，我都一一核对过，丝毫没有发现问题。”

“嗯，没有就好!”老华侨收起统计表，赞许地看了一眼财务总监，“好了，你去忙吧！记住，此事一定要保密，千万不要泄露出去。”

“好的晁总，我知道了！”

财务总监离开后，老华侨把头靠在椅子上闭起了眼睛，这个姚远怎么可能会没有问题？真有不吃鱼的猫？难道他真的不贪财？不过由此看来，此人的本性还是不错的，可是一想到他和小刘的事，老华侨又生起气来，哼，这个姚远，尽管不贪财，可如果他贪色的话，同样不能容他，谁让他不识抬举呢？何况动的又是我的人！不过现在还不是下结论的时候，一切还是等北京那边的调查结果出来再说。如果北京那边没有问题，说明此人可继续用！

纸里终究包不住火。

几天后，派去北京的人回来了。调查结果令老华侨大吃一惊——姚远和小刘果真有事，而且情况相当严重。为了证明自己的调查结果准确无误，回来的人给老华侨看了酒店的监控录像，看着姚远和小刘两人拥抱着走进房间，然后再也没有出来时，老华侨怒不可遏。

“妈妈的，可恶，真是可恶到了极点！”老华侨气得脸都青了，抓起手里的茶杯猛地摔在地上，嘴里不由狠狠地骂道，“这个姚远，他怎么能做出这种事来？这不是以下犯上，给自己戴绿帽子吗？真是太不像话，居然敢泡我的女人？不知天高地厚的东西！是可忍，孰不可忍！

实在让人生气。不行，我一定要把这个忘恩负义的家伙赶走！决不能让他留在自己的身边。”更让老华侨生气的是，姚远是自己从广州安排到公司的，那时他正处于人生低谷，如果不是看他走投无路的样子有些可怜，身上多少还有点才华，才安排他到自己的公司里做事，否则，他怎么可能会有今天？如今，他做了公司的老总，没想到就开始狂妄自大，不认识自己了，就蹬鼻子上脸想翻天了？真是小人得志，当起了跳梁的小丑，实在让人气愤！

“可恶，可恶，真是可恶至极！”老华侨坐在椅子上，用手捶着自己的脑袋，痛心疾首地叫道，“没想到啊，没想到啊，姚远怎么会是这样一种人，道德败坏，无耻下流，居然欺负到自己的头上，真正的恩将仇报！唉，只怪自己有眼无珠，才让这样一个忘恩负义的家伙爬到自己的头上拉屎撒尿，真是欺人太甚！实在让人忍无可忍！”在老华侨看来，何心安和马占军固然可恶，但是他们一个贪财，一个贪权，还属正常。可姚远不同，和他们相比，尽管他不贪财不贪权，但是贪色，生活作风有问题，这就说明他的人品有问题。如果人品不行这个人就完了，所以有这种恶习的人更加让人难以接受！如果说何心安做手脚私吞公款，属于违法行为，马占军策划员工罢工是损害公司利益，公报私仇，泄私愤，两者都不可饶恕的话，那么姚远的行为就能饶恕吗？虽然他在经济上没有问题，但是他动了自己心爱的女人，这就是无耻行为，是最不可饶恕的。老华侨心里清楚，小刘是自己的贴身秘书，虽然名义上是自己的秘书，但实际上已经远远超出了秘书的距离，无论工作上还是生活上，都超出了一般的主仆关系，尽管两人没有办理手续，在外人看来是一般的主仆关系，但她同样和自己有过肌肤之亲啊！

老华侨把自己埋进老板椅里思前想后，自从妻子去世后，自己一直没有再娶，他没有忘记对妻子的思念。小刘的出现，禁不住让他眼前一亮，仿佛又看见了妻子的身影，小刘和他妻子年轻时长得极为相似，所以他就把小刘安排进公司，名义上是秘书，其实是把她当妻子一样看待的，而小刘明白了他的意思后，感恩戴德之余，也心甘情愿地扮演起了这种角色，履行起妻子的义务。在老华侨看来，尽管自己没有给她名分，但是自己给小刘的报酬却是全公司最高的，关于这一点，别人不知道，自己的心里再清楚不过，他这是把小刘当成了自己最亲近的人。只不过为了遮人眼目，他们对外才以父女相称，可是这些内情又有谁知道呢？老华侨为此气愤不已。

我的女人是你能动的吗？自从弄清他们两人在北京的事后，老华侨非常生气，他认为姚远现在动的不是小刘，而是自己。明知道小刘是我的人你还这样做，这不是明知故犯吗？不把主人往眼里放，显然是别有用心，这样的人不除，怎解自己的心头之恨？所以在对待这件事情上，老华侨认为，他们两个不论是谁的过错，都要由姚远一人来承担。为什么？就因为小刘是自己人，而你姚远就不一样，你是后来者，而且是有妻室的男人，一个对老婆和孩子都不负责的人，居然在外面拈花惹草，干出这种龌龊事，是怎么也不能原谅和饶恕的。

关于这件事，老华侨本想和小刘谈谈，了解一下情况，假如小刘是被动的，无辜的，什么都不要说，立马让姚远滚蛋！反之，如果是小刘主动的，此事则另当别论。可是他后来又想，这种事情自己怎能开得了口？小刘跟随自己多年，身份特殊，如果她不愿回答怎么办？何况这又不是什么光彩事，她即使想回答又怎么能说得出口？罢罢罢，我就不再难为小刘了，遇到这种事情，自己还是冷处理吧！至于姚远，自己也没有什么和他好谈的，本来就是一个外来的打工仔，有什么可留的？既然事到如今，考虑到他在公司的位置以及他和自己的特殊关系，还是给他来个“杯酒释兵权”吧，干脆利索地让他辞职走人。可转而又想，自己没必要把事情做得太绝，毕竟姚远来公司后没少做贡献，为公司发展立下了汗马功劳，因此还是想办法，先冷落他一段时间，让他自己感到实在待不下去了，然后再自行离开，这样无论对他还是自己都更好看一些，体面一些。想到这里，老华侨的嘴边不由露出了一丝不易觉察的微笑。

## 2

姚远依然很忙，业务上的，管理上的，一切和以前相比没有什么区别，数据报表、业务往来都在有条不紊地进行着。可最近几天姚远总觉得有些不对头，像有什么在悄悄地发生着变化，他感到大家似乎有什么事情瞒着自己。先是各部门经理不来找他签字了，再是没人向他汇报工作，后来他发现连工人们看他的眼神也是怪怪的，没有了尊重、巴结和讨好。这是怎么回事？姚远心想，是不是公司里要有什么变动？姚远坐在办公室宽大的老板桌后疑惑起来，他弄不清这里边的变故，只好胡思乱想起来。

就这样又过了一个多星期，倍受冷落的姚远越发感到不安起来，不对啊，情况反常，这是怎么回事？私下找人了解情况，回答他的人神秘兮兮的又不愿透露，他百思不得其解，不由变得郁闷起来。

几天后的一个上午，老华侨突然打来电话，要姚远去他办公室。接到老华侨的电话，姚远心里“咯噔”一下，他有种不祥的预感。老华侨一连多日都不理自己，现在突然打电话让去他办公室，看来决非好事，那么又会是什么事呢？姚远转着脑子想了想，也没有一个答案。尽管不知道老华侨要说什么，但是自从那次在北京和小刘发生了那件事后，他始终有种负罪感。毕竟小刘是老华侨的贴身秘书，动了他的女人，还能有自己的好？可那天晚上的事情出得实在意外，连自己都有些吃惊，后来想想此事也不能全怪自己，如果不是喝多了酒，自己能和小刘那样吗？给一百个胆自己也不会去做。可是自己糊里糊涂的，居然犯下了一个不可饶恕的错误。弥补是弥补不来的，那就只有小心行事，将功补过才是。因此，此事虽然过去了很久，可姚远的心里一直感到内疚和不安，总觉得愧对老华侨，愧对老华侨对他的信任。有心向老华侨解释，可一时又不知道怎么开口。没办法，姚远平时只好躲着小刘，尽量不和她照面。即使因为工作上的事情实在躲不开，姚远也是有事说事，说完事马上离开，丝毫不给小刘和他单独说话的机会。姚远自己这样做的目的，就是在表明态度，也让别人知道，自己和小刘之间没有什么事。可是做了亏心事后，总觉得良心上过不去。这事一直在心里压着，没想到压了这么久，该来的到底还是来了。姚远心想，是福不是祸，是祸躲不过，不管怎样，自己还是从容应对吧！

总经理办公室与董事长办公室是上下楼，仅一层之隔，距离并不远，但此时姚远却像是在走长征那样艰难。他觉得自己的两条腿像灌了铅一样沉重，每走一步都让他觉得如履薄冰，如临深渊，好像自己在走向一个道德的审判大厅，拷问灵魂的场所。临进老华侨的办公室时，姚远还在脑子里自我安慰道，怕什么，说不定老华侨找你来是商量其他事情呢，也许是自己多虑了。

豪华的董事长办公室里，只有老华侨一个人。此时他正坐在那里，闭着眼睛似在深思，又像是想着什么心事。姚远进去后迅速扫了一眼，没有发现小刘。小刘怎么不在？不会是故意躲出去了吧！这下姚远的心里更没底了。

“晁总好!”姚远小心翼翼地走上前去，问候道。

“来来来，坐在这里说话!”老华侨见姚远一副拘束的样子，不由笑了笑，温和地指了指老板台前的接待椅子。看着姚远犹豫着坐下，这才又开口说道，“姚总，你来的时间也不短了吧?”老华侨坐在高背靠椅上，老板台上放着一杯铁观音。他把身子摊在椅子里，目光散淡地看着姚远，语气平和地说，“怎么样，在这里还适应吧?”

“谢谢晁总，您提供的工作环境实在太好了，我在这里很适应!”姚远听不出老华侨这句话后面的潜台词，他始终不敢正眼看老华侨，他怕看到老华侨那张黑瘦的脸。过去他认为老华侨长了一副善良的面孔，看人的时候总爱眯着眼睛，说话也很随和。可是当他突然睁大眼睛直视你的时候，你会发现那目光里带着锐利之气，简直像把利剑似的，让你感到不寒而栗。

老华侨端起茶杯抿了一口，转移了话题：“可是新天地公司现在的情况并不太好呀。”说着瞄了一眼姚远，

“你是公司总经理兼销售部经理，在这里待了这么长时间，应该很清楚这一点。”

“晁总，现在国内国外的经济形势都不好，这是大环境造成的，没办法的事情，也是我们无法左右的。不过咱们公司近段时间的经营情况，应该说还是不错的，有订单拿，工人有活干，月月都有钱赚。能做到这一点，我认为已经很不错了。”

“我可不这么认为。”老华侨双手放在靠椅的扶手上，眯着眼睛说道，“姚总，你看到的只是表面现象，现实远非你想象的那么乐观。你知道美国现在的经济状况吗？”不等姚远回答，老华侨便说道，“前几天，在区领导的带领下，我们去美国参观考察，所到之处，令人触目惊心，实在是太萧条了。纽约、华盛顿、旧金山等城市的大街上冷冷清清的，连一个人都见不到，一点繁荣景象都没有。尤其是华尔街，那么有名的金融中心，现在去看，如同被龙卷风吹过一样。许多企业倒闭了，整个欧美经济都在萎缩，前景不容乐观呀！”

“不会吧，晁总？”听老华侨这么一说，姚远不禁感到有些奇怪，“我前几个月去的时候，看到的可不是这个样子呀！在这次金融危机中，美国经济虽然受到不小影响，但还不至于萎缩到这种程度。那么多美国人都干什么去了？他们也要生活，不可能都待在家里不出门吧！”姚远不明白老华侨为什么要给自己说这些不着边际的话，他心想，或许是老华侨遇到了什么挫折，所以才表现得这么悲观。今天把自己叫过来，难道就是为了说这些没用的话？

“咳，你说的那是前段时间。”老华侨闭着眼睛，“你可能不知道，金融危机不断加剧，现在已经出现了二次危机，企业都在寻找出路，要么关门停业，要么改弦易辙。在这种情况下，经济形势还能好吗？这几天我一直在考虑，我们也不能老这么盲目地乐观下去，要未雨绸缪，不然就会陷入万劫不复的困境！”

“晁总的意思是？……”姚远看着老华侨，一时不明白他话里的意思，只好试探性地问道。

“我没别的意思。”老华侨看了姚远一眼，把身子往前倾了倾，低声问道，“针对这种情况，姚总，你有什么好的办法吗？”

“没……没有，我没有考虑过这个问题……”

“既然你也没有好的建议，那就让公司停上一段时间，缓一缓再说，你看怎样？”老华侨不动声色地看着姚远，这是他经过一番深思熟虑后做出的重大决定。

“停下来？”

“对，停下来！”

“如果停下来，工人们怎么办？公司的员工怎么办？”姚远被老华侨的话惊呆了，他抬起头注视着老华侨，想从他脸上看出些什么，可老华侨又闭起眼睛，一副面无表情的样子。

“这还不好办吗？工人放假，员工停止工作！”

“那……这样一来，整个公司是不是都要停下来？”姚远不解地追问了一句，“那些订单怎么办？要不要把这批货做完再放假？”

“那是当然。”

“好的，我明白了。”姚远从椅子上站起来，“如果这样决定，我先去安排一下，好让员工们有所准备。”

“不必了姚总，我已经安排过了。”

“晁总，您安排过了？”姚远有些不明白，诧异地瞪大眼睛看着老华侨，“这是什么时候的事情，我怎么不知道？”

“这种事情你不知道也罢。”老华侨有气无力地坐在那里，左手上的硕大钻戒发出蓝幽幽的光，像在昭示着什么，右手轻轻地叩击着椅子的扶手。过了一会儿，他又补充着说道：“我知道你为公司的发展出了很多力，平时工作很忙，你回去准备一下，也该休息一下了。”

“可……”事情来得如此突然，姚远的脑袋“轰”地响了一下。他不解地看着老华侨，他想说自己是公司总经理，如此重要的事情为什么不交给我去办，你暗中操作，用意何在？难道是另有隐情，故意绕过自己，还是在玩什么把戏？要么就是在变着法子赶我走。再说自己的报酬还没有拿呢！他怎么能让自己休息呢？

看着老华侨坐在那里面无表情的样子，姚远的脑子飞快地转了一圈，突然像是悟出了什么，当即明白过来，脸色也随之变得煞白起来。啊，怪不得一连几天，各部门经理都像躲避瘟疫一样躲着自己，不找自己签字，也不来汇报工作，原来所有这一切都是针对自己来的。明白这些后，姚远不由倒抽一口凉气，知道自己此时已经没有退路，看老华侨的意思，自己只有卷铺盖走人了，就像销售部经理何心安和总经理马占军那样，不论有没有成绩，说解雇就解雇，丝毫没有商量的余地，这就是老华侨的做事风格。毕竟他是新天地公司的老板，一切都是他说了算，用谁不用谁，根本不用和别人商量，更不用向别人汇报，全由他决定，在新天地公司，谁还能左右得了他？想到这里，姚远心里很是不快。老华侨表面上很和善，可一旦遇到事绝不含糊。既然他今天把话说到这一步，就意味着他对自己失去了信任，那么等待自己的只有——走人。一想到自己在这里辛辛苦苦干了这么长时间，没有功劳也有苦劳，老华侨不能就这么无缘无故地把自己给开了，再说自己还有许多工作要做呢。想到自己的报酬还未领取，姚远有些不死心，毕竟那是自己的劳动所得，何况还是一笔不小的数额呢……可还没等他把话说出来，未卜先知的老华侨便说道：

“姚总，不要有那么多的可是。我已经通知财务部，你的报酬我已让他们计算好了，回头你直接去财务部领取就是。”

“我……”

“好了，你什么都不要说，一切我都安排好了。”老华侨冲姚远摆摆手，做了一个打断的动作。说这话时他眯着眼睛，看似一副心不在焉的样子，其实他心里却像波涛汹涌的大海那样剧烈地跳动着。老华侨想到自己今天做出这个决定，对姚远来说有点残忍，甚至有点不可理喻，可他并不后悔，他知道在这个关键时刻，他要拿出壮士断腕的勇气！哼，谁让这个不知道天高地厚的家伙泡自己的女人？一个男人，最不能容忍的，就是别人动自己的女人。人生在世，还有什么事情比戴绿帽子更加令人耻辱？如果不是他动了小刘，怎么会有今天的结果？黑我的钱我可以不在乎，毕竟你有才嘛，可是动我的女人坚决不行，这是我的底线！你还有什么可说的？这就叫搬起石头砸自己的脚，作茧自缚，自作自受，怨不得别人！经过反复衡量之后，老华侨这才果断地做出了这个决定。

姚远并没有走，他站在那里像在等待什么。透过眼睛的缝隙，老华侨看着姚远那张说不清什么表情的脸，心里不由抖了起来，心想，他为什么还不走？难道还有什么要说的吗？是等着自己反悔吗？可一想到他和小刘做的苟且之事，老华侨就气恼不已。他知道姚远能力太强，如果现在不果断采取措施，等到他羽翼丰满，强大起来的时候，就更不好控制了。你看他在公司庆典上的表现，那种张扬，那种无所顾忌的样子，简直就是在向自己挑战，实在是太让人看不下去。现在需要快刀斩乱麻，痛下狠心，决不能心慈手软，改变决定。

“你还有什么事情吗?”就在姚远站在那里想再说什么的时候，老华侨突然睁开眼睛，盯着姚远那张有些难看的脸，从椅子上站起来，故意推托说，“我马上要去办个事情。你该得的，公司一分钱不会少给。你去吧!”

老华侨的逐客令把姚远逼上了绝路。那一刻，姚远突然意识到了什么，他猜想老华侨之所以这么做，可能是有人向他进了谗言，或者是自己在工作上有重大失误，要么就是做出了什么让老华侨不可饶恕的事情，不然他不会这么对待自己，更不会采取这种方式让自己离开。到了这一步，看来老华侨已经不会再给自己留情面。同时他也意识到，到了这个时候，自己所有的解释和辩白都已毫无意义。

“好的，我知道了，谢谢晁总!”看到老华侨离开座位，做出一副要出门的样子，姚远只好告辞，快快不快地向外走去。

## 3

老华侨没有食言。

姚远去了公司财务部，早已知晓的财务总监马上递过来一张单子让他在上边签字。姚远粗略地看了一眼，简直不敢相信自己的眼睛，除去先前还债的九十多万，老华侨又给了一百万。姚远以为自己看错了，他又认真审视一遍，不错，一百万，没有看错，单子上写得清清楚楚。他心里不由一阵激动，看来老华侨对自己还不错，总算没有让自己失望。但他马上又想到，这些钱，难道就是老华侨给自己的补偿吗？他不禁有些犹豫起来，可是一想到新天地公司的资产，姚远马上明白过来，老华侨给自己的报酬虽然不少，但与新天地公司的总资产相比，不过是九牛一毛。不说他在东莞的企业，单深圳新天地公司的资产就有几千万，如果按他当初的承诺，给自己百分之十的股份，这点钱又算得了什么？不过转而一想，他能给自己这么多也算不错了，自己何必还要与他计较那么多呢？

办完离职手续，姚远心里有种说不出的难受。在这里干了这么长时间，从最初的人事部经理开始，一步一步走到总经理的位置，正值自己人生的辉煌时期，没想到突然就被炒了鱿鱼，这让谁能受得了？尽管老华侨炒掉自己的方式很委婉，但也很让人难以接受。这时，姚远突然想到了小刘，不由意识到了什么，难道事情出在小刘的身上？这样一想，姚远不由惊出了一身冷汗。唉，事到如今，这又能怪谁呢？要怪只能怪自己，如果不是那天晚上喝多了酒，自己怎会和小刘睡在一起？如果不是公司举办周年庆典，自己又怎会酒后失态，让老华侨对自己产生反感？酒呀，真他妈的是个祸害！别看有时候它能成事，可有时候它也能坏事。

常言说，爱美之心，人皆有之。世上哪个男人对漂亮的女人不动心？不可能嘛，只要是正常人，谁都会有这种想法，除非他是个太监！其实姚远对小刘不是没有好感，他过去一直认为小刘是老华侨的情人，谁知道老华侨原来是把小刘当成了自己的孩子。现在可好，自己动了他的孩子，他能容忍吗？换了谁也不会原谅的。因此，尽管姚远心里感到不平衡，但后来他还是想开了。此事不能怪老华侨，要怪只能怪自己！

一想到小刘，姚远心里就变得不平静起来。自从余静来到南方后，姚远就把她当成了自己最亲近的人。自从和余静生活在一起后，他对其他女人都不再感兴趣。别看那些年轻女孩儿留着时髦的发型，上衣的领口开得很低，裙子很短，涂了眼影，抹了口红，粘了假眼睫毛，吊着两只大耳环，甚至还戴了副假胸，下边穿着质地很差的“丁”字底裤，脚上蹬着高跟鞋，把自己打扮得像朵花似的，走起路来风摆柳一样，显得妖艳又妩媚。但在姚远眼里，她们就是些青柿子，就是些没有成熟的青杏和石榴，苦苦的，涩涩的，透出一种不成熟的青涩，她们怎能与余静相比？这样的年轻女孩儿，充其量就是时尚的尤物，根本不能与余静相比。更何况余静还是自己的初恋，她美丽、善良、温和、善解人意，而且又为自己生了个大胖小子，自己还有什么不满足的？

唉，本想自己能在这里实现梦想，不料事情竟然会走到今天这一步，想不到，真是想不到！可既然事已至此，自己今后又该怎么办？

走在回家的路上，姚远一直在思考着。现在虽说手里拿着一百万，可是心里却有种说不出的失落。工作没了，自己又成了一个流浪者，此时，自己要这么多的钱干什么？在深圳买房吗？可现在还不是时候。姚远心里清楚，在当前经济不景气的情况下，这笔钱虽说可以在深圳买一套房子，但能买的房子面积不会太大，更不会高档。深圳是什么地方？中国改革开放的前沿城市，那里的高档房子多了，别墅、洋楼，还有海景房，哪一套不要个几百万甚至上千万。拿自己手里这点钱去买房，怕只能买一套普普通通的居民楼吧。可是不买房，拿着这些钱又能干什么？买车吗？自己现在还没奢侈到那一步。既然不买房不买车，那就只有选择去投资。一想到投资，姚远突然变得迷茫起来。手里的这点钱实在太少了，自己又能投资干什么？

左也不是，右也不是，从来没有这么犹豫不决过的姚远，那天真不知道该怎么办才好。他带着沉重而矛盾的心情，愁眉不展地回到了家。

余静穿着睡衣，此时正一脸幸福地坐在凳子上给孩子喂奶。湖北大姐一看姚远回来，礼貌地上前问候一声，而后便知趣地拿起抹布去了另外的房间，出去时她还不忘轻轻地带上房门。

上班时间很少回家的姚远，今天突然回来了，余静不禁感到有些奇怪。特别是看着他从一进门就皱起的眉头，就知道他心里有事，不然他不会在自己和孩子面前如此表现。要知道他过去可不是这样啊！自从孩子出生后，姚远每次回来都显得很开心，他回来的第一件事就是先看看孩子，有时还会摸摸孩子稚嫩的小脸，逗一逗，然后坐在那里和自己说一些开心的事情。可是今天怎么了？就在余静做出种种猜测的时候，姚远连鞋都没换，就穿着那双轻便的休闲皮鞋，低着头，在余静的面前踱起了步子。

“姚远，你今天怎么回来这么早？看你愁眉不展的样子，是不是遇到什么烦心事了？”余静轻轻拍着怀里的孩子，目光紧紧跟随着丈夫，一脸不解地问。

“我失业了。”姚远突然停下来，不咸不淡地说了一句，接着又踱起步子。

“失业了？究竟怎么回事？”余静瞪大眼睛，吃惊地盯住姚远，问道，“干得好好的，怎么能失业呢？”

“这有什么？”姚远看了一眼余静，面对这个温柔善良的女人，他像是想起了什么，突然没好气地冲她说道，“怎么，你不欢迎我在家？你不是一直希望我能在家里多陪陪你吗？”

“姚远，你……你怎么能这样想啊？”余静不解地望着姚远，轻轻说道，“我不是这个意思，我是说如果有时间的话，希望你能多陪陪我和孩子。可是现在让我不明白的是，你堂堂一个公司的总经理怎么会突然失业呢？”余静脸上的幸福感一下子消失了，本来微笑着的脸上布起了阴云。她盯着皱起眉头的姚远，轻声问道：“你在新天地公司不是一直干得好好的吗？怎么会突然失业呢？是不是你工作上出了重大失误？要么就是和你们老板闹了什么矛盾？”

“哎呀，你不要想那么多好不好？是我自己主动提出来的，这下你该明白了吧！”姚远正想着心事，余静的话马上又让他想到自己和小刘的事，他一时不知道该怎么回答，只好心情烦乱地说了一句。

“我不明白，你在那里干得好好的，怎么会突然提出辞职呢？这里边一定有原因。”

“好了余静，你不要胡思乱想了好不好？确实是我主动提出的辞职，是我不想在那里干了。”姚远意识到自己刚才的话过于生硬，于是轻下语气解释道，“说起来我是公司的总经理，其实什么权力也没有，天天忙得不轻。管理上的、业务上的，方方面面的事情那么多，全都往我身上堆，压力实在太大。而且又处于金融危机时期，难呀！这还不说，还受老板的气。你说在这种公司里干着有什么意义？所以我一生气，干脆提出来辞职。”

“晁总是个多好的老头儿，他可不像是个多事的人啊！”姚远的话让余静有些不相信，她喃喃地说道，“那么和善的一个人，他怎么能给你气受呢？”

“好了好了，你不要问那么多了行不行？现在说什么都没有用，反正我不想在那里干了。”

“不在那里干，那你想干吗？继续找地方给人打工？”

“哼，我才不给人打工呢！我想自己干！”

“自己干？可你有资金吗？”余静惊讶地说道，“那可是需要一大笔资金啊！”

“资金的事你不用操心，我有的是办法。”说过这话后，姚远心里突然安静下来，他烦乱的脑子里有了个大胆的想法，对，在哪里跌倒就从哪里爬起来，这才像个真正的男子汉！他当即打定主意，用这一百万投资办厂，决不能就这样让老华侨给涮了！他小瞧我，我还瞧不起他呢！再说老华侨为什么要这样对待我？说白了，不就是想着我是个打工仔吗？说开就开，毫不留情。既然这样，我就做给他看一看，看到底谁更有办企业的能力，我就不相信我比不过他！姚远这样想不是没有道理。在他看来，一个老头子年龄那么大了还在打拼，自己比他年轻，无论精力、业务能力和资源自己都有优势，干吗要输在他的手里？他有什么？不就是有钱吗？我有什么？我的优势比他多了去了，我为什么不能办厂。要知道，在许多方面我并不比他差！

从厂里回家的路上，之所以没有这样想，是姚远担心自己手里的钱太少，不够办厂用。想想吧，拿一百万投资办起来的工厂，会有多大规模？尤其是在深圳这个经济发达的地方，人家办个厂子动辄就是几百万上千万，自己手里这点钱，或许还不够购买一台机器。不要说在南方，就是在内地，又能办个什么样的厂子？这能是说着玩的事情吗？姚远心想，自己手里的资金实在是太少，可是自己是做业务出身，手里有一大批客户，这就是资源，这就是自己办厂最大的资本。在新天地公司做销售经理那么长时间，大部分订单都是自己拿回来的。现在虽说被老华侨炒了鱿鱼，但关系还在，业务还在，只要具备这些条件，自己就是最后的赢家。因此，自己拿一百万办一个小规模的厂子有什么不可？办不起大的，难道还能办不起小一点的？实在不行，我就先开一间小作坊，只要有耐心，慢慢来，相信一切都会好起来的！想到这里，姚远皱起的眉头舒展开来。

“余静，你不是一直都想到国外看看吗？现在机会来了，你想不想去？”看着余静一脸迷惑不解的样子，知道她脑子里一时还没有转过来弯，姚远急忙向她解释道，“我说的话你可能不太理解，我的意思是想办个厂子，甩开膀子大干一场，赚他一千万，这样你们母子俩将来就可以去国外看看了，怎么样?”

投资办厂?赚一千万?姚远刚才还一脸愁容，现在听他突然说出这些豪言壮语，余静简直有些不敢相信，不由瞪大眼睛看着姚远，许久才埋怨着说道：“你以为一千万是好赚的?你以为钱是地上的树叶子，随便一扫就是你的?你以为满大街都是钱，单等你一个人去捡?要知道，现在正闹金融危机，别人想赚个小钱都不容易，你还想赚一千万，你不是在发高烧说胡话吧?”

“我没有发高烧，也没有说胡话，我说的是真的。”姚远不错眼珠地看着余静，认真地说，“你一个女人家，根本不懂做生意的事。好了，我现在不和你说那么多，我有自己的打算和考虑!”听着余静喋喋不休的唠叨，姚远像头发怒的公牛一样，变得不耐烦起来。他停下来，拧起脸，把头发一甩，冲着余静赌气似的说道：“你等着瞧吧!我有的是办法，你信不信?赚不够一千万，我他妈的不姓姚!”

# 第十二章　艰苦创业

## 1

熟悉中国历史的人都知道，一百多年前，香港还是一个毫不起眼的小渔村，经过一个多世纪的发展，现在已成为闻名遐迩的国际大都市。而与香港一江之隔的深圳，三十多年前还是一片穷乡僻壤，没有什么值得炫耀的地方，如今借着得天独厚的地理位置和国家各种优惠政策，快速发展起来。当然，如果不是那位伟人远见卓识的点化之手，在南海边画下一个圆，说不定深圳现在还是一片荒芜地带！正是有了那位伟人的惊人之举，深圳才成为中国最具发展活力的经济特区，也才成为南方最大、最具魅力的富庶和繁华的象征。转眼几十年过去，深圳已经成为中国改革开放中受益最大的城市，一个在国际上占据重要地位的开放地区，每天从这里诞生的企业和不断增长的 GDP（国内生产总值）在刷新着人们的目光，每天都有人在这里上演财富传奇。当然有人成功，就会有人失败，所以有人把这里称为天堂和地狱。向左一步是天堂，而向右一步，就有可能是地狱！因此从这个角度上看，深圳也是一个淘汰机制最快的地方，每天有新企业成立，同样每天也会有企业因经营不善而倒闭，有人因为深圳而一夜暴富，也有人因为深圳变成一个穷光蛋，这就是深圳的可爱又可恨之处，有时让你爱得死去活来，有时又让你悲观绝望得自杀。

深圳是一个充满机遇和挑战的地方，给你提供机会的同时，也带给你种种诱惑。这诱惑促使你一次次地振作起来，不断和命运斗争。只有这样，深圳才属于你，你才属于深圳。

就像莫斯科不相信眼泪那样，深圳也不相信眼泪，它只相信那些敢于拼搏的人，永远不服输的人！

自从坚定了办厂的信念，一连几天，姚远都在外边寻找着，不是找厂房，就是看设备，他希望尽快把厂子建起来。姚远已经计划好了，先在村里找一间厂房，哪怕小一点也行，机器设备旧一点无所谓，只要能正常生产即可。

经过在新天地公司一番打磨之后，如今姚远已是一个有想法的人，就像当初在广州一样，做老板的经历让他知道自己不可能给人打一辈子工。他坚信，只有学会挣钱，只有学会资本积累，才能过上自己想要的生活。在新天地公司的那段时间里，他已经熟悉并掌握了加工企业的管理模式和经营理念，其实简单得很。许多企业老板什么都不考虑，只要有订单做，就是最大的胜利。做了几个月的销售部经理，又有总经理的管理经验，姚远自信地认为，自己办企业，做起来应该是得心应手的。不过他现在考虑的是，最好找到一家倒闭企业，投资小，见效快。姚远心想，即使买不起先租下来也好，先经营着，等手中有了一定积蓄后，再考虑如何扩大规模，慢慢发展。

有人说，金融危机是好事也是坏事，既能让人一夜破产，也能让人一夜暴富。姚远虽然不太认同这句话，但他心里清楚，凡事只要用心去做，把握好自己，即使在金融危机之下，也能赚到自己想要的一切！

龙岗区田岗镇距离深圳市区只需半个小时的车程，这里厂房林立，仅一千多口人的砚富村，就有工厂几十家，外来打工人员好几万。看看吧，村子外边差不多都是工厂，电子元件厂、儿童玩具厂、五金加工厂、制鞋厂、制衣厂……这些厂子一个挨着一个，许多个工厂连在一起，就形成了一个大型的工业园区、一个经济开发区，一幅红红火火蒸蒸日上的景象。送货拉货的车辆络绎不绝地形成一条长龙，下了班的工人三五成群地滚成一团团蚂蚁，在街道上来来回回地奔走着、滚动着，远远看去，这里简直就是一个繁华的世界、一个被人们遗忘的角落。是呀，谁会想到这里只是深圳市的一个小村子呢！可眼下由于受金融危机的影响，有的企业倒闭了，工人走的走，散的散，真是铁打的营盘流水的兵。再也不像先前那样红火了，只剩下几个效益好一些的企业还在苟延残喘。有道是骑驴找马。在这种情况下，找厂子看设备就显得不那么困难，就像一个玩了多年股票的人，经过股票市场的振荡和淘洗后，已经懂得了什么情况下入市，什么情况下出市。姚远就是这种人，经历过人生的跌宕起伏之后，他现在已经清晰地看到了这一点，因此才想抓住这个机会。功夫不负有心人。奔波几天后，他居然找到了这样一家企业。

与新天地公司相比，这家企业的规模要小许多，一座小厂院，不到一千平方米的厂房，一幢两层楼的办公楼，毫无生气地立在那里，与周围那些上规模的企业相比，小得实在不能再小，可姚远就是一眼看中了这家企业。从地理位置上说，这家企业距离新天地公司大约500米，最重要的是，这家企业生产的产品与新天地公司的相同。正是由于新天地公司过于强大，才使这家企业在金融危机的浪潮中率先关了门。以前姚远上下班时，经常从这家企业的大门前经过，对它多少有所了解。现在这家企业大门紧闭，里面几乎看不到工人身影，更听不到机器轰鸣的声音，相反，如今门口只有一个保安，无精打采地坐在那里打着瞌睡。

寻找了几个厂房之后，姚远决定租下这个厂子。厂子小，设备老，自然投资就小，在眼下手中资金不足的情况下投资创业，要的就是这种“短、平、快”的效果。投资小，见效快，短时间内即可收回成本。经过一番了解，姚远大喜过望，于是马上联系这家企业老板，商谈租用事宜。

这家企业的老板此时正在香港休养。自从厂子倒闭后，他就没有再继续办下去的信心了，只盼望哪个有眼无珠的傻子能看上这个厂子，也好转让出去，赶快脱手。眼见几个月过去了，一直无人问津，厂子像条死狗那样趴在这里，任谁看了都焦心。就在这家企业老板几乎绝望的时候，忽然听到有人想租自己的厂子，立马来了精神。

什么？有这等好事？这家企业老板高兴得几乎要跳起来。起初他还不大相信这个消息的真实性。买高不买低，这是一般人的心理。谁会在这个节骨眼上办企业呢？这不是找死是什么？简直就是个脑子进了水的大傻蛋！可世界上偏偏就有这种人，逆势而行，不知道心里是怎么想的。哼，管他呢，只要有人愿意接手，自己又何乐而不为？当他核实了消息的准确性后，禁不住眉开眼笑，心花怒放起来。

“好呀好呀好呀！”这家企业老板连连答应道。欣喜若狂之余，生怕姚远反悔，于是当即就在电话里约定好了见面的时间和地点。

## 2

事情出乎意料顺利。事后姚远才知道，这家企业的老板在虎门还有一个服装厂。由于服装厂不做外贸，受到的影响相对小一些，现在他早就想把这个赔得一塌糊涂的厂子给甩出去。当他听说姚远要租用自己的厂子时，想也不想就同意了。

双方开始坐下来谈判。意向明确，直奔主题，很快就进入到实质性的谈判阶段。应该说开始还很顺利，但在谈到价格问题时却出现了分歧，这家企业的老板同意以一百万的价格转租，但是提出要求，一次性结清全年租金，姚远没有同意。他的理由是，一次付清不是不可以，关键是这样一来，自己手里就没有流动资金，这不等于一下卡住了自己的脖子吗？今后还怎么发展？谈判就此搁浅。

谈判是艺术，也是技巧。没有哪个人会愚蠢到相信一谈即成，谈判双方都站在自己的立场上权衡利弊，打着自己的小算盘，他们都在等待对方出招，以便自己从容应对。姚远摸准了这一点，所以也不着急，故意装出一副成不成无所谓的样子，还假装去看村子里的其他厂子。为了迫使这家企业老板早日就范，他还故意放出风去，什么现在生意不好做，随便找个地方都可以开工，谁会只盯着一个地方，等等。

姚远的一系列举措很快起了作用，不到三天，这家企业老板就撑不下去了，因为急于出手，于是他主动让中间人联系姚远，愿意做出一些让步，希望双方能再坐下来谈谈，尽快把事情定下来。他没想到此举正合姚远心意。

双方开始进行第二次谈判。

这一次对方的态度不再那么强硬，而姚远也无意再拖下去，也想尽快租下这个厂子。因此这次谈判进展得比较顺利。在保证双方利益的前提下，为了及早把事情定下来，最后谈判的结果是按季度分期付款。

在中间人的见证下，双方签字画押。付了三十万元给对方后，姚远手里还剩下七十万元，留作创业资金，由此开始了他的二次创业之路。

万事开头难。

姚远一直记着老华侨给自己灌输的理念，在人家地盘上做事，就得先做好村里的工作，给村领导“上供”。只有处理好外部关系，企业在今后的发展中才会畅通无阻。否则，随便找个理由，或者背后捅你一刀，就够你受的。想到这里，他决定去拜见许自力。

许自力是那种看人下菜的家伙。那天晚上，他是在自家小别墅一楼的客厅里接见了姚远。为了给许自力留下一个好印象，姚远专门到深圳市区一家礼品店购了两盒二十年生长的长白山人参、两箱三十年陈酿的贵州茅台和两条九五至尊香烟。因此当许自力看到姚远所带的礼品时，当即明白了他的意思。尤其是后来姚远从随身携带的提包里取出五捆尚未拆封的现金时，许自力那张胖脸立时绽开了笑意。

“姚总，你今天找我到底要我帮你什么忙?”

“许总，其实也不用您帮什么忙。”姚远满脸堆笑地说道，“我今天是来看看您，同时想向您汇报下情况。我已经从新天地公司出来了，想自己干点事，今后还请您多多关照和指导!”

“这个好说，没问题。”许自力哈哈大笑起来，“姚总，你在新天地干得好好的，为什么要出来呢? 是不是老晁得罪了你? 你看，要不要我出面找他说和说和?”

“不用不用。”姚远生怕许自力误解，急忙说，“晁总没有得罪我，完全是我自己想出来。晁总为人很好，对我也很不错。只是我觉得新天地公司已步入正轨，我在那里起不了多大作用，拿着报酬却整天在那里消磨时光，还不如自己出来干点儿事。”

“这个老晁，要说人还是不错的，既然他没有得罪你，而你又有单干的想法。我理解你的意思，可以，没问题，我完全支持你。再说，你这样做也是为砚富村做贡献嘛，我怎能不支持？我非常赞成，欢迎你在砚富村投资创业！今后有什么需要我帮忙的地方，尽管提，我一定会帮你协调好。”

“谢谢，实在太感谢许总了！”

“不用谢，这是我应该做的。再说你在我们砚富村投资创业，也是为我们村做贡献嘛，所以要谢也是我谢你呀！”

“许总，这话说得有些重了，愧不敢当。您给我们提供这么好的投资环境，我们感谢还来不及呢，怎么敢让您感谢？”

“哈哈，都一样，都一样的。”许自力说着又大声笑起来。

做通许自力的工作后，姚远又马不停蹄地去了镇里、区里和市里，找有关部门办手续。深圳的办事效率就是高，内地需要一个多月才能办下来的手续，在这里仅仅一个星期，就全部办了下来。半个多月后，深圳市远南五金新技术开发有限公司正式挂牌成立。

挂牌那天，姚远专门从市里请了家庆典公司布置会场，同时还特意请来了有关部门的领导，搞了个隆重的挂牌仪式。领导们分别在挂牌仪式上讲话致辞，给予鼓励，寄予希望。许自力也在挂牌仪式上表了态，愿意提供一切便利条件，支持像姚远这样的企业家来村里投资创业，为振兴当地经济做出贡献！

然而接下来的事情却没有那么顺利了。

首先是工人和设备问题。普通工人好解决，现在许多工人处在失业状态，随便贴一张招工启事，就有大把大把的工人过来。但现在缺的是有经验的技术人员。怎么办？姚远想到了新天地公司，那里有一批经验丰富的技术工，然而他们都是老华侨的人，在新天地公司工作多年，自己不可能去打他们的主意，再说这样做不是挖人家的墙脚吗？既然要独立创业，自力更生，自己又怎能去做损人利己的事情？唉，还是再想想其他办法吧！

姚远在工厂门口贴了一张招收有经验的技术工人的启事，可是效果却不理想，没人愿意来。没办法，他只好派工作人员去深圳市人才市场，希望能从那里招聘人才。工作人员去了三天，只招到两名技术工，但带回厂一试，根本不是那回事，原来是其他厂打下来的二把糙子，不堪重用。面对这种情况，姚远心里有些发毛，没有熟练的技术员，自己还办个什么厂？没办法，姚远只好打起了老华侨厂里的那些有经验的技术工的主意。

现在自己顾不上那么多了，还是先试试再说吧！姚远打定了主意。俗话说，一个篱笆三个桩，一个好汉三个帮。更何况自己现在是从零开始，白手起家，做什么都不容易，更需要别人帮忙，不然什么事情都做不成。姚远心想，既然一时招不到有经验的技术人员，不如先通过自己的关系，让老华侨厂里的那些技术人员过来支援一下，等过段时间，自己厂里培养出技术人员后再让他们回去，也许这是目前解决问题的捷径。姚远考虑得没错，他在新天地公司当过人事部经理、销售部经理和总经理，他管理有方，谦让属下，善待员工，人际关系处得不错，积累了一定的人脉。

姚远通过打电话和发短信的方式，把新天地公司的几个技术人员约到一起，请他们吃饭。席间一番客套之后，他就把自己的意思讲了出来。

“好呀，这是好事情嘛。”听说姚远要投资办厂，大家都表示赞同。他们知道姚远是个有能力的人，如果当初不是他到公司任职，自己哪能拿到那么多工资？更别说加班费和其他福利了，所有这些都是姚远给大家谋来的。现在姚远要单独办厂子了，这是新的开始，也是新的希望所在。自己出来打工，给谁干不是干？只要能多拿钱，只要老板把你当人看，这就是自己想要的东西。所以听了姚远的打算后，他们当即表示，愿意跟着姚远干。

有了技术人员，接下来的事情就好办得多了。设备已经扔在那里一年多了，修一修，调一调，擦一擦，再加些油，马上又焕发出原有的光泽。

姚远在工厂门口贴了张招工启事，同时又动员那些技术人员，让他们帮着招一些熟练工人过来。现在许多企业濒临倒闭，大都是半死不活的样子，虽然人员流失很大，但还有许多工人滞留在那里，又不想打道回府。他们待在原地寻找新的机会。听说姚远的工厂在招工，又听说这个老板为人不错，大家一商量，呼呼啦啦一下子来了一大群。不到三天时间，二百多名工人全都到齐。人员有了，昔日废弃的厂房又有了生机，姚远心里高兴起来。

接下来是订单问题。厂子有了，设备有了，员工也有了，但是如果没有订单，一切都是零，一切都无从谈起。所以在进行人员招聘和检修设备过程中，姚远就已经开始跑业务拿订单了。

可是业务并不好跑，订单也不好拿。这是姚远事先没有想到的，更让他想不到的是，为了防止客户流失、资料外泄、企业利益受损，他的所有业务关系，在他离开新天地公司之前，就被老华侨给全部切断了。新天地公司有一套自己的管理模式，为了防止客户流失，不论哪个高管和中层部门经理离开，公司都会立马派人顶上来，而且会在最短时间内，告知客户：因公司内部调整，原先负责该业务的人员已经更换，今后贵单位业务请与我公司新安排的人员接洽。否则，由此产生的不良后果，本公司概不负责！这就是新天地公司，这就是姚远没去之前，和到任之后一直执行的管理模式。

现实就是这么残酷，拿不来订单做什么？只有眼睁睁地看着工人们歇工，机器在那里睡大觉。好在一切还没有就绪，技术骨干正在调试机器，人事部正在整理员工档案，生产部正在培训新员工，销售部的客户经理们正在四处出击，想尽一切办法寻找新客户，新招的工人还没有完全安定下来，因此整个企业都在忙着做生产前的准备工作。

## 3

为了拿订单，姚远只好去了青岛。

青岛地处华北，既是一座滨海旅游城市，又是一座工业城市，国内许多知名企业在这里安家落户，自然对加工设备一类的产品需求量大。已经做好前期准备工作的姚远，找到自己在这里的一个老客户请求帮忙。这个客户和姚远的关系一直不错，知道姚远的为人，也知道姚远的能力，现在听说姚远从新天地公司辞工后开办了自己的企业，二话没说，当即就把一批订单交给了姚远。虽然金额不大，不过三百万的订单还是让姚远大喜过望。他没有想到事情居然来得这么顺利，拿到订单的那一瞬，他的眼睛湿润了。

“谢谢朱总，谢谢您对我们远南公司的支持!”在青岛市中心一家富有特色的海鲜酒楼，姚远拿着签过字的合同，一再表达谢意。

“姚总不必客气，我们是老关系了，有过愉快的合作，现在你又刚开始创业，需要业务，我们理应支持才对。”朱总伸出大手握着姚远的手摇了摇，豪爽地说道，“祝我们合作愉快!”

“合作愉快!”姚远急忙说道，“也祝朱总生意兴隆!”

“谢谢，谢谢!”

只听“叮”的一声，两只杯子碰在了一起。两人愉快地笑了起来。

姚远事后才明白，朱总之所以没有把更大的订单交给自己来做，主要是因为自己的企业刚上马，一切都还没有完备，朱总担心生产能力和技术达不到，不能按时完成任务。碍于情面，于是就先给了姚远一份小小的试水单，考验一下他的生产能力，等到姚远的公司步入正轨后，再与他加强合作不迟。生意场上就是这样，再好的关系，也有个利益在里边。

按照百分之十五的利润，三百万的订单差不多也有四十多万的利润在里边。姚远现在并不是为了追求能赚到多少利润，他的原则是先走好第一步，只要工人有活干，只要机器能够正常运转起来，就是胜利。姚远心想，只要公司有了第一笔订单，接着就会有第二笔、第三笔，慢慢用心去做，一切都会有的，更不要说朱总给自己的订单还有四十多万的利润呢，这简直就是他送给自己的一粒速效救心丸。

从青岛回到深圳，姚远来不及休息，便投入到繁忙的工作之中。为了确保第一单业务顺利完工，他亲自做了安排部署，还把生产部经理单独叫到办公室，向他讲明利害关系，并提出具体的指导意见，明确要求生产部，务必按照客户要求，保质保量完成任务，按时把这批货交到客户手中。

“姚总，您放心吧，我们保证按时完成任务!”

生产部经理走后，姚远还不放心，他又把行政部经理叫到办公室，做了一番交代。

工人忙碌起来，机器也运转起来，看着工人忙碌的身影，听着隆隆的机器声，姚远的脸上露出了笑容。如今自己已经迈出了投资办厂的第一步，后边的路还有很长，因此决不能掉以轻心，一定要想办法让企业尽快步入正轨，越办越好，越办越红火……

# 第十三章　初战告捷

## 1

姚远做梦也没想到青岛朱总的这批货，生产起来会有这么大的难度。

这是一批精密度要求很高的产品，在新天地公司生产起来或许并不难，但是放在姚远的厂里来做，就显得有些力不从心了。首先是这批产品的精密度要求太高，姚远的设备太老旧，根本完成不了。再是这批产品的交货时间很紧，按正常的生产速度，需要半个月。由于姚远的厂子规模小，人员和生产设备都跟不上，要想在客户指定的时间内完成这批生产任务，难度真的不小。除了采取必要的措施外，还需要工人们加班加点，否则就需要二十天甚至更长的时间才能完成。

三天时间很快过去了，可是生产出来的产品依然不符合客户的要求，误差太大。机器设备有问题，接到报告后，姚远急了，这样下去，自己的企业只有死路一条。他本想趁工人生产这批产品的时候，自己再到外边走一走，多跑些订单回来，可是出了这种情况，他是哪里也去不了，只有眼巴巴地盯在厂子里，看着技术人员满头大汗地蹲在那里，一点一点地调试着机器，他的心提到了嗓子眼。

“不行，姚总，买新设备吧！”半个多小时后，同样着急的生产部经理提议道，“咱们的生产设备有问题，做不出这么高精密度的产品。”

“能不能再想想其他办法？”姚远着急起来，他知道这样的新设备一台就要二十多万，十台就是二百多万，现在自己去哪里弄这么多钱？

“啥办法都试过了，我实在想不出来喽。”一个湖南籍技术员拿着扳手无奈地看着姚远，说道，“我的姚总哟，你不知道这些加工机械，都是硬生生的铁家伙，精密度是一分一毫都不能错的哟，办法不是说想就能想得出来的。你再看看这机器的构造，复杂着呢。还有这里的出口，怎么也调试不到客户要求的型号上去。我已经反复试了多次，没有一点点用的。”

“大家动动脑筋再想一想，看还有没有其他办法？”姚远一脸焦急地看了看技术员，仍然不死心地盯着静卧在那里的机器。

“要么让厂家过来指导，要么更换机器的零部件，这样兴许能够解决问题。”

听到这里，姚远也没有了办法，便让技术员找了机器生产厂家的联络方式，急忙掏出手机拨了过去。给上海的厂家说明情况后，姚远希望他们能派技术员来进行技术支援。听说自家的设备有问题，上海那家设备生产厂急忙派人前来察看。设备生产厂派来的人看了之后，摇着头说道：“这些机器已经老化，需要更换零部件，不然我们也没办法。再说这并不是一般的小问题，我们需要回厂里好好研究研究。”

“真有那么复杂吗？”听生产厂家的技术员这么说，姚远的心里更没底了。他看了看生产厂家的技术员，又看了看围在一旁的工人，实在是没办法了，他只好和生产部经理一起，随同那个技术员去了上海。

厂里的机器出了问题，而且还要去上海才能解决，这不是大问题吗？不知道是谁把这一消息传了出去，工厂里立刻像丢了一颗原子弹般炸了窝，工人变得骚动不安起来。他们纷纷议论说老板没钱了，企业马上要倒闭了，现在连购买新设备的钱都拿不出来，还怎么保证我们的利益？不如去别处另找工作，我们可是耽误不起。一传十，十传百，工人的情绪变得不稳定起来。本来厂里的工人都是刚来的，一听到这些传言，他们的心里就更没底了。于是有的工人干脆打点起行装准备辞工，还有的和老乡们聚在一起说着闲话，更多的则是躲在宿舍里，挤在一起议论着什么，整个工厂处于一种不安定的状态之中。

看到工人们这样，人事部经理也着急起来。虽说自己是新来的，但毕竟是公司领导，要想稳定大局，控制住局面，自己首先不能乱，自己一乱就会影响到大家的情绪，就会出问题。因此，他不敢怠慢，一边赶快做好工人的安抚工作，一边急忙给远在上海的姚远打电话汇报情况，寻求解决办法。

“什么？怎么会这样？”这个节骨眼上，企业可不敢有任何风吹草动，做了这么长时间管理工作的姚远明白这个道理，他一直在担着这个心。现在听说工人有不安定情绪，他急得头上冒出汗来，来不及多想，急忙走到一边，在电话里哑着嗓子向人事部经理指示道：“胡经理，我现在要求你，不论采取什么办法，都要稳定住工人的情绪，决不能让他们走！”为了安定人心，他还指示人事部经理给工人做出承诺，“这几天，工人工资照发。如果有人实在不想留下来，就让他去财务部领取工资走人，不要阻拦。”与此同时，他还让后勤部改善伙食，让工人看到企业的决心。

姚远的做法很快起了效果。

是呀，在哪里打工不是打工，不干活还能拿钱，还有好吃好喝的供着，现在去哪里找这样的厂子？听了人事部经理的承诺，工人的情绪慢慢稳定下来，那些背起行李准备走的，此时也放下行李，打消念头留了下来。大家安安稳稳地待在宿舍里，随时等待着开工！

在等待开工的日子里，工人们无事可干，除了待在宿舍里打扑克、下象棋、听歌抑或看《故事会》，就是走出厂子，步行几百米，到超市里购物，或者几个人相约着去深圳市区逛街，以此打发时间，再也没了先前的抱怨和不满。

## 2

第二天，姚远带着一批零部件，风尘仆仆地从上海赶了回来。一到厂里，大家便开始忙碌起来，在设备生产厂家技术员的指导下，只用一天时间，就把十台机器全部整修完毕，并调试成功。看着机器轰鸣着运转起来，而且加工出来的产品完全符合客户的要求时，姚远的脸上这才露出了笑容。

距离客户要求的交货日期只有十天时间了，这是一个紧得不能再紧的生产时间。如果不是机器出了问题，完成起来还有可能，可是现在时间已经过去了三分之一，这就意味着时间不能按天来计，而是要按分来计，按秒来计了。怎么办？姚远经过短暂的思考后，决定采取加班制，以赶生产进度，确保订单按时完成。他先是召集中层以上管理人员开了一个通气会，无论如何不能耽误交货时间，这是取信于客户的第一保证，关系到今后的合作。在这种时间紧任务重的情况下，只有让工人发挥主观能动性，加班加点，让机器开足马力全速运转起来，才有可能按时完成生产任务。会上，大家都同意姚远的建议。接下来，他们就如何加班进行了讨论，最终形成了决议。于是利用饭后短暂的休息时间，姚远通知人事部集合全厂所有工人，召开动员大会。

那天上午，姚远把身子一挺，站在办公大楼的二楼平台上，身边站着生产部经理和行政部经理，他居高临下地看着厂院里的二百多名工人，发表起热情洋溢的讲话。他先是讲了当前的形势和任务，接着激励大家发扬吃苦耐劳的精神和主人翁意识，务必按时完成这批生产任务。动员会上，姚远还让生产部经理宣读了规章制度和劳动纪律，而他则从企业的管理角度，宣布了这次生产任务的奖励措施。姚远最后说道："这次生产任务采取三班制，表现突出的员工给予奖励，加班费为每小时八元。希望大家提高认识，全身心地投入到紧张的生产中去，只要能按时完成生产任务，奖金一定会是高高的。大家说好不好？"

"好！好！好！"

"大家说可不可以做到？"

"可以！完全可以！"

“好！”听着工人气壮山河的回答，姚远变得激动起来，当即大声说道，“既然大家都说可以，那咱们就这么定，接下来就看大家的表现了！”

“没问题，我们完全按照姚总的要求，保证圆满完成任务！”

令姚远没有想到的是，那天的动员会在他的鼓动下，最后竟然演变成了誓师大会。工人们也没有想到，老板为了完成这批生产任务，竟然会下这么大的本钱。

有钱挣谁不干？我们出来不就是为了挣钱嘛！不怕没活干，就怕没钱赚。来自贵州和湖北的一些打工仔当即表态说道：“干吗？我们怎么能不干呢？既然是挣钱的事情，大家加班加点地去干就是喽，谁不干谁才是十足的大傻子呢！”一时群情激奋，人人摩拳擦掌，像是马上要投入一场战斗。看到这里，姚远心里升起一股希望，他知道自己这次上海之行没有白跑，三十万元零部件的钱也没有白花。

接下来的时间里，姚远变得忙碌起来，他已经顾不上回家看望余静和孩子。有多少天没有回家了，没有看孩子了，没有和余静坐在那里好好说说话，安安静静地吃顿饭，他已经记不得了。自从公司成立后，自己整天待在厂里，忙得像个陀螺似的，一刻也不敢放松。尤其是调试好机器，开始生产后。虽然公司离家并不远，可是他已经没有回去的时间了。姚远天天盯在厂里，和工人一起加班加点生产。实在顶不住时，他就去办公室里睡上一会儿，或者用冷水洗把脸。

尽管做了最大的努力，但姚远的心还在悬着，生怕在接下来的时间里出现什么闪失，误了交货日期。他时刻惦记着生产进度。白天在工厂里查看、监督，晚上，他也丝毫没有放松。夜里零点以后，姚远常常会趁人不备，悄悄来到厂房里，查看工人的工作情况。让姚远没有想到的是，厂房里是这样一个场景：工人像机器人那样，都在紧张有序地忙碌着，没有人说话，没有人偷懒耍滑，他们就像是安装在一台大机器上的零部件，一个个都表现得那么紧张有序，有条不紊。远远看去，他们就像散花的天女，就像世界上最优秀的木工那样，一丝不苟而又紧张有序地工作着，一件件精密度极高的产品，就这样在他们手中一翻一转中就完成了。

最让姚远感动的是，在生产部经理的指挥下，管工和拉长们，一个个瞪大眼睛，丝毫不敢懈怠，显得特别敬业。一次凌晨两点多钟，姚远实在熬不住，就去办公室里休息了一会儿，当他再次走进厂房查看工人的工作情况时，居然看到一个拉长为了赶生产进度，守在自己负责的生产线上，给工人传递起原材料。由于干的时间过于长久，他弯下去的腰都快要直不起来了，可他仍然咬牙坚持着，头上的汗水不住地往下流淌……看到这里，姚远深受感动，他走过去，拍了拍拉长的肩膀，示意他到旁边休息一下。可是那个年轻人睁着一双血红的眼睛看看他，然后抬起胳膊擦了一下头上的汗，咧开嘴巴笑着说：“姚总，没关系的，我再坚持一会儿，我再坚持一会儿……”说着又弯下腰，伸出磨出血泡的手继续干了起来。

厂房里机器声隆隆地响着，工人们一个个干得热火朝天的，就像一台高速运转的大型机械那样，整个厂房里充满了紧张与忙碌。那隆隆的机器声，就像一曲旋律优美的大合唱，每一台机器都是节奏的和弦，打着节拍，每一个工人都是跳动的音符，人与机器完美地配合着，经久不息地弹奏着……

为了提高工人的士气，姚远安排后勤部把伙食提高了一个档次，这样一来，工人们的干劲更足了。几个贵州来的打工妹更是表现出惊人的毅力，她们连续三天三夜不休息，生产出来的产品，经过质检员鉴定，全部达到了优等！听着主管的汇报，姚远感动不已，当场让财务部拿出一千元予以奖励！在她们的带动下，全厂员工展开了劳动竞赛，他们比干劲、比速度、比质量，做出了应有的努力。

大家就那么努力着、坚持着，他们就像一头头负重奋进的老牛，低着头，拉着车，在生产任务的重压下，一天当作两天用。不，他们已经把一天当成了三天，甚至更多……

第十天头上，经过全体员工的紧张劳作，这批产品全部完工，装箱码好，整整齐齐地摆放在那里，堆得像山一样高。

“好，姚总，想不到你们的工作效率这么高，不但按时完成了生产任务，而且生产出来的产品完全符合我们的要求。远南公司是支优质高效的团队，你们已经完全具备承接大批量产品的生产能力。”看到自己的货不但保质保量地如期完成，而且其精密度远远超出了想象，朱总满意地笑了。他冲姚远竖起大拇指，称赞道，“行！就冲你们的信誉和产品质量，今后咱们合作的空间更大了！”

## 3

听说姚远在新天地公司附近租了厂房，办起厂子，而且生产的产品居然和自己的相同，老华侨不乐意了。尤其是当他得知姚远厂里的技术工是从自己厂里过去的时，他更加不满起来，当即生气地说：“这个姚远，他怎么能这样做呢？恩将仇报，不识抬举，这不是太不拿我晁其昌当回事了吗？当初我出于善心，把他安排到公司里，他才能有今天。现在倒好，他不但办了和我们公司业务相同的加工厂，还把我们的工人挖走，这不是在挖我的墙脚吗？养虎为患，没想到他居然成了自己的对头，真是让人生气。”老华侨坐在办公室里生起了闷气，可是现在自己又有什么办法呢?

老华侨打电话把小刘叫到办公室商量对策。可是他哪里知道，现在的小刘已经不是过去的小刘了，自从那次在北京和姚远有了一夜情后，她的心里就开始变得不安分起来，一心只想着姚远，所以干什么都提不起精神，给人一副心不在焉的样子，完全没了原先的积极。但是碍于老华侨是自己的救命恩人，而且又是多年来一直服侍的人，因此不好过于表露出来。老华侨为什么炒掉姚远，小刘心知肚明，可又无计可施，无话可说，只能私下埋怨老华侨不近人情。自从姚远离开新天地公司后，小刘心里一直有种说不出的失落感，一方面是自责，另一方面是留恋和不舍。她不希望姚远离开新天地公司，这样两个人就有机会在一起了。可是自己这样一个女子，面对这种情况，又能怎么做呢?说到底自己还不是男人的玩物?与年老体弱的老华侨相比，年富力强的姚远更具魅力，更令人神往。因此，她现在对老华侨就变得不那么上心了。今天老华侨把自己叫到办公室里商谈姚远办公司的事情，她心里感到有种说不出的别扭。从进门的那一刻起，小刘就垂着眼皮，表现出一副漠不关心的样子。

“小刘，姚远办了个厂子，你知道这个情况吗?”老华侨端起茶杯，边喝边观察着小刘，看她有什么反应。

“不太清楚，我也是刚听人说的。”小刘表情淡漠地叹了口气，丝毫看不出任何反应。

“最近你们有联系吗?”

“没有。他怎么会和我联系呢?”小刘抬起头望着窗外，淡淡地说道，“我是他的仇人，他怎么可能和我联系？自他离开新天地公司后，就再没有和我联系过，谁知道他现在怎么样。”

“嗯，听说情况还不错。”老华侨呷了口茶，仍然神情专注地看着小刘。他扁起宽大的嘴巴，用手向后理了一下稀疏的头发，不满地说道，“他把我们的技术员都挖走了，你说这事该怎么办?”

“晁总，关于这个问题，我想您不用多虑。”小刘收回目光看了老华侨一眼，安慰道，“首先，他的厂子才刚开始，属于起步阶段，什么都不具备，完全没必要把他放在眼里；其次，就他那样的小企业，论规模、论人员、论技术、论设备、论生产能力，都属于小打小闹，又怎么能和咱们的新天地公司比？所以您根本不用担心这个问题，就让他继续蹦跶吧，小泥鳅翻不起什么大浪……”

“小刘，你可不能这么说。”老华侨冲小刘摆了摆手，打断她道，“如果他开工厂搞其他业务我不怕，我担心的是他和我们生产的产品相同，这不是有意要和我们搞竞争吗？尽管他现在的生产能力还不行，但说不定哪天就发展起来了，这可对咱们不利。所以我们要认真考虑一下，究竟应该怎么应对?”

“唉！听您这么一分析，我也不知道该怎么办。”小刘叹了口气，埋怨道，“晁总，其实，我觉得……您当初就不该让他走。姚远是什么样的人?他可是个有能力的人，现在他又做起了企业，要知道，这可是对新天地公司最大的威胁。所以我觉得这是一个失误。”

“正是这个原因，我才和你商量对策的嘛。”

“我没有什么好的办法。”小刘轻轻摇着头，“这个事情出现得太突然，我还没有认真考虑过，所以一时也不知道该怎么办。”

“难道就没有其他办法了吗?”老华侨着急地望了小刘一眼，站起来在办公室里踱起了步子。

“晁总，要不您看这样好不好?”看着老华侨为难的样子，小刘蹙起眉头想了想，提议道，“您不妨找他谈谈，探探他的口气，看他怎么说?再说您是他的恩人，至于将来怎么办，我想他肯定会听您的意见。您觉得怎样?”

“嗯，小刘，你说得有道理。”老华侨停下脚步，沉吟了一会儿，犹豫着说道，“他现在是一只放出笼子的老虎，恐怕不会轻易听从我的劝说。何况当初又是我把他赶走的，他会听我的意见吗?说不定他现在心里还记恨着我呢。因此我担心直接找他谈，不一定会有好结果。”

“先去试一试，不然怎么能知道他不听您的劝说呢?”

小刘鼓励道，“凡事都应该试一试，不试怎么能知道？”

“嗯，好吧，既然这么说，我听从你的意见！”老华侨点点头回到自己的老板台前，呷了口茶，缓缓地说道，“我马上约姚远谈一谈！可是这个姚远，唉，现在我觉得都有点不好意思见他了。”

“这有什么？不就是和他见个面嘛，有什么不好意思的。他是从您手下出去的，您帮过他，再怎么说他曾是您手下的人呀！”

“嗳！现在也只有这样了。”老华侨说着背过头去，感叹起来，“我现在是怎么了？人一老，精力就跟不上，考虑问题总是不那么周全……”

“晁总，您就不要再自责了。其实您已经做得相当周全了，新天地公司现在一切运转正常，您又何必为一个小小的姚远而懊恼生气呢？”

“你不知道小刘，姚远可是个人物，不容咱们忽视，我在广州住院时就看出来了。到新天地公司后，他工作能力那么强，时时处处又表现得那么出众，如果不是……不是……”老华侨斜着眼看了看小刘，忽然意识到自己似乎说漏了嘴，急忙打住没再向下说，停了一会儿，这才接着说道，“不提了不提了，他现在已经离开新天地公司，并且成为我们的竞争对手，这是没办法的事情。我现在最应该考虑的是如何对付他！要知道，这个人骨子里有种不怕输的劲头，可不是很好对付啊！”

“晁总，您不要把他想象得那么可怕，姚远没有经验，实力也不够，要想在这个行当里折腾出什么名堂，可没有那么简单。何况办厂子搞企业，里面还有很多学问呢!”

“嗯，你说得也是。按照你说的意思，我还是赶快去见他一下的好，先摸清情况，做到心中有数。知己知彼，百战不殆嘛!”

“那晁总，如果没其他事的话，我想去车间里看看凯里集团公司的那批货生产得怎么样了。”小刘已经听出老华侨话里的意思，他是不想把话挑得太明，给自己留足了面子。在老华侨身边待了这么长时间，小刘深知老华侨的为人，他说话严谨，唯恐失言，之所以没有把话继续说下去，肯定是担心自己听了心里不舒服。因此小刘找了个借口，就想离开。

“好的，你去吧!”老华侨满面笑容冲小刘点点头，爱怜地说道，“小刘，我现在只有依靠你了，管理这么大的公司，没有你可不行啊!”

“谢谢晁总对我的信任，可惜我是个小女子，哪有那么大的本事？总担心辜负您的期望。”小刘用调侃的语气说道，“一切还得晁总您来把握大局啊!”

“你和我谁跟谁呀。好了，不要说这些了，你还是赶快去看看生产情况吧，有什么问题及时向我汇报!”

小刘答应着出了老华侨的办公室，一转身消失在门口。

小刘离开后，老华侨给杯子里续上水，坐在老板台后边的椅子上思考起来。是的，刚才小刘说得没错，当初自己确实不该把姚远赶走，没想到自己的一时恼怒，居然做出了这么一个导致不良后果的决定，结果才有了今天的两军对垒，这就是自己的思维有问题呀！想想吧！姚远在新天地公司里干得好好的，又是公司总经理，又是销售部经理。自己对他实在太放心了，让他担任公司要职，可没想到这个姚远居然打起了小刘的主意，而且还做出了令人发指的事情，是可忍，孰不可忍！要知道小刘可是我的人，你一个打工仔怎么能动她？这不是太岁头上动土，故意找死是什么？再说你是一个有老婆、有孩子的人，怎么能不懂得这些做人的道理？朋友妻还不能欺呢！你怎么能做出这种龌龊事来，胆子真是太大了。我不知道则还罢了，偏偏在公司的庆典晚宴上，你还表现得如此肆无忌惮，何况又当着那么多人的面，明目张胆地和小刘搂搂抱抱的，不是让我难堪吗？我堂堂一个新天地公司的老板，也是个有脸面的人，你怎能这么做？如果不是查出姚远和小刘发生了私情，又何至于让自己如此生气？也不会动赶走他的念头。自己满以为姚远羞愧难当，拿着钱远走高飞，离开深圳，躲得远远的，没想到姚远偏偏又在自己的眼皮底下开起公司，成了自己的竞争对手，这可怎么得了？

既知现在，何必当初？老华侨闭着眼睛，在心里一遍遍地想着，唉，如果当初在广州时，自己不安排他到新天地公司，也许就不会有今天的烦心事了。想到这里他禁不住后悔起来。可现在后悔又有什么用？要知道这就是一场不见硝烟的战争，为了各自利益，谁也不会相让，这就是无情的商场啊！别看现在姚远的厂子规模小，人员少，设备不行，可是一旦发展起来，就有可能成为自己最大的竞争对手，到那时再想办法就为时已晚了。不行，与其放任纵容，不如早做准备！为了减少竞争对手，我得尽快想个办法来应对才是。想到这里，老华侨觉得自己真有必要找姚远好好谈一谈。

# 第十四章　针锋相对

## 1

老华侨给姚远打电话说，两人很长时间没有见面了，想约他一起喝个茶聊聊天。

“好的晁总，谢谢您还记得我！”姚远当即在电话里表示同意。谈事是真，喝茶是假，姚远明白老华侨此时找自己的目的，考虑到当初老华侨有恩于己，而且又一直对自己不错，所以接到电话时，姚远丝毫没有犹豫和推辞，很爽快地答应下来，“什么地方？要不还是我来请您吧？”

“哎，怎能让你请我？既然是我提出来的，当然是我请你了。”老华侨语气和缓地说道，“市区有家顺昌茶馆，那里环境不错，明天下午三点钟，我们去那里喝茶怎么样？”

“好的晁总，我一定准时到！”

第二天下午，姚远准时来到位于市区深南大道上的顺昌茶馆。推开包间的门，没想到老华侨早已等候在里面。

这是一家中式风格的茶室，墙壁上挂了幅明清山水画，还有一幅“观海听涛”的书法。山水画虽是仿制品，但颇有古典味道。而那幅书法则是粗笔隶书，落款为当地一位名家。有了这书画在那里镇着，茶馆的档次一下子提高不少。墙角的红木仿古盆架上放着两盆吊兰，垂下来一米多长，像是一条绿色的瀑布。精心设计的壁橱里摆放着几件精美的大肚小口瓷器，在几盏射灯的强光照射下，使古色古香的房间增加了几分人文气息，给人带来一种神清气爽之感。

“嗬，这里环境不错，真是个喝茶说话的地方！”姚远进去后环顾一下四周，由衷地赞叹道。

“姚总觉得不错就好！”老华侨指着朝向门口的主位说，“来，姚总，请里边坐！”

“岂敢岂敢。”姚远急忙推辞道，“您是我的老领导，我怎敢坐上座？还是请晁总里边坐！”

两人谦让一番，最后还是老华侨坐了主座，姚远在他对面坐了下来。两人中间隔着一张棕色紫檀木根雕茶桌，两张做工讲究的青漆竹编椅子则透出经营者的精细，被擦拭得一尘不染的茶桌上泛起一层重红色的釉面，上边放着一盒服务员刚送上来的上等安溪铁观音。茶桌上摆着一条茶船，茶船上茶筒、茶碗、茶壶、茶炉、茶匙、茶夹等，一应俱全，甚至就连烧茶用的水也是茶馆老板特意从山里弄来的纯净水，禅茶一体，室雅兰香，这真是繁华闹市中的一个清静之处。

一切摆齐备后，老华侨挥手让服务员出去。他自己烧水冲壶，摆弄起茶艺来。老华侨爱喝茶，自然对茶道也有研究。只见他端坐在那里，手里拿起精致的茶夹，有条不紊地把茶壶、茶碗一一用沸水冲烫一番，再把洗过茶具的废水浇在茶船一侧的金蟾头上，涮过茶具的废水经一根笔杆粗细的塑料管注入桌边的接水桶里。茶具冲洗完毕，老华侨打开茶叶外包装，先观察一番茶叶的颜色，接着又凑上去用鼻子嗅了嗅，嘴里咕哝道："这茶叶看上去还可以。"于是这才把铁观音泡入壶中，注入沸水。一冲、二泡、三沉淀，经过反复调制，最后泡出来的茶水才是最好的，浓淡相宜，口感也好。金黄暗红的茶色，在碗口上荡漾出一缕缕清幽的香气，不饮自醉，这样的茶称为饮中上品。老华侨像个茶道行家似的，一招一式地表演着，动作娴熟而优美。一个上了年纪的大老板，日理万机之余，竟然精于此道，实在让人惊叹。

关于老华侨的茶艺，姚远早已见识过。那是在广州住院期间，在老华侨的病房里，两人第一次坐在一起谈话时，老华侨就曾露过一手。后来姚远到新天地公司任职后，可能是私下接触的机会少，加上二人很少有闲心坐以论道，所以姚远就再没有见老华侨摆弄过茶艺。不过每次见到老华侨时，总会发现他端着一杯泡好的铁观音，有滋有味地在那里品着。老华侨今天如此有雅兴，看来心情不错。

“没想到晁总的茶艺还是这么精湛，真是让人叹为观止！”

“雕虫小技而已。”听着姚远的赞美，老华侨一边娴熟地把玩着茶艺，一边谦虚地说道，“让姚总见笑，不好意思啦！”

姚远不再说话，而是看着老华侨一副一丝不苟的样子，他不由在心里琢磨，老华侨平时工作那么忙，天天在外面东奔西跑的，今天怎么会有如此闲心？他此时叫自己来喝茶到底是什么意思？依照自己对他的了解，老华侨决不会单单是为了见个面聊聊天，一定有其他话说，那么他究竟要和自己说什么呢？正当姚远百思不得其解的时候，老华侨已经把茶泡好了，茶水被注进茶碗里，泛出金黄的色泽，冒出一缕清新的茶香。

“姚总，我早就想和你一起坐坐啦，可是一直没有时间哪。今天我们两个难得坐在一起聊聊，我从内心里觉得高兴。”老华侨说着示意姚远喝茶，自己也端起茶碗抿了一口。

“是的晁总，自从离开新天地公司后，我也早有这个想法，但是又怕打扰您。”姚远端起茶碗，学着老华侨的样子抿了一小口，一副受宠若惊的样子，“新天地公司那么大，您又是老板，平时忙得很，所以我一直不敢打扰。”

“说笑了，姚总。”老华侨提起茶壶给两个茶碗里续上水，嘴里调侃道，“姚总又不是没在新天地公司干过，还能不清楚里边的情况？唉，不行喽，老了，我现在已经没了当初的雄心壮志。目前经济形势又不好，还是干一天说一天吧！我不像你这样年轻有为，正是干事业的时候，可以甩开膀子大干一场。”

“谢谢晁总抬爱，您过奖了。”姚远自谦地说道，“像我这种胸无大志、能力有限的人，怕是一辈子都不会有什么大的作为，许多地方都要向晁总请教啊！”

“哎，姚总不要谦虚嘛，什么请教？我应该向你学习才对。其实我早就看出来了，你是一个难得的人才，一个了不起的人物。”不等姚远开口，老华侨话题一转问道，“听说你的远南公司经营得不错？”

“晁总，您这样说可不是夸我，而是在损我。”姚远笑着说道，“和新天地公司相比，我的远南公司算什么？只能算是个加工车间、小作坊而已，哪敢在您面前说话？不值一提，不值一提！”

“姚总不能这样说啦。”老华侨抿了口茶，“听说你最近的形势不错嘛，技术、设备、订单，哪样都不缺，而且源源不断，大有后来居上之势，照此发展下去，说不定哪一天就把我的新天地公司给吃掉喽！”

“晁总这话言重了。”姚远听他语气调侃，话带讥讽，笑着从容应对道，“远南公司现在就好比是个小舢板，而新天地公司就像一艘航空母舰，两个企业怎能放在一起相提并论呢？根本不在一个档次嘛。再说我也就是弄些人家的边角废料，加工个小零件，干个小活挣个饭钱，从来不敢想那么多，什么时候都无法与晁总您相比啊。”

老华侨皱着眉头沉思了一下，摆摆手说：“不谈这些了，姚总，我们谈些其他吧，好不好？”老华侨喝干茶碗里的茶，看姚远也喝完了，便端起茶壶分别给两个茶碗里续上水。接着用探照灯一样的目光盯住姚远，试探性地问道：“你将来有什么打算，是出国还是在国内定居？”

“不瞒晁总，我现在还没有这方面的考虑。以我现在的条件，根本不能想那些不着边际的事情。”姚远不明白老华侨为何如此问，他猜不出老华侨接下来要说什么，只好据实相告，“我的小厂子刚办起来，还有许多事情要做，因此，我打算先干几年再说。”

“好嘛姚总！有想法，有志气，不过我还是劝你，今后手里有了钱，最好到国外定居。国外的环境比中国好。”老华侨眯缝着眼睛，给人一副大智若愚的样子，继续说道，“我是新加坡人，新加坡的生活条件应该说不错吧！别看国土面积小，经济、气候、文化、环境都是很不错的，可我还是不太满意，所以就在美国和法国都买了房子，澳大利亚还有一套呢，到时候等不干了，我就去国外生活。”

“晁总，既然您在国外有那么多房产，那里的条件又好，那您为什么还要在大陆投资办企业呢？”姚远不解地盯着老华侨，“您是不是还有其他想法？”

“想法当然是有的啦。”老华侨睁开眼睛，端起茶碗抿了一口，幽幽地说道，“我在大陆投资是看中了这里的劳动力比较低廉，另外这里的投资环境也是很不错的嘛，政府支持，地方保护，只要处理好外部关系，再勤勉一些，做好内部管理，剩下的你就不用操心了，等着拿利润就是了。”

“如果单从劳动力低廉来看，我觉得越南的劳动力更低廉，可您为什么不在那里投资办企业呢？”

“姚总说得不错。”老华侨笑了笑，“越南的劳动力是更低廉，但是你要明白，深圳是中国的特区，政策上要宽松很多，而且对外资企业有一定的照顾，就拿这次金融危机来说，中国政府就给了一些优惠和补贴，在其他国家哪有这样的好事？拿美国来说吧，在这场金融危机中，眼看许多企业就要倒闭了，政府却不救市，一个劲儿地在总统竞选上拉票，结果许多企业成了牺牲品。而中国就不是这个样子，能救则救，不能救也要想办法拉你一把，在政策上给你一些适当的优惠和照顾，这就够了。我们做企业要的是什么？还不是自己的企业不倒，有钱赚，有利润可拿？”

“您说得不错，看来晁总很关心政策呀！”听了这番话，姚远由衷地赞叹道，“我一直以为您是做企业的，只关心经济呢！”

“哎，说哪里的话，我只不过是想了解一下中国的政策，好为自己的企业做一些必要的准备嘛！”老华侨又向茶碗里续上水，示意姚远喝茶，接着爽朗地笑道，“现在企业不好做，不了解国家政策是不行的。有时候还是要研究一下政策的，只有这样，才更有利于今后的发展嘛！”

“晁总的见识就是高，非一般人能比，难怪几十年来，新天地公司一直做得这么稳。”

“姚总，不要总是给我戴高帽子啦！”老华侨笑起来，“我没有你说的那么高明，也没你说的那么英明，其实我就是傻子一个，哪像你们，年轻、智慧，有眼光、有理想、有闯劲，投身企业，做自己想做的事情，这才是最最重要的啦。”

“晁总，无论什么时候我都得向您学习，您是我的老师，您过的桥比我走过的路都多，您吃的盐比我喝的水都多，如果没有您的帮助哪有我姚远的今天？”

听着姚远这有些夸张的话，老华侨没再说什么，只是坐在那里一小口一小口地喝着茶碗里的茶，看来今天老华侨对茶有兴趣。

## 2

不知出于什么心理，也许是意犹未尽，过了几天，老华侨又约姚远一起喝茶。地点还是那家顺昌茶馆，还是那个包间，还是老华侨爱喝的铁观音，只是这一次，两人的谈话内容变了，没了轻松与诙谐，变得直接和现实起来。老华侨直指姚远的加工厂，事情到了这一步，他已经不想和姚远再玩猫和老鼠的游戏。

“姚总，我很佩服你的能力，不过我今天想说的是，你有些事情做得太过分了！”老华侨没有再摆谱，而是端起茶碗呷了一口，脸上布着一层愠色，盯着姚远不满地说道，“我们都是做 CNC 的，都在做同样的产品，厂子又在同一个地方，按说各做各的生意，井水不犯河水，可是你不能这样做呀！挖我的技术员，抢我的订单，你这样做是不是太不仁义了？”

“晁总，您误会了。”一看老华侨如此生气，姚远急忙解释道，“晁总，您有恩于我，我是什么时候都不会忘记的。可是企业要生存要发展，我不能坐以待毙，总得想些办法才对，我没想过去挖您的技术员，抢您的订单呀！”

“那你为什么还要这样做？”老华侨不满地看着姚远，

“再说你已经这么做了，这又怎么解释？”

“不错，您说的是事实，不过还是请您听我解释好不好？”姚远拿过茶壶为老华侨续上水，满脸赔笑地说，“一开始我希望他们来帮忙，可是他们来后就不想回去了，这我也没有办法。关于订单问题，做生意本来讲的就是公平竞争，不存在谁和谁抢的问题。新天地公司有那么多的大客户，你们做不过来，他们这才找到我们，他们只是分了一小部分业务给我们来做，根本不存在争和抢的问题。晁总，您怎么能这么说呢？何况新天地公司是多大的企业？那是一棵根深叶茂的参天大树。而远南公司又是什么企业？分明就是一棵刚刚长出地面的小草。两者根本不能相提并论。再说我是您一手培养起来的，难道您就忍心眼睁睁地看着我倒下去吗？我总得有口饭吃吧！”姚远说这些话时看似语调平和，实则带着逼宫的架势，“您吃肉，我喝汤，下巴底下求涎水，如果您能匀一些业务给我们，就是对我们最大的帮助，因此希望晁总您能多多理解……”

“我理解什么？”老华侨铁青着脸，盯着姚远生气地说道，“新天地公司的业务都快被远南公司给抢走完了，我还能干什么？还有我的那些技术员，那可都是我辛辛苦苦培养多年的技术骨干，他们说走就走了，不是你挖走的又是什么？”

“晁总，可这是没办法的事情。”姚远一看老华侨生气，急忙辩解道，“请您理解一下好不好？当初我从新天地公司出来，也是被逼无奈……”

“好了，你不要再提那件事情。”老华侨一看姚远重提旧事，急忙摆摆手打断他，“当初是我一时冲动，不该让你走。可你走的时候，我并没有亏待你吧！该拿的钱你拿了，该得的东西你得了，你还想要我怎样对你？”

“是的晁总，您对我是不错，这一点无论什么时候我都不会忘记。既然您把话说到这一步，咱们今天就打开天窗说亮话，把事情说清楚。”一看老华侨这么责怪自己，姚远当即拍着胸脯说道，“凡是新天地公司来我远南公司的技术员我一个也不勉强，让他们自己选择，如果他们想回新天地公司，我决不阻拦。但是如果他们想继续留在远南公司，我也没办法，不再过多干涉。还有订单问题，今后我决不会主动去拿，更不会和新天地公司去争去抢，不过今后如果新天地公司的客户主动送上门来的业务，不好意思，那我就只有照单全收了。这样做您看可以吧，晁总？”

“嗯，要说这也是个解决问题的方法。”听姚远把话说到这个份上，老华侨的脸色缓和下来，想了想，又犹豫着说道，“不过……不过，我总觉得还有些地方做得不是太妥……”

“您感觉有什么不妥的地方尽管提出来，晁总，能解决的事情咱们商量着办，不能解决的，我们留在以后慢慢想办法解决，这样总可以吧！”

“姚总，我一直在想……”老华侨避开姚远的目光，端着茶碗，一时不知道该怎样表达自己的意思，想了一会儿，他才说道，“其实……其实我和你的关系你心里清楚，所以我觉得……咱们两家公司性质相同，产品相同，业务范围也一样，能不能并在一起，让远南公司成为新天地公司的一个子公司，一切都以新天地公司为准，这样是不是更有利于咱们今后的发展……”

“合作经营？这恐怕不合适吧！”

“有什么不合适的？”

“其他问题都好解决，唯独这件事情难办。”姚远直到这时才明白，老华侨这次约自己来喝茶的真正目的，原来他是想把自己的远南公司兼并过去，由他主导经营，这不是还想控制自己吗？那样自己的企业成了什么？傀儡，还是摆设？自己不是被架空了吗？姚远心里充满了恼怒，但又不想就这么被老华侨给忽悠了，他想了想说道：“远南公司虽小，但也不想依附于任何企业。再说新天地公司那么大，怎么会看上远南公司这个小作坊呢？希望晁总您也为我们考虑一下。”

“这只是我的一个想法，既然你不同意就算了。”老华侨讪讪地说道。他明知道姚远不会同意，但他还是故意这样说道，其用意是为了试探姚远。他没想到会遭到姚远的断然拒绝，因此心里有些不快。这时当他再去看姚远时，发现他板着面孔，冷冰冰的，老华侨知道自己的话惹怒了他，于是不等姚远发火，便生气地说道："姚总，我知道你有骨气，但是做任何事情不能一意孤行，否则你知道将来会发生什么。"

"晁总，为了企业的发展，我宁愿一意孤行！"姚远正色道，"至于将来会发生什么，我不怕，我只想让远南公司平稳地发展下去！"

"好了姚总，既然你把话说到这一步，我就明确告诉你，今后我们各做各的，谁也不许侵犯谁。但是有一点，希望远南公司在今后的竞争中，不要对新天地公司做出不仁不义的事来！"老华侨说完，不等姚远有何反应，便站起身来拂袖而去。

望着老华侨离去的身影，姚远呆呆地坐在那里，久久没有回过神来……

# 第十五章　遭遇挫折

## 1

姚远怎么也没有想到，自从和老华侨见了两次面后，倒霉事便接二连三地向他袭来。他不知道这究竟是老华侨在背后捣的鬼，还是该着自己走背运。

先是村里发难。姚远在新天地公司时听老华侨说起过，村里是怎样对待那些在他们地盘上投资办企业的老板的。其实他们的做法很简单，既不是堵门，也不是断路，更不是断电、断水，而是三天两头找你的麻烦。他们找上门来也不动武，就来告知你，其理由很多，比如你在我的地盘上办工厂，我不反对，可是你得给我交纳土地使用费，你得给我交纳环境污染费，还有村里要集资修建老年公寓，你要不要投点资？村里要把道路修整一下，你该不该拿几个钱？诸如此类的事情，弄得你烦不胜烦。可这是没办法的事情，人在屋檐下，不得不低头。你在人家地盘上做事，不低头又能怎样？都说南方的投资环境好，可轮到自己做企业时，怎么就感受不到呢？

那天，姚远刚从广州出差回到办公室，行政办就送过来一份通知，上面写着：村里道路年久失修，需要重新修整，因此凡是在砚富村投资办厂的企业，都要献出一份爱心，为村里的公益事业做贡献……

怎么又来了？姚远生气地把通知丢在办公桌上，可是生气有什么用？他心里明白，这是村里又在向企业“揩油”，这种事情在新天地公司遇到过，老华侨为此还专门到村主任许自力家里“做工作”，这才没有被狠狠宰上一刀。事后姚远听说，老华侨给许自力送去的也不是什么寻常之物，而是一张银行卡，里面装着十万元。如果不这样做，等弄到事上，你就是拿三五十万也不一定能下来。以新天地公司的规模来论，没有一百万元休想逃过这一劫。不仅送了钱，还得赔上一张笑脸，装出一副孙子样。也因此，老华侨经常叹着气说，在人家地盘上做事，不和人家搞好关系，不营造好企业外部环境是不行的，不然明明看着是钱，你也不能挣到手。县官不如现管，遇到这种事情，你有什么办法？企业要想发展，你只有走这条路。没想到现在轮到自己来做这个事情了，姚远禁不住在心里骂道，他妈的，什么道理？这不是明着向企业要钱吗？可骂归骂，他别无选择，还是得想办法来解决这些问题。

远南公司刚成立不久，一切还没有步入正轨，村里就送来了一份通知，要远南公司交环境污染费。还没办企业之前，姚远就曾带着重礼去了许自力家里，目的是让他多多关照，许自力表面上答应得很好，可是紧接着便给他来了这么一手。姚远打电话给许自力，向他诉苦，请求免去这笔钱，可是许自力却故作为难地说，这是村里集体研究的结果，自己不便过多插手，所以还请姚远见谅。姚远一听就知道怎么回事，知道自己逃脱不了，他什么也没有说，从财务支了笔钱就去了许自力办公室。因为公司刚创办，还没挣到什么钱，所以那次姚远拜访许自力时，没拿多少钱，随身只带了一万元。不过许自力倒也没有多说什么。他清楚，以姚远现在的实力也拿不出多少钱。不过这不要紧，只要他还在自己的地盘上办企业，就不会少了自己的“好处”。他认为姚远现在拿不出来，并不等于今后拿不出来，加上姚远第一次登门拜访时所送的“重礼”，已经足够了，所以这一万元钱，许自力算是“笑纳”了，没有过分为难他。当姚远准备离开时，许自力一手拿着钱，一手轻轻拍着姚远的肩膀，故意装出一副很亲切的样子，笑着说：“姚总，好好干！今后有什么事需要帮忙的，你尽可以向村里提，我会尽力帮助你的！”

听了许自力的话，姚远认为许自力值得深交，这个人够朋友，内心涌出一股感激之情。姚远在心里暗暗告诫自己，今后挣了钱，可不能忘了许自力。这是多好的一个人，完全不像老华侨说的那样难相处嘛！从他的话里可以看出，许自力是个性情中人，是一个关心投资者的开明领导，是值得信赖的。此后，姚远像老华侨那样，隔上一段时间，就会邀请许自力喝茶吃饭聊天，私下“表示表示”。但每次表示之后，他都会在心里感叹道，唉，像许自力这种人，不是什么都有吗？为什么还时不时地为难别人，看来真是一个贪得无厌的家伙，所以自己还是不得不这样做，毕竟现在做企业的都这样，你不把领导伺候好，他怎能让你安安心心地赚钱？在这个讲究人情关系的社会里，你只有遵照游戏规则，你的企业才能顺风顺水，才不会有麻烦。

姚远这段时间一直都很忙，甚至连坐下来喘口气的时间都没有，因此也就没顾得上这些，谁知村里早已惦记上了他和他的远南公司。直到行政办送来通知，姚远才突然意识到，自己已经很长一段时间没和许自力“打招呼”了，打招呼就意味着送钱。姚远心里明白，要想搞定麻烦事，没别的办法，只能送礼。只要送了礼，一切都会变得容易起来。现在看来许自力的眼睛并不瞎，他一直在注视着自己呢！刚开始时，你没有生产能力不要紧，你没有孝敬我也不要紧，我可以给你发展的机会。

你现在既然有了这个能力，就不能忘了向我朝拜。如果你不到我的庙里烧香，不把我这尊神侍候好，哼哼，对不起，那就别怪我不客气！

这个许自力可真够狠的，原来他一直都在玩欲擒故纵的把戏！

姚远看到通知的一瞬，当即就做出去见见许自力的决定。于是便给财务部打了个电话，让拿五万块钱过来。姚远知道许自力的嗜好，不嫖、不赌，也不爱吃喝玩乐，就爱让别人给来点实惠的，所以你用其他东西打动不了他，只有用人民币开路。可是现在自己的企业状况，还没有大方到用大把大把的人民币来攻关的地步，他清楚公司的账上并没有多少钱，所以只有先迂回一下。目前公司正处于发展阶段，还是等以后有了钱再说吧。

财务部经理把钱送过来后，姚远一边拿眼睛盯着手里的钱，一边给许自力打电话。电话响了好一阵，才有人接听。

"哈——"许自力在电话里打着呵欠，给人一种萎靡不振的感觉。听到是姚远，他的口气变得缓和起来，尤其是听说姚远要来看他，立马变得精神抖擞起来，他仰起脑袋思考了一下，这才慢吞吞地说了约见的时间和地点。

## 2

按照事先约定好的时间，下午四点半，姚远来到许自力的办公室。他一进门便被吓了一跳，办公室的沙发上坐了一圈人，他们都是砚富村村委会的领导，也是砚富工贸集团公司的领导。姚远有些措手不及，不知道该怎样应对眼前的局面。要知道，送礼是一件很隐秘的事，许自力怎么叫来这么多人，是何用意？想到包里的五万块钱，姚远不知道接下来自己该怎么办。只好假装热情地走过去，向许自力打招呼道："许董事长好！"

"嗯！"许自力从鼻子里哼了一声，继续坐在那里抽着雪茄，时不时还用左手的无名指轻轻敲打一下雪茄。

姚远匆匆扫了眼办公室里的其他人，不知道他们在这里干什么，看样子倒像是在给自己摆龙门阵。

"各位领导好！"姚远从口袋里掏出一包软"中华"，走向前一根一根地挨个儿敬过去。有的接了，有的没接，没接的继续半躺在沙发上，接的则掏出打火机把烟点上。

"许董事长，你们是不是正在开会呀？不好意思打扰了，要不我改天再来？"

"我们没有开会，大家这是在等你。"

"等我？"

"对啊！"许自力笑了一下，"姚总，收到通知了吗？"

“收到了，收到了。”

“收到就好。”许自力弹弹手里的雪茄，“村里的路年久失修，经大家研究后决定修一修。可是村里经济条件有限，只好希望你们这些企业老总能伸出援助之手，贡献一份爱心，所以还请姚总捐助一下。”

“献爱心是应该的，不过我们远南公司刚起步，身单力薄，不像那些经营多年的大企业，财大气粗，所以还请许董事长您多多关照。”姚远已经在心里打定主意，他要借此机会把自己的难处讲一讲，有意让许自力放自己一马。然后晚上找个地方吃个饭，再按按摩，事情也许就过去了。

“姚总，你什么也不用说，我们也不想听你的经营情况。”许自力吐出一口烟雾，冲他摆摆手，“今天叫你来，你也看到了，村里的路确实到了该修一修的时候，不然我们怎好为你们服务呢？你说是不是？”

“那是、那是，可我们也有很多难处啊。”姚远辩解道，“许董事长，您是知道的，我们远南公司不像其他企业，开办时间长，有一定积累。我们刚刚起步，手里资金紧张，目前我还没有能力做这方面的事情。你看能不能和各位领导商量一下？先缓一缓，等形势好转后，再为村里做贡献……”

“姚总，这个情况你不说我们也清楚，可我们也不能看着村里的路就这么继续损坏下去吧！”许自力丢掉手里的雪茄，用散淡的目光看了眼大家，把身子向前倾了倾，做出一副要和人辩论的样子，“说起来为村里修路，人人都有份。可你也清楚，村里没有其他收入，主要就是靠出租土地。而你们办厂子的，对村里的路损坏也最大，拉原料，送产品，大车小车，不论白天还是黑夜地跑，这对村里的路损坏程度有多大，你们心里最清楚。因此我只好借助你们的力量为村里修路。众人拾柴火焰高嘛！这样就能解决资金问题了。”

“可我现在实在拿不出来啊！”姚远面露难色地央求道，“要不……你们再商量一下，看能不能再缓一缓？”

“这可不好说啊！”许自力摊开双手，一副为难的样子，“事关村里的大事，我一个人又怎么好说话？要不，你给在座的几位领导商量一下，看看他们有什么意见？”

“哎呀姚总，你就不要再找理由啦。做厂子的，天天都在数票子玩，还能拿不出个百八十万？”其中一个村干部翻起眼皮盯着姚远，把嘴一撇，不相信地说道，“即使拿不出百八十万，再怎么说也能拿出来个三五十万吧！”

“我的大领导啊，我哪有那么大的经济实力？现在就是我们远南公司砸锅卖铁也值不了那么多钱。”听他这么一说，姚远就知道他们把自己当成了肥羊，此时他有种“人为刀俎，我为鱼肉”的感觉。急忙转过身去看说话的人，接着又看了看其他人，他发现这些人的表情都一样，带着责难和嘲笑，又带着点逼其就范的架势，看来他们把姚远当成一个来送钱的“财神爷”了，一个人人都想扑上来啃一口的唐僧肉。姚远明白这些人的想法，抓住一个是一个，没别的意思，你不放点血，他们是不会罢休的。于是急忙摊开两只手，苦着脸装出一副可怜相，乞求道：“各位领导可能不太清楚，我们企业现在是真的有困难，不信大家可以去看看。我姚远不是不想出钱，是我现在真的拿不出来。”

“我们不管这个，不能因为你有特殊情况就免去公益事业费。再说，如果其他企业都像你这样哭穷，村里的路还修不修？村里的公益事业谁还来做？村民们拿什么过日子？你们想过没有，我们把村里这么好的地拿出来租给你们，我们为的是什么？不就是为了让村里人的生活过得好一些！啊，我们给你们提供了发财机会，你们却不管我们，这能说得过去吗？这能是你们这些腰缠万贯的大老板做的事情吗？姚总，人要有爱心，如果连这个爱心都没有，还怎么在社会上混？”

姚远被说得哑口无言，久久说不出话来。

“哎，郭总，你不要这么说嘛！”许自力冲向姚远发难的那名村干部摆了摆手，说道，“姚总是个明白人，你又何必把话说得这么直白呢？难道他还能不清楚事情该怎么做？”说着冲姚远笑问道：“你说是不是，姚总？”

“许董事长说得是，可我……”

“好了姚总，你不用再解释。”许自力伸手往下按了按，打断他，“我们清楚你现在的情况，要不这样，你呢也不用急着回答现在能拿多少钱，等你回去考虑清楚后再给我们回个话，好不好？”

“这样也好，我还是先回去考虑一下吧！”关键时候听许自力说出这番话后，姚远心里清楚此事还有回旋的余地，他看了看老板台旁边立着的那座足有一人高的木壳落地大钟表，时针已指向五点半，便在心里略微想了想，他向许自力发出邀请：“许董事长，请给我一个机会，今天晚上我请大家吃个饭，在一起坐坐，怎样？再说我也很久没有和您坐一起聊聊了。”

“姚总，你该忙就去忙你的，请客的事我看还是免了吧！”许自力冲他摆摆手，“等你把修路的钱拿出来后，村里还要感谢你们，请你们这些为村里做贡献的企业家吃饭呢！”

“许董事长，你这话说得就不够朋友了，怎么能让村里请我们的客。”姚远笑着恭维道，“您是我们的保护伞，我们感谢还来不及呢！今天晚上您就给我一次机会，让我给大家端杯酒，表表我的心意。”

“既然这样，我征求一下大家的意见，看他们同不同意。”

“您是村里的‘一把手’，大家紧密团结在您的周围，还不是您一句话的事？”姚远看着许自力那张宽大的面孔，满脸堆笑地说道，“许董事长，您就给我一次机会吧！今晚去潮江春吃杭帮菜怎样？听说那里的杭帮菜做得很不错。”

许自力抽着雪茄，用余光扫了大家一眼，沉吟一会儿，最后他挥了下手，大声说：“嗯，我看可以!”

## 3

姚远以为自己做过村领导的工作后，会像税务机关给小企业定税那样，不管你挣多少钱，我只管收你定额的税钱。没想到那天晚上，许自力带着他手下那帮家伙吃喝过后，仍然没把姚远出钱的数目落下来多少。看着满桌子的杯盘狼藉，姚远有点儿想不通，饭吃了，酒喝了，难道这些土地爷就这么难侍候?

许自力用餐巾纸擦了擦嘴，而后看了大家一眼，最后发话道：“姚总，要知道我们也有难处啊，你不能让我们眼睁睁地看着村里的路损坏不修吧！这样，我也不难为你，你先拿十万吧，等以后有钱了，你再追加。”听了这话，姚远惊得浑身一哆嗦，许久都没有说出话来。

正当姚远坐在那里发愣时，有人站出来抗议道：“董事长，你让姚总拿这么点钱是不是太少了？咱们修路的资金缺口可大着呢！依远南公司现在的实力，再怎么也得出个二三十万吧！不然别人会有意见的。”

“王总，咱们也不能太难为姚总不是?”许自力抽着雪茄，学着伟人的样子挥了一下手，“有姚总在这里坐着，我说一句不怕姚总见笑的话，我们做事业的，要学会放水养鱼，而不是去做竭泽而渔的事情，这一点你们要明白，不然将来企业都被我们吓跑了，谁还会在我们的地盘上投资？所以，对姚总这样刚上马的企业，我们还是要多关照一下嘛，等将来姚总的企业做大了，难道还能忘了我们？你们想是不是这个道理？”

“董事长说得是，既然这样，我们还有什么可说的？不过这十万块钱，姚总可得尽快划到村里的账户上呀！”

“这个事情，请姚总回去后尽快落实。我们可以宽限几天，一周的时间可以吧？”许自力盯着姚远的脸，说道。

“许总，既然事情到了这一步，我还有什么可说的。”姚远看了一眼坐在对面的许自力，若有所思地说道，“我尽量争取吧！时间可能会长一些。”

“你要多长时间？你可不能让我们久等啊！”

“不会的，我哪能让大家失望呢！既然说好的事情，我是不会拖很久的。”姚远吐出一口气，终于说道，“给我半个月的时间吧！我要想办法，筹措。”

“怎么姚总，你不至于为了这区区十万钱就去借吧？”

“怎么不会？现在我们远南公司正处在发展时期，别说十万块，就是一万块对我来说也是一个大数！”

“哦，那姚总回去后，要尽快想办法啊！我们对此也是爱莫能助，无能为力。但不管怎样，姚总也要为我们多考虑考虑。全村那么多人，不然我们不好向他们交差啊!”

“请许董事长放心，我会尽快凑齐这十万块钱。”姚远一脸真诚地说道，“我不能让许总为难，不然我就真不够朋友了。”

“这就对了。姚总，我还是那句话，你这次对得起我们，今后如果你有了什么难处，也可以向村里反映，村里一定会帮助你的!”

“谢谢许董事长，我不求村里能帮我多少忙，只要能时时想着我们远南公司就行。”

“哈哈——”许自力爽朗地笑起来，“好说，好说，有你姚总这句话，今后我们就是朋友，村里一定不会亏待你的!”

晚饭结束时，许自力走过来，用抽着雪茄的胖手拍拍姚远的肩膀，边向前走边低声说道：“姚总，你多理解，我们也是迫不得已呀！没办法，‘不在其位，不谋其政’，我既然在这个位子上坐着，就得为大家着想，全村一千多口子人都在盯着我呢！不这样做说不过去。所以还望你能理解我的难处。”

“您放心，许董事长，我明白您的意思，一定不会让您为难的。”

“这就对了，以后的日子长着呢！要看远一些，这对你是有好处的。”

“我明白，许总，谢谢您的关照！”

从潮江春出来，已是夜里十一点钟，几个人站在饭店门口，望着马路对面商店门头上的霓虹灯，伸了个懒腰，分别上了几辆轿车。姚远本想找个地方“洗一洗、按一按”的，可许自力冲他摆了摆手，疲倦地说道：“谢谢姚总今晚的招待。算了姚总，今后机会多的是！天也不早了，都回去休息吧，明天村里还有一大堆事等着处理呢。”

走在回去的路上，姚远心想，如果不是自己今天发挥得好，把村领导们弄到饭店里招待一番，三十万元肯定是没跑的。当然这顿饭也吃得够档次，连烟带酒，将近两万元。席间趁许自力出来小解，姚远又塞给了他一万元，这才有了这个结果。十万元虽然不少，但相比三十万，已经算是小数目了。这时姚远又想起老华侨说过的那句话，人在屋檐下，不得不低头。谁让自己在人家的地盘上做企业呢？不出点血显然是说不过去的。现在好了，交了这十万元的场地保护费，就再也不用担心有人找自己麻烦了，起码最近一段时间不会有了。

拐过一个十字路口，上了深南大道，车流量加大，汽车开始像蜗牛一样蠕动着，慢慢向前爬去。南方人的夜生活丰富，当北方人准备休息时，南方人的夜生活才刚开始。抬眼望去，道路两边灯火明亮，在这片灯火辉煌的明亮世界中，有清爽的风吹过，整座城市处于一派暧昧的状态之中……

## 4

为了筹集那十万元资金，同时也是为了解决公司流动资金问题，姚远苦思冥想，毫无办法。自己远在深圳，又没有什么朋友，谁会在这个时候帮自己呢？如何才能解决眼前遇到的问题？在广州时，自己有李建峰这个大靠山，没少得到他的帮助，可那是以前，自己还欠他一百多万呢，如今又怎好向他张口？老华侨倒是实力雄厚，可惜现在自己和他是生意场上的竞争对手，此时他正巴不得远南公司早日完蛋，又怎么可能来帮助我？简直是痴心妄想！企业要生存，手里没钱怎么办？一连几天，姚远愁得茶不思饭不想，人一下子憔悴了许多。

这天上午，姚远正在一筹莫展之时，办公桌上最新款的银灰色摩托罗拉手机“叮”地响了一声，一条短信钻了进来。姚远划开屏幕一看，“赵爱军”的名字跳进了眼里。“远哥好，我是爱军，很久没有你的消息，最近你那里情况怎样？一切还都好吧！”哈，赵爱军！姚远打了个激灵，这个赵爱军，我怎么把他给忘了？早就听说他几年前从广州回到河南后，在老家租了块地，办起了养猪场，发了财，已经成了远近闻名的“养猪大王”。这时怎么突然和自己联系起来？姚远心里不觉豁然开朗起来，赵爱军的养猪场办得那么红火，手里一定积攒了不少钱，我何不向他筹借一部分？想到这里，姚远拨起号码就给赵爱军打了过去。

赵爱军的声音没有变，浑厚的男中音里透着热情和豪爽。此时他刚和客户谈完生意，心情正好，接到姚远的电话，显得很是兴奋。

“怎么样姚远，我当初没有说错吧！你们知识分子的脑袋就是好用，一使就灵光，干啥都会来钱。我早就说过你行，现在我的话应验了吧！”赵爱军也不管旁边是否有人，只顾大着嗓门和姚远说笑着，“好久都没有你的消息了，真有点想你，所以刚才就给你发了条短信，问问情况。没想到你把电话打了过来，真是太让我高兴了！”

“和你一样，老弟，其实我也很想你啊！”姚远激动地说道，“平时太忙，没有时间和你联系。刚才看你的短信，我就赶忙给你拨过来了。”

“好好好，远哥，只要有你的消息我就放心了。”

“最近怎样？听说你的养猪场生意不错，是不是？”

“生意还算可以。”赵爱军谦虚地说道，“毕竟不像深圳，做生意大起大落的。在内地只要用心去做，总会有碗饭吃。所以这几年，我做得还算不错。”

“你那里受金融危机的影响严重吗？”

“不太严重。何况，经济再困难也得吃饭啊，因此对养猪行业来说冲击不大。”

“这么说，你手里这几年存了不少钱吧？”

“还可以。说吧，远哥，有需要我帮忙的地方，你尽管说。”

“我还真想请你帮个忙。”姚远叹起气来。

“啥情况，远哥，你能不能给我说一下？”赵爱军豪爽地说道，“我先听听什么情况。”

“唉，我最近手里资金有些短缺，你看能不能帮我筹集一下？”

“没问题。”听姚远在电话里不断地唉声叹气，赵爱军毫不犹豫地说道，“远哥，钱的问题不是大事。不过说句实在话，你离我那么远，我不知道你在那里的实际情况。你看这样行不行，咱们两个约个时间见面聊聊？”

“可以老弟！你说吧，什么时间？在哪里见面？我一切听从你的安排！”姚远迫不及待地说道。

“那还用说，当然是你回来了。”赵爱军向姚远发出邀请，“你已经很长时间没回来了，应该回来看看。一来说说你那里的情况，我心里也好有个谱；二来咱们很长时间没见面了，我希望你能回来看看家乡的变化！你在外面待了那么久，该不会忘本了吧？”

“看你说的，赵爱军，我怎么能忘本呢！河南是我的故乡，我什么时候都不会忘记的，何况还有你这么一个好弟兄在那里，说什么我也要回去看看。”说话过程中，姚远已经在心里做好了计划，当即回道，“明天我有急事要处理，这样吧，我后天回去，怎样？”

“好的，你赶快回来吧，我等着为你接风！咱弟兄俩在一起好好说说话。”赵爱军再一次发出邀请。

第三天上午，姚远搭乘飞机，一路风尘仆仆地回到河南。

熟悉的乡音，熟悉的土地，连风里的气息也是故乡的味道，啊——这就是我亲爱的河南，这就是我亲爱的大中原啊！久违了，故乡！走下飞机，踏上这片土地的那一刻起，姚远心里百感交集，别有一番滋味。尤其是当他坐上通往梅海市的大巴，看着道路两边熟悉的乡村、河流和纯朴的老乡，他的心情格外激动。车轮飞速向前转动着，离家越来越近了，可是说不清为什么，他的情绪马上又变得低落起来。家虽然熟悉，但这里却是自己的伤心之地，特别是想到前妻早已嫁人，曾经一个完整的家就这样被拆散了，一想起来心里怎么也不是滋味。

啊，一切都已过去，前妻虽然改嫁，不过自己对她已经没有任何可留恋的，唯有女儿瑶瑶让我挂心，那可是自己的亲生骨肉啊！自己有多长时间没有见到女儿了，她现在怎样了？是胖了还是瘦了？是不是又长高了许多？姚远在脑海里怎么也勾画不出女儿现在的样子，越是这样就越增加了他对女儿的思念。他掏出手机看了看，发现时间还早，不行，我得去看看瑶瑶。于是姚远打定主意，又转道去了梅海市。

熟悉的街道，熟悉的家属院，熟悉的工作环境。所不同的，厂子已破败不堪，透过毫无生气的工厂大门，尽管看到里边不时有工人走动，可是早已没有了昔日那红火的场面了。姚远不由感慨起来。

女儿瑶瑶已经读了初中，学校就在家属院旁边的一条街上。姚远给前妻打了个电话，告诉她自己想去学校看看女儿，让她把女儿班主任的电话号码给他。听说姚远要去学校看女儿，下岗在家的前妻来不及换衣服，急急忙忙从家里赶到学校，把女儿领出来。母女俩站在马路边不错眼珠地盯着姚远。姚远如今更加成熟了，穿着西装，打着领带，俨然一副成功人士的打扮，看到这里，前妻不由自惭形秽起来，心里有种说不出的失落。她热切地看着姚远，希望能引起他的注意，可姚远却像没看见她似的，只顾和女儿在那里说着话。

瑶瑶果然长高了，她穿着一身宽大的校服，脚上穿了一双浅灰色的运动鞋，留着马尾辫，身体显得有点单薄。站在那里像棵挺拔的小树，看上去文文静静的，一双明亮的大眼睛忽闪忽闪的，就连说话也是慢声细语的。嗯，瑶瑶懂事不少，比自己预想中的还要好。了解到女儿的学习成绩还算不错，姚远放心了。他把自己事先买好的一套衣服递到女儿手里，而后又说了番鼓励的话。正当他要离开时，前妻默默地走过来，神情黯然地说道："姚远，你过得怎样？一切都还好吧！"

"好啊，怎能不好呢！"姚远反问道，"你呢，过得也不错吧？"

"啥不错？"前妻嘴角一牵，苦笑着说，"就他那个好吃懒做的死样子，我能好到哪里去？唉，现在又有什么办法？就这样凑合着过吧！"说着叹起气来。

"给，这是三千块钱，你先拿着花！今后有什么困难，你只管提，能帮的我一定帮。"

"这……这多不好意思……"

"有什么不好意思的。"看着前妻蓬乱的头发，一身破旧的工装，姚远心里涌出一股怜悯之情，"拿上吧，钱不多，知道你们不容易，这钱算是我给瑶瑶的生活费。"

"好吧，那我就拿着了啊！"前妻伸出粗糙的手把钱接过去，随即垂下眼睛犹犹豫豫地说道，"你既然回来了，要不，到家里坐坐喝口水？"

"不必了，有他在，我去了也不方便。我这次回来还有其他事要办，还是等以后有机会再说吧！"

告别女儿和前妻，姚远在路边拦了辆出租车，直奔梅南县而去。

出了市区，眼前出现一大片田野。正是阳历四月，到处都是绿油油的，一望无际的麦子连绵着铺向远方，绿树掩映之中，带有中原特色的房屋点缀其间，让人产生一种说不出的亲切。一路上姚远都在感慨着，还是故乡好啊！看看这里的风土人情多么熟悉，看看这里的一草一木多么可爱。虽然现在全世界都在经历着金融危机，但是这里依然一派生机勃勃的景象，他在欣慰的同时又感到有些伤心。姚远伤心的是母亲已经不在了，现在老家只有一个姐姐，如果不是因为姐姐这个亲人，他真不知道自己心里还会不会有故乡这个概念。哦，对了，还有赵爱军这样的朋友。是的，即使故乡没有了亲人，但故乡还在，故乡的风土人情还在。只要有故乡，这辈子不管自己走多远，心里就永远不会感到孤独！

出租车从梅南县一路驶来，姚远本来要去看望姐姐的，但是想到自己此行的目的，加上在梅海市见女儿耽误些时间，他便打消这个念头，他决定先办事，等见过赵爱军，把借钱的事谈妥后，再去看望姐姐。

嗬，这么大的养猪场！姚远没想到赵爱军的养猪事业发展得这么快，生意做得这么大。按照赵爱军电话里说的地址，出租车直接把他拉到了赵爱军的养猪场门口。一下车，看到眼前的情景，姚远不由赞叹起来。

这是一个废弃的厂院，被赵爱军租下来后，经过一番改造，如今已成为全县的龙头企业。站在赵爱军的养猪场前，一眼望去，一排排整齐划一的猪舍铺展开来，占了足有一百多亩地。猪舍里一头头长得膘肥体壮的长白条猪，都是来自新西兰的优良品种，此时正在那里活蹦乱跳着，二十多个工人忙着在猪舍里消毒……给人一幅喜人景象。看到这里，姚远不由在心里称赞起来：这个赵爱军，还真有两下子，你看他的养猪场规模多大！姚远怎么也没有想到，过去那个留恋广州的小伙子，虽然没在广州干出什么名堂，但是回来后，却在故乡的土地上大显身手，成就了一番事业，真让人钦佩不已。

长时间不见，两个人一见面就有说不完的话。在养猪场总经理办公室，两个久别重逢的挚友拉着手拥抱一下，那个激动和兴奋劲难以述说。说到广州，说到深圳，赵爱军兴奋得双眼放光；一说到养猪前景，姚远立马来了兴趣，直夸他经营有方，事业兴旺。两个人就这样互相羡慕着，都为对方取得的可喜成就而高兴。后来两人又谈到当前的经济形势和金融危机时，姚远不免有些神情黯然，而赵爱军却丝毫没有表现出什么担忧。

“金融危机是你们的事情，我们根本不用担心这些。”赵爱军爽朗地说道，“你看全世界都把责任推到金融危机上，但只要你能把握好时机，照样可以赚到钱。”

姚远赞同他的观点，同时也谈了自己的看法，两人都对未来充满了希望。就这样两个人推心置腹地谈论着，从上午十点，一直谈到下午一点，尽管谈兴正浓，可是肚子却“咕咕噜噜”叫了起来。一看表，二人这才意识到早已过了吃午饭的时间，于是赵爱军拉起姚远出了办公室，上了停在旁边的北京现代。姚远虽然知道赵爱军的性格，但他还是为赵爱军的举动吃了一惊，不由疑惑地问道：

“爱军，吃顿饭干吗要跑那么远？咱们在镇上随便找家馆子吃碗烩面不就完了，为什么要跑这么远的路？”

“听听你说的什么话？百儿八十里的路就算远了？”赵爱军看出姚远的疑惑，拍拍方向盘，一副满不在乎的样子，笑着说道，“咱有车，还怕路远？何况从养猪场到县城也就几十里路，还不是一支烟的工夫？你是稀客，轻易不回来，怎么能让你在镇上吃烩面？要吃咱就去县城，如果不是时间晚了，我直接拉你去梅海市，那里的饭店比镇里、县里好得多。”北京现代在新修的柏油路上箭一般地向前射去。

这次回河南，姚远收获不小，不仅看了女儿和姐姐，还看到了故乡的变化。一踏上这片熟悉的土地，整个人就像一颗浸泡许久的豆子那样发胀起来，瞬间勾起了他对家乡的回忆，这回忆又像一株迎风生长的大树，让他再一次认识到故乡在自己心中的分量。他坚信，自己虽然人在深圳，心里却装着故乡，只要有故乡做自己的坚强后盾，有故乡人的大力支持，自己的事业就一定会越做越大。让姚远特别感动的是，赵爱军并没有让他失望，尽管他这次邀请自己回来显得有些突兀，有些强人所难，但还是如约而至。后来他才明白赵爱军的良苦用心。当赵爱军听他讲起远南公司的发展前景，以及各项工作开展得有声有色，已经步入良性发展的轨道，心里很是高兴。当得知姚远现在遇到资金问题，急需得到帮助时，赵爱军毫不犹疑，毅然出手相助。这让姚远格外感动。

在银行办理转款手续时，赵爱军笑着对姚远说："不好意思，远哥，如果不是我的养猪场要扩大规模，还要购买一批饲料，我可以借给你五十万。可是现在，我只能先给你解决这些了。"

"有这三十万已经足够，谢谢爱军!"听了赵爱军的话，姚远很是感动。人生在世，不能没有朋友，尤其是在这关键时刻，友情就显得更为珍贵。其实有了这三十万元，自己的燃眉之急已经解决了。

# 第十六章　悟透商机

## 1

自从那天和老华侨在顺昌茶馆不欢而散后，姚远的心里就像压了块巨石似的，一种无形的压力压得他喘不过气来。新天地公司是一家出了名的大企业，与之相比，远南公司实在太小了，而要与新天地公司斗，无异于以卵击石，螳臂挡车。但是老华侨既然已经把话说到这个份上，就是要和姚远争个高低，这让不甘心落败的姚远产生了一种反抗心理。他心想，自己年富力强，除了实力不够，其他方面自己都有优势，怎能轻易就被他打败？商场如战场。我一定要在这场竞争中获胜！可是要想在这场竞争中获胜靠什么？靠的不仅仅是实力，还要有临阵不慌、遇事不乱的定力，还要有高瞻远瞩和运筹帷幄的能力，只有先稳定心神，经营好自己的公司，稳扎稳打，步步为营，才能与之抗衡，最终取得胜利，否则一切都是徒劳。

有了青岛朱总源源不断的订单，保证了远南公司的正常运转。接下来的问题是，如何管理好企业这台大机器，这才是问题的关键。有过办公司的经历，加上又在新天地公司任过总经理的经验，姚远清醒地意识到要管理好企业，首先要抓好人事管理，培养一批业务骨干，再是抓好生产工作，此外还不能忽视后勤保障和财务管理。总之，每一个环节都不能少，每个工作岗位都需要有得力精干的人员。

姚远到深圳人才市场公开招聘各部门的经理，然而在招聘时，却出现一个意想不到的插曲，那个曾在新天地公司和姚远争斗的销售部经理何心安居然也来了。

那天上午九点多钟，深圳市人才市场刚刚开门，何心安就带着简历，来到远南公司的招聘点，可是他怎么也没有想到远南公司居然是姚远创办的，他更没有想到会在这里碰到自己的冤家对头姚远。

“哟，这不是何经理吗?”姚远亲自坐镇招聘现场。当何心安迈着八字步走过来时，姚远一眼就认出了他。一身深蓝色西装，白衬衣，脖子里打一条蓝色斜条纹领带，三七分发型，上边抹了发胶。还是过去那身穿着，还是过去的发型，所不同的是，何心安的脸上多了几分失意和落魄。

“噢，是姚总？你怎么在这里？”看到姚远的一瞬，何心安惊讶的脸上露出尴尬的神情，他带着疑惑的语气低声说道。

“我怎么不能在这里？这是我办的公司，我不在这里还能在哪里？”姚远说道。

“这是你办的公司呀，真没想到，姚总的事业现在竟然做得这么大！”

“何经理，你可不要这么说。我也是被逼无奈、万不得已才这样做的嘛。何况我也就是开了个小作坊，挣个养家糊口钱，哪里就做大了？还不是自己给自己找碗饭吃。”姚远看着何心安感慨地说道，“在深圳这地方，不学会挣钱是不行的，不然谁来养活自己？”接着他又反问道，“你呢？何经理，现在怎样？离开新天地公司后，去哪里发展了？”

“我？”何心安皱着眉头苦笑一下，神情黯然地说道，“还能去哪里？老本行，也就是在几家企业里转着做做业务。不过也做得不是太好，唉！”

“你业务能力那么强，怎么会做得不太好呢？究竟是怎么回事？”

“业务能力强有什么用？”何心安叹口气，“姚总你又不是不清楚，现在是金融危机时期，哪个公司的业务都不好做，所以也就做得不是太好，马马虎虎吧！”

“嗯，这倒是实情。”姚远点点头认同了何心安的看法，但他马上又说道，“不过只要认真去做，相信还是能做好的，你怎么就做不好呢？是不是还像在新天地公司时那样，有其他想法？”

“没什么想法。我现在就想找一个牢靠点的企业，安安稳稳地做业务。就像姚总说的那样，给自己挣碗饭吃，这样我也就安心了。”何心安明白姚远话里的意思，他说的话半是认真半是调侃，有意在逼自己说出当初在新天地公司为难他的事情，可自己现在都这个样子了，又怎么可能有那份心情？当即羞愧地低下头自嘲道：“哎呀！没想到你现在都当了公司老总，而我还是这样到处跑着给人打工，真是往事不堪回首，惭愧，惭愧！”

“你有什么可惭愧的，何经理，事情都已经过去了，我也不想旧事重提，既然你到我这里来应聘，肯定是有想法的。何况你是老业务，有经验，有能力，是个做业务的高手。虽然我不知道你来这里有何目的，但我还是想听听你的高见，或许我们之间还有合作的机会。”

“姚总不要取笑我。”何心安摆摆手，“就我那两下子，你又不是不知道。我没什么能耐，也就是靠着脑子转得快点，腿脚勤快点，一张嘴皮子会说点，才能接几个单子，混碗饭吃。其实我的目的你心里最清楚，现在我也不想说那么多。我今天来这里是应聘的，如果你让我留下来，给我一个机会，我一定会好好干的，决不辜负你的期望。”

“何经理，你我是老同事，我们之间也没什么可隐瞒的。说句不该说的话，如果到我这里做事，该不会再犯过去的错误吧？”姚远往前倾了倾身子，盯住何心安，压低声音说道，“远南公司是家小企业，可经受不住那样的折腾啊！”

“我知道，姚总。”何心安的脸红了，他低着头小声说道，“过去是过去，现在是现在。再说晁总根本不懂管理，他只知道订单和效益，其他什么都不懂，这才让人钻了空子。如果他像姚总这样会管理懂经营就好了。所以如果你相信我，我就留下来；如果你不相信，没关系，我再去其他地方。”

“何经理不能这么说，你应该明白，其实晁总做得并没有错。做企业的，没有订单就没有效益，没有效益又怎么发展？这是谁都明白的道理，但是管理企业确实需要一定的技巧，经营是一门大学问。一个不懂经营和管理的人做企业，只有两种结局，要么走入死胡同，要么就这样不死不活的。”说完姚远话锋一转，大度地说道，“何经理，你是个聪明人，什么都懂，因此我也不再多说什么。算我们有缘，我也了解你的能力和为人，当然我更清楚你的过去。这样吧，如果你真想留下来，就来我公司做业务吧，当然表现得好，我会让你担当重任的，你看怎样？”

“谢谢姚总，谢谢姚总，你能这样对待我，真让我感激不尽。"何心安双手抱拳，急忙表态道，"你放心，姚总，在你这里，我一定好好干，决无二心。如果你今后发现我有任何对不起你的地方，你随时可以处罚我！"

"何经理，不要这样说嘛！有你这句话，我就放心了。"姚远拍拍何心安的肩膀，高兴地说，"这样吧，你明天就到公司报到，有什么事情我们回头再说！"

"谢谢姚总，我这就回去准备一下！"何心安说完便离开了。

望着何心安离去的身影，姚远心里有种说不出的滋味。他没有想到自己昔日的冤家对头，现在居然求到自己门上，真是山不转水转，转来转去两个人又走到了一起，看来这个世界真是太奇妙了。只不过如今不是在老华侨的新天地公司，两个人也不是相互挤对的同事，重新走到一起后，一个是老板，一个是打工仔。对于两个人的角色转换，姚远心里又多了几分感慨。何心安就是一头不好驯服的骡子，爱耍性子，爱尥蹶子，但也是个人才。这样的人虽然爱耍小聪明，爱玩小心眼儿，如果用得好，他就会老老实实地上套拉磨，给公司创造利润。既然他身上有这么多长处，那就让他继续发挥所长，为企业的发展出力，这样等于为自己找了个帮手。

何心安到远南公司不久，马占军也来了。与何心安一样，离开新天地公司后，马占军一直没有找到合适的工作，在深圳这个充满希望和失望的地方，开始了流浪汉式的打工生涯。他先后在几家企业做过行政主管、行政助理，但都由于各种原因而不得不离开。后来他听何心安说，姚远从新天地公司出来后，创办了远南公司，而且就在新天地公司附近，现在正处于快速发展期。他还听何心安说姚远现在求贤若渴，又不计前嫌，所以就有些心动。几经权衡，马占军还是来到远南公司拜见姚远，也希望自己能在这里发挥所长，施展抱负。

见到马占军那天，姚远心里有种说不出的感觉。就是这样一个人，当初为了挤走自己，精心策划了一场员工罢工事件。可以说，这个人为一己私利，在新天地公司时，和自己明争暗斗。那时他位高权重，趾高气扬，盛气凌人，何其的不可一世，没想到现在却求到自己门上，真是世事难料啊。因此，当姚远听说马占军想来远南公司后，他心里很是犹豫。马占军毕竟是自己的冤家对头，自己真能原谅他吗？可是一想到自己此时正是用人之际，如果就这样把他拒之门外，今后谁还愿意来投奔自己？这时他想到三国时期的曹操，为了成就霸业，他重用曾伤害过自己的谋士，让他们跟着自己出生入死，立下不少汗马功劳，现在自己不正需要这样做吗？想到这里，姚远释然了。既然马占军找上门来，还是先见见再说。

姚远是在自己的办公室里接见的马占军。一见面，两个人客气一番后，接着便坐下谈起来。马占军讲了自己离开新天地公司后的一些情况，他问姚远自己能不能来远南公司工作？看着一脸期待的马占军，姚远并没有马上表态，而是有着自己的考虑。他发现离开新天地公司后，马占军的日子并不好过，经过一段时间的漂泊之后，人整个瘦了一大圈，不过看上去挺利索的。再看他脸上的傲气也已荡然无存，取而代之的是谦虚与平和，因此姚远对他有了丝好感。他心里清楚，这个人在管理方面还是很有一套的，不然也不会在新天地公司一干就是好几年。而且在那么大的公司里，他也是一步步走上总经理位置的。只是坐上总经理位置后，他内心才开始膨胀，最终导致现在的结局。其实细想起来，这也不能全怪马占军，究其根本是没有人指引他和约束他，老华侨能识人，但不会用人。因此对于这样一个有能力的人，还有什么不能用的呢？经过一番认真思考之后，姚远最终同意马占军来远南公司上班，并且还让他做了行政部的主管助理。姚远的目的很明确，就像对待之前的何心安那样，他有意让马占军接受锻炼，磨一磨他的性子，然后根据他的表现以及公司需要，再对其进行职位上的调整。

一个好汉三个帮。就这样，有了他们的加盟，姚远感到轻松多了。如今他想得最多的是如何才能管好人、用好人，让他们发挥出自身潜能，为公司做贡献，使企业产生更大的经济效益，使企业发展得更好。

## 2

部门经理配齐后，姚远又让各部门经理挑选各自的属下。他自己则当起了总指挥，实行层层把关、步步落实的办法，把远南公司三百多名员工牢牢把控在自己手里，就像军队的总司令那样，指挥着千军万马，让他们听从安排，接受监督。

姚远实施的另一个办法是，大胆使用外来工。许多企业都很鄙视外来务工人员，仿佛这些外来工就低人一等，就没有资格进入企业的管理层。他们对外来务工人员是有区别的，一些财大气粗比较挑剔的企业，在大门口公然打出“河南人禁止入内”“不招收河南人”等一些明显带有地域歧视的标语，这就更加让人不理解了。在这些企业老板眼里，河南人就是一群骗子，这些骗子不仅不好管理，还喜欢闹事。其实并非如此，骗子全国到处都有，要不然每年的“3·15”晚会上，怎么会有那么多欺骗消费者的“假货”和不合格产品？何况这种情况已经成为过去。中原地区经济落后，人口众多，出来打工的人自然也就特别多，但是他们中不乏有抱负有理想的青年。他们坐着火车来到几千里外的南方，图的是什么？还不是为了改变穷苦的命运，多挣些钱，让家人的生活过得好一些。姚远是地地道道的河南人，因此他更理解河南人，他们勤劳朴实，心地善良，吃苦耐劳，身上有着昂扬的血性和隐忍的美德，心里充满着中原人宽厚纯朴的激情。在人员使用方面，姚远更多地还是相信自己的老乡。也因此，在远南公司，有三分之一的打工者都是河南人。当然作为企业的老板，姚远并没有地域偏见，他敞开大门，广招贤才，四川人也有，湖北人也有，江西人也有，贵州和广西的也有，还有广东梅州的。他们只要肯干，表现突出，有文化，有道德修养，有理想追求，照样会得到重用。公司里除了几个部门主管是从人才市场招聘来的，部门其他负责人差不多都是从打工者中间挑选出来的，如管工、拉长等。这些打工者，你只要对他们好，他们就会下力气，就会和老板团结一致干好自己的工作。人心都是肉长的，将心比心，只要你对他好，他就会对你好，所以一切问题都不是问题，只要把人管好了，比什么都好。来南方闯荡这么多年，经历了许多事情之后，姚远慢慢总结出了一套经验。

还有至关重要的是学习。

技术是第一生产力。没有学习就没有进步，学习是获取知识、提高能力的基础。现在许多有经营头脑的企业老板，已经意识到了自身知识的不足，都无一例外地到开设有企业经营管理课程的高等专业学校进修学习，读 MBA（工商管理硕士）。你可不要小看这个 MBA，这是一门专业培养老板如何经商做生意的学科，这在内地几乎已经成为一种风气和时尚。然而在深圳却不是这样。深圳的老板们大多是凭感觉，他们手里有的是钱，只要看准项目，只管拿钱投资就是。深圳是中国改革开放的前沿城市，机遇多，政策好，只要努力就能挣钱。特区嘛，什么都比内地要好一些，这就是为什么有梦想者都愿意来深圳的原因。不但国内的企业老板这么干，就是那些外资企业老板也是这么干的，他们从不考虑企业管理还需要专门的学习。

姚远是个聪明人，他在广州给别人跑过业务，开过公司，当过大企业的总经理，也算是见过世面的。所以再次创业后，他就认识到了学习的重要性。他知道自己仅仅是个中专生，远远不能适应社会发展的需要。要想在竞争异常激烈的南方有所作为，就需要尽快把自己的知识短板补上来。而唯一的办法就是接受专业的理论学习。姚远没有去读眼下正流行的MBA，也不是去读刚刚流行起来的EMBA（高级管理人员工商管理硕士），更不是关上门来自己研究经济学概论，而是在广州一所高校，聘请了一位经济学教授作指导，这位东方明教授专门研究经济管理。聘请他之前，姚远曾对东方明教授做了一番了解。先是这所高校的知名度和影响力，不但在广州是名校，就是放眼全国，也是名列前茅的高等学府。更让人引以为豪的是，这所高校在经济管理方面是国内权威，而他聘请的东方明教授，不但有过国外留学经历，而且还在欧美等国的著名大学做过访问学者，在管理学、政治经济学、哲学和马克思经济理论等多个领域有过广泛而深入的研究，具有很深的造诣，不但熟知国内经济理论，对西方经济理论也颇有研究，所以由他来指导自己再合适不过了。

东方明教授身材高大，四十六七岁的样子，方形脸，三七分发型，面容白净，雪白的衬衫外面是一件浅灰色的休闲装，脚上一双软底耐克牌运动鞋，透着潇洒儒雅之气。姚远见到东方明教授时，他刚给学生上完课。听说姚远是来请教的，东方明教授上下打量他一番，便带他进了自己的办公室。

“东方教授，您好！”姚远递上自己的名片，说道，“东方教授学贯中西，是经济理论学界的权威，特来拜访。”

“有什么事情，说吧。”东方明教授给姚远倒了杯水。

“是这样的，东方教授，我在深圳办了家小公司。我资历浅，又没什么学问，许多理论方面的东西不懂，为了提高自己的理论知识，所以想向您请教。”姚远把自己的想法说给东方明听，末了又说，“待遇方面我不会亏您，您看——”

东方明教授看了姚远一眼，伸出白皙而修长的手冲姚远摆了摆，说道：“不好意思，姚总，我不能答应你。”

“为什么？是怕我出不起顾问费吗？”

“对不起，这不是钱的问题，我工作实在是太忙了。”东方明教授舒了口气，“实话告诉你吧，我不但是我们学校的经济学管理系主任，还是全国高校经济理论学会副会长兼秘书长，平时业务很忙，既要做学术研究，又要带学生，怎么有时间做这些事情?”第一次见面，他就这样把姚远给打发了。

姚远第二次去，东方明教授要去北京参加一个学术研讨会，手里正整理着一个发言材料，所以根本不给姚远说话的机会。姚远刚坐下说了没两句，就被赶了出来。

姚远不死心。半个月后，当他第三次拜见东方明教授时，东方明教授刚在国内一家权威学术期刊上发表了一篇经济学论文，内容是有关金融危机下国内企业如何应对的思考。这篇论文在圈内引起很大反响，并且得到了国家有关部门的重视。对于姚远这次拜访，东方明教授显得格外兴奋。但他感兴趣的不是姚远每年给他的数目可观的报酬，而是姚远身上那份坚韧不拔的精神，以及他身处困境不甘沉沦的品性。最终，他还是被姚远这种“三顾茅庐”的诚心所打动，于是这才同意姚远的请求，答应做远南公司的学术顾问。

东方明教授给远南公司制定了一套严格的学习型企业和创新型企业的企业文化理念，要求他们在搞好日常工作的同时，不忘读书学习，创新思维。此外，他还给姚远开了张书单，让他潜心学习，认真思考，并及时解答姚远在阅读过程中遇到的问题。

在东方明教授的指导下，姚远阅读了不少有关经济学方面的书籍，同时还深入钻研了马克思的《资本论》，从中学到了许多以前没有接触过的知识，使他深刻认识到了资本的产生过程、流通过程和分配过程，同时也了解了资本的积累、运用和管理方面的构成与使用。东方明教授还指导他学习孔子的《论语》、老子的《道德经》等一些中国古代的理论典籍，让他明白做人做事的道理。在东方明教授的悉心指导下，姚远不但潜心学习国内先进的管理经验，还认真研究学习了国外的经营与销售。不学不知道，姚远发现这里边的学问大太了，那些资本主义国家的企业家就比中国的企业家聪明，虽然有些企业的理念和经营思路不如国内的一些企业，但那些早已成型的东西就是管用，比如管理企业，国内普遍的做法是人性化管理，而国外一直遵循的是制度化管理，不用你去考虑那么多的条条框框，只要拿公式一样的方法去套就是。再比如经营与销售，国内大多靠的是关系，而在国外靠的是质量和信誉，质量和信誉不行，再好的人际关系也等于零。姚远就这么通过学习，一步步把自己打造成了一个有学问的商人，与过去相比，他再也不是一个凭拍脑袋办事的土老帽，他掌握到的经济学知识，是国内许多企业家所不具备的。

马克思在《资本论》中说：“人要学会走路，也要学会摔跤。而且只有经过摔跤，才能学会走路。”马克思还说，“劳动生产率的高低这和一定量劳动所推动的生产资料成正比。”不学不知道，经过学习，姚远眼界大开，他发现自己知道的东西实在太少了，自己非但对世界了解得太少，就是在经济管理方面，自己的认识也太肤浅了。他为自己的无知而羞愧，同时也为自己所做的这个决定而庆幸。经过学习他明白了，中国古代的理论典籍确实有用，不但教会了自己如何做人做事，还提高了自己的思想境界和眼光。反观国内一些企业家所撰写的那套理论，看似很有道理，可实际操作起来并不管用，主要是针对性不强，以他参加的所谓某某名家的讲座为例，讲座上提出的想法太过空泛，不是喊一些概念性的口号，就是一些哗众取宠的高调标语，简直就是花拳绣腿，在实际的工作中哪里能运用得上？姚远看过国内一些所谓知名企业家撰写的经营之道，别看他们在书里说得头头是道，可是一旦运用到实际中，就是两回事了。这就是学习的结果，这就是学习给自己带来的好处。

俗话说：“小胜靠智，大胜靠德。”自古代先贤圣哲提出“仁、义、礼、智、信”这五字经典后，千百年来一直为人们所尊崇。什么是仁？仁者，人二也。指在与另一个人相处时，能做到融洽和谐。仁者，易也。凡事不能光想着自己，多设身处地为别人着想，为别人考虑，做事为人为己。儒家重仁，仁者，爱人也。简言之，能爱人即为仁。何谓义？义者，人字出头，加一点。在别人有难时出手出头，帮人一把，即为义。古字义，离不开我，用我身上的王去辨别是非，在人家需要时，及时出手，帮人家一两下，即为义。何谓礼？礼者，示人以曲也。已弯腰则人高，对他人即为有礼。因此敬人即为礼。古之礼，示人如弯曲的谷物也。只有结满谷物的谷穗才会弯下头，礼之精要在于曲。何谓智？智者，知道日常的东西也。把平时生活中的东西琢磨透了，就叫智。观一叶而知秋，道不远人即为此。何谓信？信者，人言也。远古时代没有纸，经验技能均靠言传身教。那时的人纯真朴素，没有那么多花花肠子，故而真实可靠。

这五字经典中的每一个字都大有含义，琢磨透了，就是一部经商创业的理论专著。老子提出的“无为而治”，说的就是一个人要有所作为，只有有所作为，才能达到目的。古典名著《西游记》就是一部地地道道的“创业史”，唐僧师徒四人合力开创事业，他们不畏艰难险阻，矢志不渝，最终取到正果。古典名著《三国演义》，看似一部历史小说，其实也是一部商战小说，里面合纵连横，锦囊妙计，无不体现谋士们的智慧，大家斗智斗勇，真可谓机关算尽，充满了商战的味道……姚远过去没有研究过这些，当他深入进去后，很快悟出了许多经营方面的道理，而且学以致用，收到了意想不到的效果。

经验都是学习、理解、摸索和总结出来的，经过几个月的努力，远南公司在姚远的精心管理下，上下一体，已经形成了一股合力，成了无坚不摧的铁板一块，就像一台性能稳定、操作系统规范有序的机器那样，高速运转着。这台机器现在唯一需要的是用订单来填充，把原材料吃进去，把精密度极高的产品吐出来，变成人民币。

姚远每天走进厂房时，都能够看到工人们忙碌的身影，听到工人对他的高度评价。看到姚远，这些来自全国各地的工人马上毕恭毕敬地站起来，热切地望着他，用不太标准的普通话和他打招呼。每次看到这种情形，听到他们的问候，姚远心里都会感到热热的，就像有一团火温暖着一样。是呀，在新天地公司时，这是工人们给老华侨的最高礼遇，现在工人们把这份最高礼遇送给了自己，这不是一种奖赏和肯定吗？有了这样一支团结奋进的团队，自己的企业还有什么困难不能克服的？

天是蓝的，云是白的，太阳是红的，门前的椰子树和香蕉树是绿的，只有厂房和办公楼是灰白的，它们高高低低，错落有致地连成一片，给人带来无边的遐想。多好的季节呀，温暖如春，繁花似锦。姚远就这样走着、看着、听着，此时此刻，他激动的胸腔里充满像椰子树一样蓬勃生长的信心，现在他正思考一个至关重要的大问题……

# 第十七章　征战商场

## 1

姚远领着人，带着样品去了华北和东北。这一次他是带着信心去跑市场的。CNC 数控产品主要用于制造业，而中国的制造业又多集中在东北和华北地区，老工业基地永远是中国工业的脊梁，只有到了那里，自己的产品才会有市场。在新天地公司当销售部经理时，他曾到过这里，那是来考察市场和洽谈业务，纯属公司的例行公事。只是这一次他的身份变了，而且他想要攻关的企业，也不是新天地公司的客户，那次在顺昌茶馆他已和老华侨表了态，绝不争抢新天地公司的客户。因此，他此次是专门来开发新客户的。

姚远不指望自己的产品能用来制造飞机、轮船，只要能做一个小小的零部件，能成为拧在飞机、轮船上的螺丝和螺母就可以了。

在青岛朱总那里赢得良好的信誉，就是最好的见证。正是带着这份信心，姚远要亲自带队出征。

他去的第一站是哈尔滨。

在哈尔滨，姚远先后考察了那里的几家企业，并把自己公司的产品介绍给对方。这些企业都已成立多年，有着稳定的客户和业务，加上有着自己独特的经营模式，所以并不是一下子就能打进去的。但是姚远并没有认输，他每到一处，就像是训练有素的解说员那样，带着热情，带着真诚，不卑不亢地把自己的企业、自己产品的特点一一讲给他们听，除了给他们看印制精美的宣传册，还拿出自家工厂生产出来的产品让他们检验。要是看到有人听了自己的介绍仍有所疑虑，他就会主动发出邀请，让他们到自己的企业里参观考察。酒香不怕巷子深，企业靠信誉生存，工厂靠产品说话，因此姚远相信，只要这些企业的负责人愿意去自己的工厂考察，他们的目光就一定会被吸引住，就一定能和他们建立合作关系。

经过一番努力，最终姚远与哈尔滨中国北方机电（集团）有限公司负责业务的副总裁建立了联系。这家企业曾和新天地公司有过业务往来，可由于某些原因，在合作中出现了不愉快的事情，导致他们对新天地公司有了抵触情绪，目前他们正在寻找新的合作伙伴，姚远的登门拜访成了及时雨。因此，两人一拍即合，副总裁当即表示半个月后他将带人去远南公司考察。姚远非常高兴，为表示诚意，他想邀请副总裁吃饭，却被对方拒绝了。对方的理由是：“我还没去你们公司考察呢，怎么能吃你的饭？心急吃不了热豆腐。姚总，你也不要心急，一切还是等我们去你们公司考察后再做决定吧！”有了副总裁的话，姚远心里就像吃了颗定心丸。

他们去的第二站是长春。在长春这个老牌工业基地，姚远先后走访了几家大型企业，他满以为能在这里得到自己想要的结果，可是没想到的是，这几家大企业都拒绝了他的合作请求。原因很简单，他们与江苏、上海等地的生产厂家有着友好的关系。像姚远这种主动找上门来的，他们不敢相信。他们把姚远当成了跑江湖的推销员，靠嘴皮子就能把产品吹成一朵花，他们比较反感这种做法。口吐莲花有什么用？把自己的企业说得天花乱坠有什么用？这些毫无名气的企业敢相信吗？他们的产品有什么保证？所有这些都是陌生的。他们相信的是国有大企业，在他们看来，无论怎么说，国有企业的产品质量有保证，信誉有保证。而姚远的企业生产出来的产品尽管看上去也很精细，精密度很高，质量也不错，可是却没有得到国家有关部门的认证。而要获得国家认证首先要经过市场的检验，远南公司成立时间短，规模小，显然不具备这些条件。姚远在这里碰了壁，但是他并没有灰心丧气，而是继续寻找机会，希望能有奇迹发生。

几天时间里，姚远先后拜访了七家企业，然而接二连三的碰壁，严重打击了他的信心，但他仍然怀着希望努力着。直到第五天头上，一家名叫中国春光（集团）有限公司的业务经理才同意和他谈谈。

失望中的姚远看到一丝曙光。他运用自己全部的智慧和热情，对这名业务经理展开了强大的营销攻势。

在长春一家五星级酒店里，姚远设宴招待了这位业务经理。这是姚远精心安排的一次宴请。尽管自己现在并不富有，但脸面上的事情是绝对不能含糊的，尤其是在这种时候。所以尽管这家企业的知名度不高，企业的规模也不是很大，但他还是决定高规格宴请这名业务经理。

春光（集团）有限公司的业务经理大概从来没有接受过这么高规格的宴请。姚远订好酒店后，马上就给那位周经理打了邀请电话，请他来此一叙。一听说对方要在这么高档次的酒店请自己，周经理有些愣住了，他觉得自己实在领受不起，于是连连推辞，可是禁不住姚远的极力相邀。他看到姚远如此诚意，不好推却，于是就把此事汇报给主管公司业务的副总裁，请他一起赴宴。

其实那天晚上在安排酒店之前，姚远曾犹豫了很长时间，他不想在周经理没有丝毫表态的情况下，就做出如此决定，付出这样的代价值得吗？将来会是什么结果呢？万一客请了，事情没有办成怎么办？不是得不偿失吗？他和跟来的几个业务经理商量一番，最后还是毅然决定高规格宴请。既然宴请就不能随便应付，而是要档次高一些，不能让对方有丝毫的轻视，最好让对方心动，一举拿下。于是才把宴请的地点定在了这家名叫北国之春的五星级大酒店。北国之春与春光（集团）有限公司，两者都带有“春”，在这里宴请，说不定真会有“春光”出现呢。姚远并不迷信，但这次他心里像是有某种暗示似的，对这次见面充满了希望。

那天晚上的宴席安排得不错。姚远点了海鲜，上了鲍鱼、龙虾、猴头、燕窝，还有一些价格不菲的菌类和山珍等。知道东北人豪饮，在选择酒水时，姚远特意征求了周经理和那位副总裁的意见。本来要上洋酒的，可是东北人喝不习惯，他们表示只爱喝高度酒。

“咱们还是喝高度酒吧，高度酒喝起来有劲，过瘾！”副总裁提议说。

“好，就听韩总的，喝高度酒！”姚远让服务小姐上了几瓶茅台。

一道道精致的菜满满当当地摆了一大桌，二十年珍藏的56度茅台也摆了上来。面对这场高规模的宴请，春光（集团）有限公司的周经理心里十分过意不去，毕竟八字还没一撇呢，姚远就这样对待自己，真有点受宠若惊和不好意思起来。不过他已经看出来了，姚远这样做，不是为了摆阔，而是带着一种诚意和尊重。当然他也明白，吃饭不是最终目的，而只是为了更好地沟通和交流，是为下一步双方的合作打基础。

饭是在轻松愉快中吃下去的，酒是在欢乐的气氛中喝下去的，音乐恰到好处的低回，给整个吃饭过程作了最好的铺垫和衬托，还有服务小姐热情周到的服务，都让大家感受到了这顿饭的不同之处。

春光（集团）有限公司负责业务的周经理，长得浓眉大眼，胖墩墩的，喝酒是海量，平时喝起东北“黑土地”要二斤才够味，所以两瓶茅台下去就跟没事儿人似的。一看这个架势，姚远马上又让服务员开了第三瓶，这一瓶喝到一半，周经理就有些受不住了。韩副总裁瘦瘦的，办事沉稳老练。虽然他对姚远的宴请感到过意不去，但并没有丢掉自己的原则。尽管喝了酒，谈话时，他始终保持着清醒的头脑。席间，他详细询问了远南公司的规模和生产情况，姚远看他比较感兴趣，于是便像解说员那样，当场拿出随身携带的资料，把自己企业的有关情况一一进行了讲解。

在姚远的解说下，他们了解了远南公司的情况。资料和图片看了，样品也看了，无论是产品的规格、性能还是质量，绝对没的说，但是一谈到合作的事，两个人的脸上就有了难色。

“姚总，你也知道，关于合作的事情，不是我们两个人说了算，所有这些都是我们老总说了算。”周经理说着看了一眼韩副总裁，看韩副总裁点了头，他这才接着说道，“我们老总现在在国外考察，一切只有等他回来后才能拍板。”周经理说这话时，眼睛始终看着韩副总裁，唯恐自己说错什么。

“周经理说得没错，不是我们不答复你，而是我们公司就是这么个办事程序，重大事情都是老总说了算，所以还请姚总能够理解。”韩副总裁说道。

“两位老总，我能理解，每家公司都有自己的规章制度和办事程序，这是不能破坏的。我只希望通过这次的会面交流，能加强彼此间的了解，好为今后的合作打基础。来，喝酒！”姚远说着举起酒杯和他们碰了一下，接着仰起脖子一饮而尽。

事后姚远才明白，之所以周经理答应赴宴，是因为同是做业务的，他理解做业务的难处。而他拉上韩副总裁一起来赴宴，也是想给姚远一次机会。明白事情的原委后，感激之余，姚远觉得，那天晚上花了几千块钱请客吃饭值了。尽管没有取得实质性进展，但他已经看到了胜利的曙光。

## 2

哈尔滨中国北方机电（集团）有限公司和中国春光（集团）有限公司派出的考察团，是一前一后到的深圳。

两家公司这次派人来深圳是为了考察远南公司的生产经营情况。

为了迎接这两家公司派来的考察团，从东北和华北地区回来后，姚远不敢有丝毫懈怠，立即马不停蹄地投入到扩大企业规模和提高生产能力之中。有青岛朱总的稳定业务，远南公司现在已经不用发愁没活干，而且经济效益也有了一定的提高，完全有能力购买新设备用于扩大再生产。

姚远先是投入资金，从上海购买了一批生产设备，新上了二十条生产线，企业的生产规模一下子提高了三倍；紧接着，他又租了一家经营不善的厂子，企业规模一下子扩大了两倍。如今，远南公司再不是当初那个仅有一座办公楼、一个破厂房的小作坊，而是一家正在崛起的新兴企业，一家充满活力、蒸蒸日上的企业。

哈尔滨中国北方机电（集团）有限公司和中国春光（集团）有限公司的考察团不是来走过场的，他们是带着使命来的。他们考察得非常认真仔细，不但考察了远南公司的管理情况，还考察了公司的经营情况，无论哪个环节他们都没有放过，甚至在深入厂房查看时，还与工人们聊天儿，以便从中获取一些有价值的信息。他们在远南公司考察时发现，企业规模并不像他们想象的那么小，而是一家颇有规模和生产能力的企业，虽然成立时间短，但后劲十足，潜力巨大，而且在经营管理方面做得十分到位，制度化、规范化管理，一切都是大企业的做派，不，甚至比一些大企业的管理做得还要好。所生产的产品规格之高、做工之细，远远超出了他们的想象。更让他们放心的是，与远南公司合作的那家青岛企业，也是国内有名的大公司，现在两家公司有着长期稳定的业务往来，只这一点就足以说明，远南公司完全具备生产高规格产品的能力。

除此之外，更让考察团惊讶的是，远南公司规范化管理远远超出他们的想象。他们在考察中发现，远南公司的员工都是外来的打工者，但素质很高，各个部门之间配合默契，工作起来井然有序。透过表面看实质，这样的企业就像厂房门口的椰子树那样，只会越长越高，越长越粗。只有这样的企业才是长久的，才是他们所寻求的合作伙伴。

“不错不错，姚总，这次来远南公司实地考察，给我们留下了很深刻的印象，企业规模和生产能力超出我们的想象！”临别时，两家公司的考察团负责人用同样的口气称赞道，“我们回去就向领导汇报，把我们在这里所看到的情况反映上去，相信有你们过硬的产品质量和良好信誉，咱们双方应该有合作的空间。”

中国春光（集团）有限公司考察团的负责人正是那天晚上和周经理一起赴宴的韩副总裁，他的话更让姚远热血沸腾。韩副总裁是一个比较讲究原则的人，所以那天晚上吃饭时，他并没有给姚远说过多的话，但心里已经对姚远和他的远南公司有了好感。要不然他也不会向老总建议来深圳考察。而且这次考察的结果令他完全满意，这就让他更加放心了。

“出乎意料，没想到远南公司能有此气魄。”临别时，韩副总裁握着姚远的手诚恳地说道，“姚总，我回去一定向老总如实汇报考察的情况，请耐心等待，相信会有好消息的！”

“谢谢韩总，请多支持！”姚远满含期待地望着副总裁，“希望韩总回去后，替远南公司多多美言，期待您的好消息！”

“放心姚总，我一定把你的意思转告老总，我相信老总会重视的，不出意外的话，应该很快就会有好消息。”

果不其然，这两家公司的考察团回去后，很快就打来电话，经过研究，他们表示愿意与远南公司建立合作关系。经过双方进一步洽谈，他们先后向远南公司下了订单，与远南公司签订了生产合同。

“好，真好！”姚远心情异常激动，看来自己这次东北之行总算没有白跑。

东北这两家公司的订单不算小，都在几百万以上，利润也相当可观。根据这两份订单的情况，公司今后一段时间估计会很忙。因此，接到订单后，姚远急忙召开各部门经理会，紧急做了安排部署，要求大家提高认识，积极投身到紧张的生产中去，按时保质保量地圆满完成生产任务。

生产任务布置下去后，远南公司立马变得忙碌起来，有老板和领导层的英明决策，工人们看到了希望，于是干劲更足了。大家纷纷在下边议论起来：

有这样的好老板，谁还不好好干？

干活吧，干活吧，什么都不要说，这才是咱们出来打工的目的嘛！

就这样一传十，十传百，来远南公司的打工者像滚雪球一样越来越多。这些新加入的打工者，经过短暂的培训后便上岗了，并很快融入紧张的生产中去，远南公司呈现出一种前所未有的繁忙景象。

有了第一步的成功，接下来就会有第二步，已经在商海里打拼这么多年的姚远在做好其他工作的同时，也丝毫没有放松对企业的管理。企业规模大了，人员多了，管理已成为重中之重。没有管理就没有效益，姚远深知这一点。为了管理好企业，姚远健全了各项规章制度，按规章办事，用制度管人。短短时间内，远南公司变得足够强大起来。

先后与青岛朱总和东北两家企业合作，远南公司的声誉很快树立起来。随着知名度的不断提高，远南公司在业界也有了良好的口碑。接下来，远南公司又先后接到一些企业的订单，其中就包括那几家曾拒绝过姚远的大企业。看到远南公司发展得这么快，他们主动提出合作。他们合作的理由非常简单，远南公司的信誉和产品质量已经征服了市场。

直到此刻，姚远的脸上终于露出了欣慰的笑容……

## 3

时间过得真快，一转眼两年过去了。

就在姚远的远南公司蒸蒸日上，发展越来越红火的时候，老华侨的新天地公司却出现了问题，先是人员管理没有很好跟上，再是订单变得越来越少，一些老客户纷纷停止与新天地公司合作。再是人员流失也很严重，开始是一个个地走，后来是成群成群地走，特别是一些中层管理人员和技术骨干的离职，更是给新天地公司一致命的打击。

订单拿得少了，人员流失得多了，六十多条生产线现在只有二十条勉强能够运转，工人们的积极性在不断降低。工作间隙，有人就做起了比较，私下里议论起远南公司来，说那里红红火火的，完全一幅蒸蒸日上的势头，而咱们这里，唉，越来越差喽！

更让人心动摇的是，一到工余时间，就有在远南公司打工的老乡过来串场，他们自豪地说，我们远南公司的效益就是好，工人拿到手的工资多，而且加班费也高，关键是管理正规，让大家看到了希望……

瞧瞧人家，看看咱们，唉，真叫人无话可说！工人们说话的语气里带着无奈和失落，也带着一种羡慕。这些话经过传播和发酵后，很快变成了一颗颗无声的炸弹，导致新天地公司里不少人有了想法，他们也想去远南公司，去挣更多的钱。是啊，咱们出来打工，在哪里不是挣钱？既然有更好的挣钱地方，为啥不去那里呢？新天地公司的工人们开始变得骚动起来。

不久，新天地公司又爆发了一次工人罢工。新天地公司接到一份大单子，按照客户要求，生产部经理安排工人生产。那天上午，全厂两千多人像是商量好了似的，一个个都不来上班了。这些人一开始是窝在宿舍里睡觉、打牌、吃零食、聊天儿，后来虽然被带班的和管工吆喝着叫出来，但他们就是不去厂房干活，而是聚集在厂院里，摆出一副对抗的姿态。问他们为什么，他们一个个冷着脸回答道，涨工资，提高加班费，不然我们就不干！

正常工作时间不上班，这不明显是搞罢工吗？事情一捅出来，立马引起了轰动。

老华侨当时正在香港，还没等他回到深圳，砚富村村主任许自力的电话就像火烧着屁股似的，一个接一个地打过来。

“老晁，你在什么地方?”一听说老华侨不在公司，许自力当即就火了，“你是怎么搞的嘛，工人罢工可不是一件小事，闹起来不但影响你们厂子的正常生产，还会影响到砚富村的声誉。你赶快回来把事情解决掉!”

“好、好，好的许总!”接到许自力的电话，老华侨知道问题严重，急忙在电话里拍着胸脯，一连声地做着保证，“我正在回去的路上，马上就到厂里。你放心许总，我回去就解决，立马解决，绝不会连累村里。”

问题怎么解决?挂了电话，老华侨满脸都是汗水，他心里明白，要想解决工人罢工问题只有靠人民币，别的办法一律失灵，这是他这几十年来屡试不爽的办法，更何况又是在这火烧眉毛的关键时刻。咳，公司好不容易接到单子，眼下正是用人之际，怎么能在这个时候掉链子?

“你们怎么搞的?怎么会发生这种事情?而且还传了出去?”老华侨人还没到公司，就在电话里质问起公司新任总经理。不等新任总经理解释，他又急忙指示道，“什么都不要说，现在最最重要的任务是，先做好工人的安抚工作，无论如何不能再让事态扩大，一切待我回去后再说。”

场面确实有些凌乱，工人们一个个无所事事地站在厂院里，任谁看了都会吃惊，尽管总经理和人事部经理出面进行了安抚，可是他们仍然不愿意复工。

回到深圳，急急忙忙就往公司里赶，一进大门，看到这种情况，老华侨不由感到奇怪，究竟是怎么了？工人们为什么会这个样子？经过一番了解他才明白，原来他们现在参考的是远南公司的工资标准和加班费。目前远南公司工人的工资和加班费比新天地公司的每月多了一百多，这且不说，远南公司还和工人签订了用工合同，凡是远南公司的员工，公司都为其购买人身保险。怪不得自己公司的人员流失严重，怪不得大家在这里闹。弄清了这一点，老华侨感到束手无策。他派人悄悄到远南公司了解情况，回来参照远南公司的工资标准和加班补助金额，还让财务部经理做了笔预算，没想到仅此一项，就是笔不小的支出，如果再给员工购买保险，公司需要出的钱就更多了。

如果按照远南公司的做法，自己就要支出一大笔钱；如果不这样做，工人不答应复工，这可怎么办？一筹莫展的老华侨紧急召开公司中层管理人员会议，把问题摆出来后让大家拿意见。大家坐在那里先是一言不发，见老华侨问得急了，便应付着说了两句。这让老华侨感到有些气恼，可又有什么办法呢？最后会议在一片死气沉沉的气氛中草草结束了，会后老华侨权衡一番利弊，最后勉强拿出了一个解决办法，提高工资标准和加班补助金额以及交纳人身保险，直到这时，工人才复了工。

罢工事件虽然被平息下去了，但是老华侨却为此付出不小的代价。本来公司就处于下滑阶段，这样一来，更是雪上加霜。然而没有人知道，为了处理好这起罢工事件，老华侨已经两天两夜没有休息了。当小刘提醒他注意身体时，老华侨已眼圈发黑，眼里布满血丝。他现在根本没有心思休息，脑子里一直琢磨着下一步该怎么办。

这次罢工事件后，新天地公司明显衰落下来，这是老华侨怎么也没有想到的。工人复工后，生产任务尽管完成了，但由于超过交货日期，客户极为不满，他们责怪新天地公司不守信用，严重影响了双方的关系。面对客户的指责，老华侨一再表示歉意，同时他深感自己无能为力。

倒霉的事情还没有完，随着新天地公司失去信誉，不少和新天地公司发生业务的客户，也纷纷提出与新天地公司终止业务往来，接连不断的坏消息让老华侨感到十分焦虑，他不由开始反思自己。眼下深圳不少企业都在酝酿着复工复产，一些看好越南投资环境的台商和日本商人也改变了主意，他们正考虑要不要把工厂迁回深圳。毕竟深圳是中国的特区嘛，有着许多投资经营方面的便利条件和优惠政策。可偏偏这时，新天地公司却出现反常现象，不但没有显示出任何活力，反而变得死气沉沉的，毫无生机可言。

这到底是怎么回事？老华侨把自己关在办公室里一

遍遍地追问道，表现出一脸的无奈。看看姚远的远南公司，再看看自己的新天地公司，老华侨不由仰天长叹起来。过去，他一直没把姚远和他的远南公司放在眼里，为此他还曾派人暗暗去远南公司调查，回来的人说，那是什么公司，说白了，就是一个小加工作坊，论人员、论设备、论规模，根本无法和新天地公司相比。老华侨曾一度自豪地认为，如果说自己的新天地公司是航空母舰，那么姚远的远南公司就是个打鱼的小划子船；如果自己的新天地公司是头大象，那么姚远的远南公司就是一只小猫，二者根本不能相提并论，根本不在一个层次嘛。这样的公司也叫企业？所以他一直没有把姚远的远南公司放在眼里，一直自我感觉良好地走在老路上。而在管理上，老华侨更是没有出新之处，就像驴拉磨一样一成不变。尽管机构齐全，人员配备齐整，但是不注重管理，致使出现许多漏洞。平时公司有了事情，他不是让总经理安排各部门经理做好组织协调，而是一切都指靠秘书小刘为他打理，总经理成了聋子的耳朵。经过马占军事件后，现在老华侨对总经理变得很不信任。而小刘根本不懂企业管理，再说她只是一个高中生，没有经过系统学习，尽管头脑灵活，有主见，又在公司待了多年，但她一直做的是服务工作，平时不怎么接触企业管理，更没有在这方面下过功夫，这样的人你又能指望她做什么？不错，她的执行力是比较强，能够按照老华侨的意思不折不扣地去执行，但是一个只具有执行力的人，又怎么会有创新思维？让这样一个年纪轻轻的女子来管理企业肯定是不行的，是要出问题的。

老华侨自己也不擅长管理，他做事情一直是凭着感觉走，摸着石头过河。经济形势好时，这种情况还不明显，可在特殊时期，感觉就靠不住了，于是所有的问题全都暴露出来了。面对这种局面，老华侨显然有些无能为力。而现在最让他头疼的是，新天地公司人员流失严重，他们大多跳槽去了那些有前景和有潜力的企业。这也难怪，金融危机过后，经济开始复苏，人才成了稀缺资源，现在许多企业都在招聘优秀管理人才。有知识、有才能的人去哪里不是拿钱？特别是姚远离开新天地公司后，老华侨变得对谁都不信任起来，他觉得这些人之所以来新天地公司，都是冲着高薪来的，他们对公司从来没有上过心，总经理就是个摆设，完全没有起到该有的作用。尽管姚远表现不错，可最终还不是做了对不起自己的事情。

老华侨感到从未有过的艰难，当他一步步地从泥潭里拔出脚来，立马发现自己又陷进了另一个泥潭。他有些力不从心了。这且不说，更让老华侨揪心的还有一件事，自己在东莞的企业也发出了危险信号。老华侨常年盯着深圳的新天地公司，本指望这个以生产高精尖 CNC 产品的王牌企业，能成为自己的赚钱机器，帮助自己在金融危机中渡过难关，可是没想到在与姚远的竞争中渐渐处于下风。他心里明白，现在新天地公司已经出现严重危机，如果再不及时采取有效措施，迟早会有倒闭的一天。老华侨为此愁得头发都白了，他整天板着脸，陷入无边的困境中。

唉，妈妈的，怎么会这样呢？面对新天地公司的现状，老华侨再次叹起气来。他怎么也没有想到做了几十年企业，经历过那么多的风风雨雨，新天地公司都没有出现问题，为什么现在金融危机就快要过去了，反而会走到今天这一步？难道自己真到了山穷水尽的地步？老华侨感到眼前一片迷惘。也就是在这个时候，他的脑子里突然冒出一个念头，与其这样不死不活地硬撑下去，还不如把企业并到其他公司，也许会是一条出路。新天地公司是自己经营了几十年的企业，对它有着很深的感情，我不能就这么让它倒闭，我应该给它找到一个更好的归宿，老华侨想到了姚远。远南公司如今发展得越来越好，完全具备做大做强的实力和条件。再说自己曾有恩于他，姚远的品质也不差，如果自己向他提出这个要求，难道他还能不同意吗？虽然在这场竞争中自己败给了他，可虽败犹荣。自己年龄大了，思想老化，工作能力随着体力下降而下降，这是不争的事实，再说输在一个年轻人手里也没有什么可丢人的。人生在世，在干事创业的道路上，谁都有四面楚歌的时候，谁都有走麦城的时候，常胜将军赵子龙还败在姜维手里呢。不说过去，就是现在这样的例子也有很多，微软公司总裁比尔·盖茨不是就曾输在股票大王巴菲特的手里吗？可是那又怎样，还不照样被传为佳话？想到这里，老华侨掏出手机，极不情愿而又无可奈何地从通讯录里翻出姚远的号码……

# 第十八章　握手言欢

## 1

加拿大凯里集团副总裁怀特打来电话，希望能与姚远的远南公司建立合作关系。

远在万里之外的怀特听说姚远离开了新天地公司，一开始还有些不相信，那么优秀的一个职业经理人，干得好好的怎么会突然离开呢？后来又听说他创办了一家与新天地公司性质相同的企业就理解了。再后来他听说姚远的远南公司发展得越来越好，这就引起了他的注意。随着远南公司的快速崛起，怀特就有了和远南公司建立合作关系的想法。长期以来，凯里集团和新天地公司一直有着不错的合作关系，那还是姚远牵线搭桥的结果。然而就在姚远离开新天地公司后不久，双方的合作很快出现了问题，除了沟通方面，最主要还是信誉方面。这也难怪，姚远离开新天地公司后，接替他的销售部经理不仅不具有亲和力，而且管理方面也做得不到位，完全是在老华侨的指示下，按照过去的模式做，因循守旧，没有站在双方的利益上考虑问题。这样一来，新天地公司不是不能按时完成订单，就是生产出来的产品出现质量问题，而且服务态度也让人皱眉。时间一久，一贯对产品要求极为严格的怀特不满意了。他先是不满地向新天地公司提出抗议，然而事情并没有得到解决，而且在继续加剧。几次下来，怀特发怒了，于是主动与新天地公司解除了合作协议。

既然新天地公司管理混乱，问题多多，我们还是寻找新的合作伙伴吧！其实像凯里集团这样的国际性大公司不是没有合作商，新天地公司也不是他们唯一的合作伙伴，只是因为姚远那次加拿大之行，才让怀特决定与新天地公司合作。随着姚远的离开，怀特也失去了与新天地公司合作的信心。

姚远接到怀特的电话，不由大喜过望。凯里集团是一家在国际上有影响力和知名度很高的大企业，如果能与它结缘，建立长久的合作关系，就意味着远南公司在国际市场上迈出了一大步。不仅有了国际影响，还有大量的业务可做，这是姚远求之不得的事。过去姚远也曾想过动一动这家公司业务的念头，可是想到凯里集团一直是新天地公司的客户，又有老华侨那句话横在那里，他只好放弃这一念头。没想到，现在怀特主动打来电话，这不是绝好的机会吗？更何况新天地公司已今非昔比，远远不是当初的样子，而且听说双方解除了合作关系，那么自己也就没有那么多顾虑了。

安排好公司的事务，为了表示诚意，姚远直飞加拿大多伦多。在凯里集团拜见了这位主管业务的副总裁怀特先生，就双方关心的合作事宜做进一步商谈。

怀特还是那个样子，灰白头发，海洋般深蓝的眼睛里透着一种忧郁，举手投足中带着绅士风度，说起话来依然还是那么风趣幽默。

“Mr yao（姚先生），我不明白的是，你在新天地公司干得好好的，为什么突然要选择离开呢？”在凯里集团附近的一家酒吧里，怀特左手端着一杯红酒，蓝眼睛里透着好奇和不解，“你是不是想单独干一番事业，所以才做出这个选择？”

“是的，怀特先生。”姚远倾着身子端起酒杯，看着面前的合作伙伴，真诚而又幽默地说道，“拿破仑说过一句话：‘不想当将军的士兵不是好士兵。’同样，不想当老板的员工也不是好员工。尊敬的怀特先生，您不觉得这很富有哲理吗？”

“Yes！（好！）Yes！”怀特盯着姚远，一边打手势一边赞许地说道，“噢，想不到姚总还是一个很有想法的人！你还记不记得我们第一次见面时的情景？在一家中国饭店里，从见到你的第一眼起，我就有了一种预感，你是一位不错的男人，有理想、有抱负，才智过人，思路清晰，考虑问题全面周到，而且为人很真诚，这就是我为什么一直欣赏你的原因。”

“Thank you！（谢谢你！）Thank you！”姚远笑着说道，“我们中国有句老话叫‘女为悦己者容’。怀特先生，您这句话就是对我最高的赞赏，我在这里先表示感谢！”姚远伸出右手和怀特握了一下，接着说道，“我们中国还有一句老话叫‘男儿当自强’‘好男儿志在四方’。我现在也该有自己的事业了，怎么还会给别人打工呢？所以，我选择了离开。”

“Very good！（很好！）Very good！”怀特举起酒杯与姚远碰了一下，而后一口喝了下去，接着说道，“其实，新天地公司是一家不错的企业。论规模，在深圳来说也算是不小的，尽管经受了这次全球性的金融危机，不过还算是不错，至少没有像其他公司那样倒闭。可是很遗憾，自从你离开之后，新天地公司就呈现出一种衰败的气象，变得不讲信誉，经常不能按时交货，而且产品质量也在不断下降，这是我们最不能容忍的事情，当然这也是为什么我们凯里集团和新天地公司在合作一段时间后，不得不解除合约的主要原因。”怀特盯着姚远，坦诚地谈着自己的看法，“亲爱的姚远先生，你是知道的，我们凯里集团是一家国际性的大企业，不可能和一家没有诚信、效率低下的企业建立合作关系，经过一段时间的考察之后，这次我们公司再次选择与中国的企业合作，主要是冲着你来的。姚先生，过去我们有过愉快的合作，我们也很认可你的为人和能力，于是我就给你打了电话，希望我们能好好谈一谈。”

“谢谢、谢谢，感谢怀特先生对我的信任。作为老朋友，我非常乐意和凯里集团建立长期合作关系，尤其是因为您怀特先生，我非常怀念过去我们愉快的合作时光。”

“No（不），你说错了，姚先生。”怀特摇着头眨了下眼睛，他那湛蓝色的眼睛里汪着一片沉静的海洋，“你可能还不太明白，我们与中国的企业不同，我们看重的是合作伙伴的信誉，至于人际关系方面的事情，对不起，我们很少考虑，这也是我们发展成为国际性大企业的原因。当然姚先生的存在，对我们凯里集团来说，也是一个值得考虑的重要因素。所以今天，我希望姚先生和我谈一谈企业的情况，比如企业的诚信度、生产能力和产品性能等，我们也好有一个综合的考量。”

“怀特先生，这个请您尽管放心，我们合作起来绝对没有任何问题，我这次就是带着诚意来的。”姚远看怀特这么讲原则，马上打开提包，从里边取出一些资料递过去，“我们远南公司虽然成立较晚，但在中国还是有一定知名度的，信誉度也很高，有着一套完整的管理制度和操作系统。我们以诚信至上，质量为本，始终把客户的利益放在第一位。目前，我们公司已经与国内十多家大中型企业建立了友好的合作关系。这些是有关我们公司的一些资料，请先看一下。”

“唔！姚先生，你不要这么紧张嘛。”怀特接过姚远递过来的资料，随手翻了翻，很快便又放下了，然后笑着说道，“我们先放松一下，这里是酒吧。你这么紧张，可不利于我们的谈话。”

“尊敬的怀特先生，不是我要公事公办，而是怀特先生您的问话让我不得不这样做呀！”听他这么一说，姚远故作轻松地笑了一下。

“哈哈……”刚才还一脸严肃的怀特，听了姚远的话禁不住笑了起来，“我们是老朋友了，来，让我们品尝一下这里的红酒！”怀特举起高脚杯子，轻轻碰了一下姚远的杯子。

“谢谢，怀特先生！”姚远也举起酒杯，两只酒杯轻轻地碰在一起，发出叮的一声。

## 2

与凯里集团签订完合同，姚远感到轻松了许多，有了这家国际知名大企业的业务，就等于给远南公司插上一双腾飞的翅膀，展现在自己面前的将是一个更加广阔的天空，他想象着远南公司做大做强的那一天。

然而，接下来一个极为严峻的问题摆在姚远的面前。目前，远南公司的生产能力有限，远不能够承接这么多的生产业务，企业规模还有待进一步扩大。如果不把生产能力提高上去，即使有再多的订单又有什么用？做不出来是次要，这必然会造成不良影响，损坏企业的声誉。这可怎么办？姚远坐在办公室里认真思考着这个问题。看来只能扩大生产规模，提高生产能力了，总不能眼睁睁地看着到手的订单不做吧！看来已经到了做出重大抉择的时候。

姚远想到老华侨那天打给自己的电话。

当时，姚远刚刚处理完手头的工作，接到老华侨的电话，姚远还有点不相信，说实话他连一点思想准备都没有。电话里，老华侨的语气显得少气无力，就像大病初愈似的，完全没了斗志，口气也不再强硬和居高临下，而是带着一种企求和无奈。从老华侨吞吞吐吐的话中，姚远明白了他的意思，原来他是想把新天地公司合并到远南公司，这是姚远无论如何都没有想到的。姚远做梦也想不到，当初那个高傲得不可一世的老头儿，现在居然会甘愿服输，向自己低头，主动求到自己门下，这不是太出人意料了吗？姚远不敢相信这个事实，更不敢明确表态，他担心远南公司太小，还没有到迈出大步的时候，因此他没有贸然做出并购新天地公司的决定。姚远心里清楚，尽管新天地公司在经营管理上出了问题，可是那么大的企业，再怎么着也是一头骆驼，远南公司算什么？不过是一个小小的加工厂而已，目前正处于发展时期，还没有足够的能力玩蛇吞象的游戏，那是需要足够的资本才能做的。而最最重要的是，远南公司还不具备这个实力和条件。现在好了，远南公司与凯里集团建立了合作关系，条件已经成熟，是时候兼并新天地公司了。

于是姚远决定见一见老华侨。

在富达大酒店的包房里，姚远见到了有些沧桑的老华侨。这里原是新天地公司常年定点消费的地方。近段时间，因为新天地公司业务不断萎缩，现在已经被取消了。

啊，一切都过去了，这里不属于自己，也不属于新天地公司了！再次走进富达大酒店，老华侨不禁感慨万端。三十年河东，三十年河西，世事难料，想不到这么快就物是人非了！

“晁总，上次您在电话中提到想把新天地并入我们远南公司，不知现在是怎么考虑的？”寒暄之后，姚远端起茶杯喝了一口，很快就把话语引到正题。他热切地望着老华侨，希望能听到自己想要的答案。

“唉，我还能怎么考虑？我一直在等你的消息呢！”老华侨明显老了，本来就稀疏的头发，此时变得更加稀少了，也更白了，一根一根地伏在那里，像枯草似的。老华侨微闭着一双疲倦的眼睛，不等姚远说话，便又长叹起来，“唉，新天地公司不行了，现在已经到了山穷水尽的地步。姚总，我上次之所以打电话给你，也是希望新天地公司能有一个好的归宿。毕竟是我经营了几十年的企业，再怎么说也是有感情的，现在说不行就不行了，我真的感到痛心啊！”老华侨的语气里带着黯然神伤，差不多是在无声地饮泣了。

“晁总，您不要灰心，新天地公司遇到的问题只是暂时的，等渡过这次难关后就又会重新站起来的。”

“积重难返。姚总，你不用安慰我，我自己的公司我心里清楚。”老华侨像是下定决心似的说，“看到远南公司现在经营得如此红火，我很佩服，也感到很欣慰，能把新天地公司合并给你，我也就放心了。”

“晁总，您不能这么说，新天地公司什么时候都是大企业，远南公司怎么能和新天地公司比呢？新天地公司现在是有些问题，再说您的年龄也大了，不想再操这份心，您的心情我完全可以理解。您既然想把新天地公司并到我们远南公司，这既是对我也是对远南公司的信任，因此我打心眼里感谢您。不过我现在想问的是，晁总，您想以什么方式合并过来？”

“什么方式都可以，一切由姚总决定，我没意见。”老华侨做出一副听天由命的样子。

“晁总有恩于我，因此我也不能亏了您，既然这样，您看这样行不行?”姚远看着老华侨，用征求的语气说道，“新天地公司合并过来后，我想拿出一部分股份给您。晁总，您有其他想法的话尽管提出来，我们好商量。”

“我没什么想法，不用再商量了。”老华侨微微睁开眼睛，“姚总，你说怎么做就怎么做，我对你很放心。该怎么办就怎么办吧，一切你说了算，我听从安排!”

“这样吧，晁总，我给你百分之三十的股份，其他的不用您操心。无论什么时候，只要远南公司存在一天，就有您百分之三十的股份，您看这样行吗?”

“什么?你给我百分之三十的股份?”老华侨瞪大眼睛盯着姚远，身子往前一倾，有些不相信地说，“姚总，你……你……是不是给得太多了?”

“不多，晁总，您过去帮了我那么多，我这辈子都不会忘，所以希望您能接受!”

“姚总，其实我把新天地公司合并给你并没有那么多的想法。”老华侨说着又微微闭上了眼睛，“我一直觉得你是个干事业的人，如果说让你一下子给我拿多少钱很不现实，但是我把这么大的公司交给你，一分钱不拿肯定说不过去。我原想，新天地公司合并给你，你多少给一些就行，权当给它找个好归宿，也算是对你事业上的支持，没想到你却要给我百分之三十的股份，这让我说什么好呢？要不这样，就像你在新天地公司当总经理时，我给你的股份一样，我拿百分之十就行，我要不了那么多的股份。”

“那怎么行？”姚远心想，虽然老华侨到了力不从心的地步，现在急于出手，但我姚远绝不是知恩不报的人，于是他提高嗓音说道，“没有晁总就没有我姚远的今天，我什么时候都不会忘记您对我的恩情，就这样定了，我给您百分之三十的股份，先付给您五十万，余下的，我会按时打到您的账户上。”

“姚总，这……我当初一时冲动，让你离开新天地公司，我以为你一直会记恨着我，没想到你今天这么待我……”老华侨的眼睛里有清亮亮的东西流出来，在那张苍老的脸上慢慢地爬行……

“看您说哪里去了？晁总，我怎么能记恨您呢！有道是，严师出高徒。如果没有您，又怎会有我姚远的今天？再说，当初我也有做得不对的地方……”姚远有些说不下去了，心里涌出一股热流，不由动情地说道，“晁总，我一直记着您的恩情，您现在年龄大了，力不从心了，我应该为您做些什么，这样才能对得起我的良心。好了，咱们不说这些，事情就这样定了。您今后有什么打算？”

“我没什么打算。等把新天地公司合并过来后，我就可以一心一意去东莞经营玩具厂了。”老华侨轻轻地擦了擦眼角的泪水，不好意思地笑起来，“老喽，年龄不饶人呀！再过两年，等到干不动的时候，我就把企业一转手，然后到国外养老去。一切都属于你们年轻人的，好好干吧，姚总！还是那句话，我相信你的能力，将来一定会成功的！”

老华侨的话让姚远倍受鼓舞，他坐在那里看着老华侨，内心升起一种强烈的责任感和使命感。

## 3

小刘给姚远打来电话说，想约他出来谈谈。

那天下午，小刘早早来到帝王大厦旁的必胜客，找了个卡座，坐下来等着姚远。

“姚总，知道我今天约你来干什么吗？”小刘新做了头发，穿了条藕色短裙，脖子上戴了条白金项链，薄施粉黛，身上洒了香水，应该是香奈尔的，因此格外诱人。自从见到姚远的第一眼，她心里就有种莫名的兴奋。此时，她正用一把精致的小钢勺轻轻搅动着杯子里的咖啡。看到坐在对面的姚远摇了摇头，小刘轻轻地叹了口气，“我想和你谈谈新天地公司的事情。”

“什么事情？”姚远看着略带疲倦的小刘，不知道她要和自己说些什么，于是漫不经心地问道。

“新天地公司已经不行了，你知道吗？”

姚远点点头，没有说话。

“我听说晁总有意把企业转给你，不知道你对此事是怎么考虑的?”

“我还能怎么考虑?”姚远知道老华侨还没把此事告诉小刘，于是笑着说，“他转我就要，这有什么可犹豫的?”

“你能要吗?那可是一个烂摊子啊。”小刘盯住姚远，有些不解地问道，“接手新天地公司后，你打算怎么办?”

“扩大远南公司的生产规模，壮大企业实力，组建集团公司。”

“哟，口气不小，可是你知道这么做的后果吗?”小刘担心地看着姚远，“虽然金融危机就要过去了，可你现在这样做依然很冒险呀，你懂不懂?”

“我已经考虑过了，这个你不用担心。”姚远看着小刘那张略显纯真的脸，“远南公司走到今天这一步，就注定不会原地踏步，随着公司业务的不断增多，势必要扩大规模。要想发展壮大，就不能怕冒风险。要知道，一个没有野心的人是做不好企业的，同样，一个没有冒险精神的企业，也是永远做不大的!”

“嘀，几天不见，想不到你现在有这么大的雄心。”

“哈，这算什么?再说我这样做，还不是被逼出来的?”姚远轻松地笑了一下，“如果当初不是你在晁总面前告我的状，惹得他生气，一怒之下把我赶出新天地公司，哪有我姚远的今天，又哪里会有现在的远南公司?”

"姚总，你怎么总是怀疑我呢？"小刘啜了一小口咖啡，掏出餐巾纸，轻轻擦了擦嘴，一副受了委屈的样子，辩解道，"我已经给你解释过多少次了，你怎么总是不相信我？"

"哈哈，跟你开个玩笑，你怎么当起真来了？"姚远开心地笑道，"我和你是什么关系？怎么会不相信你？看把你给急的。"

"我和你有什么关系？"

"你说呢？"

"同事？朋友？"

"情人。"

"滚！你怎么说话呢！"见姚远故意戏谑自己，小刘伸出脚，在桌下轻轻踩了姚远一下，嘴里嗔道，"听听你说的这些话，没一点正经！"

"怎么了，难道不是吗？"姚远故意逗着小刘，冲她挤了挤眼睛笑着说道，"我们都在一起那个了，怎么不是情人？"

"不是！"

"哎，我倒搞不明白了，你们女人怎么会这样？说翻脸就翻脸，这变化也太快了吧！"

"姚远，我可郑重告诉你，就是因为你，晁总正不放心我呢！"小刘正色道，"他总是怀疑我和你有什么不可告人的事情。"

“这有什么？本来就有嘛，这还用怀疑？”姚远做出一副满不在乎的样子，用眼睛瞟了瞟小刘，揄揶道，“新天地公司马上就要转到我的手里了，你还有什么可担心的？”

“姚总，你不要高兴得太早，我担心他知道咱们俩的事情后，会反悔与你合作的。”

“不要搞错了，小刘。”姚远纠正道，“你知不知道，不是我要跟他合作，而是他主动找的我，他有什么可反悔的？我又有什么可担心的？真是的，你们女人呀，总是小心过度，疑神疑鬼的，太小心眼！”

“姚总，我也不和你说那么多，既然新天地公司和远南公司就要合并在一起了，人员问题你怎么解决？”

“还能怎么解决，只要他们愿意，照单全收！再说我也需要，不然我还怎么扩大再生产？”

“那些部门经理呢？”

“当然要进行调整啦。在老华侨的领导下他们已经变成了一群不会思考、不会创新，只会机械干活的机器人。”

“嗯，这样也好。其实他们还是有头脑的，只不过在老华侨的领导下，一个个才变成这样的。”

“那是人的因素，不会管人当然要出问题。”姚远看了一眼小刘，而后拿起小钢勺舀起一勺咖啡送进嘴里，摆着头说道，“别看老华侨做了几十年企业，其实我早就看出来了，在管理方面还真不行，等新天地公司合并过来后，我要好好调整一下人员结构，不然怎能为我所用呢?”

“我赞同你的意见。”说到这里，小刘低下声音说道，“姚总，你考虑过我吗?”

“还真没有。”姚远不好意思地笑了笑，“你是随老华侨去东莞，还是打算留下来?”

“你说呢？我想听听你的意见。”

“还是你自己做决定吧!”

“我想留下来，你觉得怎样?”

“当然欢迎。”

“那就听从姚总的安排吧!”

两人一时无话，都默默地喝起咖啡来。一曲《蓝色的多瑙河》在餐厅里漫延开来，在这片如水的音乐声中，小刘轻轻拢了下头发，俯过身子低声对姚远说了一句话。这一刻，时间仿佛静止了，他们就那样静静地坐在那里，彼此对视着……

小刘的话让姚远愣了一下，他旋即伸出双手，捧住小刘的脸颊，像是在审视一件精美的瓷器。而后凑过身子，在小刘的额头轻轻吻了一下……

## 4

想起那天和老华侨在富达大酒店商谈的过程，姚远还觉得像是在做梦，有些不太真实。

两个竞争对手，为了各自的利益，想方设法对付另一方，现在怎么可能烟消云散地坐下来谈合作？而且毫无羁绊，谈得异常顺利，这事让人觉得既富戏剧性，又有些不可思议。要知道，老华侨可是把自己当作对手的，当初毫不留情，把话说得很绝，甚至采取一些不正当手段，想要置自己于死地。可几个回合下来，自己却占了上风，这是姚远怎么也想不到的。

老华侨是谁？那可是做了几十年企业的老手，他怎么能这么容易被自己打败了呢？不错，是金融危机把大家逼上了梁山，把大家逼到了背水一战的地步，前无去路，后无退路，怎么才能扭转这一局面，确实需要过人的能力，这个能力总结起来就是学问，而且是门大学问。那么学问的奥秘在哪里？就在于知识、人才和对市场的整体把握。只有弄清楚这些，才能做到有的放矢，运筹帷幄，才能立于不败之地。经商办企业，除了市场因素外，最重要的还是人的因素，人是决定一切的基础。古人常说的“人定胜天”，指的就是这个道理。试想，如果不是牢牢抓住这一点，自己又怎么可能在毫无优势的情况下，最终获取胜利？

老华侨的企业是遇到了问题，而且是致命的，他已经焦头烂额，没有能力再驾驭这匹烈马，那就只有放弃了。而自己的企业正处于发展阶段，扩大再生产势在必行，这就需要有生产设备、人员和厂房，正在自己为此一筹莫展之时，可巧老华侨找上门来，主动提出合并的要求，这不正是自己求之不得的事情吗？有点雪中送炭的味道。老华侨有恩于己，尽管后来两个人之间闹出了一些不愉快，但那是各自为政，自在情理之中。现在他的企业不行了，到了难以为继的地步，并且主动找到自己希望合并，这是好事，也是解决问题的最好办法。在这个问题上，自己主动做出了让步。这让老华侨心里感到不安，更多的是内疚。不过自己这样做，却感到心安理得，这就是一种大度和包容，这就是一个做大事人的胸怀。

得饶人处且饶人，何况这又是一个对自己有恩的人。对老华侨，自己没有什么可防范的，事情到了今天这一步，已经是顺理成章、水到渠成，所以那天两个人的谈话相对比较轻松，有点相逢一笑泯恩仇的味道，就像当年自己去美国考察的时候，在奥马哈听当地人讲述比尔·盖茨和“股神”巴菲特之间的事那样，本来两个人是竞争对手，但在平时的交往中，却能和平相处，这是一种怎样的胸怀和气度？那个穿着黄色运动套头衫的老头儿，经常和比尔·盖茨随意地站在路边，或者倚着汽车聊天儿，他们那种随意，平常得如同奥马哈的两个普通人，相遇时互说“hello（你好）”那样，丝毫没有防范和戒备，那样放松与坦然。

看着老华侨独自离去的背影，姚远坐在那里久久没有言语。

其实老华侨并不知道，自己公司里所出的事情都被小刘私下透露给了姚远。自从两个人在北京有过一夜情后，小刘和姚远的关系迅速升温。表面上两个人一本正经的，那不过是为了掩人耳目罢了。如今他们之间已经没了隔阂，反而多了一种说不清的暧昧，尽管姚远身边有余静，可一心在家里带孩子的她，又怎么能看管得过来？来到深圳后，姚远就下定决心痛改前非，过了段苦行僧般的日子，但他最终没能低挡住青春靓丽的小刘的诱惑。男人需要激情，这是谁说的，姚远已经记不得了，他只知道，作为一个事业有成的男人，身边不能没有女人。何况小刘来自贵州大山，身上有股子说不出的韵味，而且年轻漂亮，这是余静所不及的。

对于小刘和姚远的关系，余静不是没有留心过。自从在医院里看到小刘的第一眼，她就断定小刘和老华侨的关系非同一般，只是没有想到她日后会和自己的丈夫有私情。当初姚远从老华侨的新天地公司辞职时，余静就对丈夫的辞职理由感到不理解，可又没有真凭实据，再加上有了孩子后，她一心扑在孩子身上，也就没有过多过问。再说事情已经过去那么久了，她也就把这事给忘了。

小刘是个有心的女孩儿，和姚远发生关系后，她曾有过要和姚远结婚的念头，所以只要有机会，她就向姚远打探余静的情况。姚远没有瞒她，他说了自己和余静的过去，两人如今有了孩子，他是断然不会离开余静和孩子的。看姚远说得如此坚决，小刘笑着说姚远对爱情真专一，心里却对余静恨之入骨。为此，小刘还跑到姚远租住的房子附近偷偷观察余静。当她看到余静抱着孩子在阳台上幸福地走来走去的样子，小刘只叹自己命苦，自己怎么就不能和姚远生活在一起呢？

有了外心的女人，心思自然就全在姚远身上，所以新天地公司的一举一动都在姚远的监控之下。对于小刘的这种做法，起初姚远并不赞成，他认为这样做有些卑鄙。后来当他听小刘说，老华侨为了限制远南公司的发展，不仅封锁了客户资料，还派人到远南公司作暗探，搜集商业秘密，以及在背后所做的种种不利于远南公司发展的手脚后，他才不得不有所考虑。何况小刘也并不是真心要把自己的青春交付给已年过六旬的老华侨，更不想把自己的一生都献给他，于是就有了投靠姚远的意思。姚远自然乐意领受。小刘聪明伶俐，脑子活络，是事业上的一个好帮手。只是时候不到，一切还是等新天地公司合并过来后再说吧！好在姚远不是那种投机取巧的人，他做事光明磊落，目光早已跃过老华侨，跃过新天地公司，跃过砚富村，跃过龙岗区，跃过深圳市，落在了更大的市场上，一心想做行业里的老大。很多时候，姚远对老华侨私下做的手脚，并不放在心上，他更没有把注意力放在老华侨身上。老华侨对他有恩，这是自己什么时候都不能忘的。姚远现在心里想的是先把企业做好，至于老华侨私下里做什么手脚，玩什么花招，他从来没有认真考虑过。而对于小刘提供的信息，他完全是在分析研究后，转化为自己管理企业的方法，但为此也没少占用时间。有时为了琢磨一件事情，他差不多要思考上半夜才有所获。什么时候，才能不为这些小事分心呢？

现在好了，在互惠互利的条件下，能与老华侨和平谈判，把事情处理得这么圆满成功，姚远感觉自己的水平一下子提高了不少。

做大事就得有这样的胸怀，不然又怎么能放眼世界，胸怀天下，实现自己的远大理想和抱负呢？姚远记不得在哪本书里看到过这样一句话，现在想起来，让他突然有了种登泰山而小天下的感觉。

# 第十九章　跨出国门

## 1

凯里集团真是一个不错的合作伙伴。自从双方建立合作关系后，怀特就经常和姚远联系，他们除了在电话里谈论一些合作上的事情外，有时还讨论一些关于红酒方面的知识。姚远越来越了解怀特的性情，在两人的交流中，他也变得越来越有品位。

正如当初姚远预想的那样，攻下凯里集团这座坚固的堡垒，就等于拿下了欧洲市场。凯里集团像颗福星，给远南公司带来了诸多意想不到的好运。

就在远南公司和凯里集团签订合约，建立合作关系后不久，几家外国公司也先后发来信函，希望与远南公司合作。这几家公司过去一直是与新天地公司合作，没想到现在他们主动发来信函，想和远南公司建立合作关系，这是姚远怎么也没有想到的，其实这也是他盼望已久的事情。老华侨已经退出 CNC 市场，新天地公司也已合并到远南公司，两家公司融为一体后，远南公司的整体实力得到了显著提高，犹如一棵参天大树，这也意味着今后再也不用担心生产能力的问题了。所以只要有公司提出合作，姚远是来之不拒，照单全收。

随着公司业务的不断扩大，远南公司在业内的影响力也越来越大。在这种情况下，欧美国家的一些企业也纷纷发来信函，他们希望与远南公司签订合同，建立长期业务关系。看着这些信函，想到这些企业的背景，姚远有了自己的思考。他知道这些企业需要的，也是自己需要的，只要他们有雄厚的经济实力、良好的社会信誉，都是他考虑的合作对象。尽管他们都是国际知名企业，但是姚远并没有放松对他们信誉度的审查，他多次带人奔赴欧美，对这些企业进行深入细致的考察，直到认为这些企业在资质和信誉方面没有问题后，才和他们签订合同。在姚远的努力下，又有一批企业和远南公司建立了合作关系。

姚远注意到，在和远南公司建立合作关系的外国企业中，以法国和美国居多。经历了金融危机之后，现在这些外国企业就像一条条刚苏醒过来的蛇，经过冬眠后，如今正处于恢复阶段，因此，他们急需与中国企业建立合作关系，打开亚洲市场，寻求新的崛起。

随着业务量增加，远南公司的规模也在不断扩大，公司的实力更加雄厚。远南公司现在就像一艘设施齐备、功能齐全的航空母舰，在市场经济的浪潮中乘风破浪，朝着目标快速前进！

一切都在向着预想的方向前进！

展现在面前的一切是那样美好！

老华侨去了东莞，一心扑在他的玩具厂上。自从新天地合并到远南公司后，老华侨已经很少到深圳来了，不过只要他到深圳，就一定会到远南公司里走一走看一看，他已经把这里当成了自己的第二个家。因为东莞和深圳这两座城市的距离太近了，只有一个小时的车程。

每当老华侨来到远南公司，看到一个现代化企业集团在姚远手中正焕发着勃勃生机时，他心里总会有一种说不出的感慨。看到眼前的一切，老华侨什么也说不出来，他只能动情地伸出手，一次又一次地拍着姚远的肩膀，称赞道："了不起，姚总，你真的很了不起！"

"哪里哪里，这都是晁总您大力支持的结果！"姚远笑着说。

"我早就说过，姚总是干大事的人，怎么样，实践证明，还真的被我给说中了！"

"谢谢晁总的鼓励，今后还得请您多多指导才是！"

"姚总说哪里话，你才是真正的高手，哪里需要我来指手画脚？一切还是按你自己的思路来吧！”

曾经商场上的竞争对手，如今就像两个老朋友那样轻松愉快地谈论着。他们身后的厂房里，工人们此刻正忙着生产，机声隆隆，就像一支雄浑的交响乐，轰鸣着响彻云霄……

## 2

姚远有钱了。

借赵爱军的三十万，已经打到了他的银行户头上。在此之前，当姚远给赵爱军打电话说要还账的时候，赵爱军还有些不相信，他不相信姚远会这么快就能把钱还上。眼下自己的养猪场正办得红红火火的，规模不断扩大，经济效益不断提高，根本不缺资金。他也知道南方市场竞争激烈，压力大，自然在那里干事业难度也大，所以他根本没打算向姚远催讨。接到姚远的电话，突然说他要还自己钱，赵爱军不由吃了一惊，他当即问起姚远公司现在的经营情况。当他听说姚远的公司已经步入正轨，一切都在快速地向前发展，即将成立集团公司的时候，赵爱军不由振奋起来，粗着嗓子大声说道：“好啊远哥，我真没想到你会发展得这么快，听你这么说，我感到非常高兴！等你的集团公司挂牌时，你可千万不要忘了邀请我去参加挂牌仪式呀！”

“放心吧爱军，我忘了谁也不能忘了你呀！你是谁？我的好老乡，我的铁哥们儿，我最最亲密和要好的朋友！”姚远当即表示，“到时候我一定邀请你来，不但请你来我公司参观，还要带你到国外看看呢！感谢你一直以来对我的支持和帮助！”

“好啊，好啊！”听了姚远的话，赵爱军咧开嘴巴大笑起来。

接下来，姚远又给李建峰打了电话，他想约李建峰吃饭，一来叙叙旧，二来也是最重要的，把自己欠他的钱还上。

李建峰人在广州，接到姚远的电话，感到既吃惊又意外，他根本没想到多时不见的姚远此时会主动联系自己，及至弄清了姚远约自己见面的意图后，他马上就同意了。

姚远亲自驾车，风驰电掣地从深圳赶到了广州。

根据事先约定，两人在天河城附近的一家咖啡厅见了面。

多时不见，李建峰明显老了，由于刚从国外考察回来，此时脸上呈现出一丝疲倦。经过了解，姚远这才知道现在李建峰的情况并不算好，尤其是从事高风险的房地产行业，情况就更不容乐观。虽然在国家的调控下，房地产市场的泡沫现象已经得到有效遏制，但直到现在房地产行业还没有完全从金融危机中脱离出来。不过李建峰并没有表现得多么悲观，在谈论中，仍然透着一股不服输的劲儿。李建峰坐在那里，轻轻地吐了口烟雾，嘴里淡淡地说道："慢慢来吧！金融危机是一次灾难，更是一次严峻的考验。它在考验我们抗风险能力的同时，更多是让我们学会了如何更好地守住自己，把握机遇，开拓创新，把自己的事业做大做强。"

从咖啡厅出来，为了表达自己的谢意和歉意。那天晚上，姚远在位于珠江边的豫菜一品订了一个豪华大包间，安排一桌相当丰盛的晚宴，宴请李建峰。他心里明白，如果当初没有李建峰的帮助和支持，也许就不会有自己的后来，当然自己跳江自杀的事则另当别论，谁让自己遇到了这该死的金融危机了呢？谁也不怪，要怪只能怪自己时运不济，没有很好地把握住市场形势，最后兵败羊城。不过现在好了，自己从失败的阴影中走出来后，正在以一种崭新的姿态站在新的业界顶端，这既是资本积累的结果，也是经验积累的结果。

姚远之所以这样安排，还有另外一层意思，李建峰经商多年，走南闯北，去过不少地方，因此对吃不一定感兴趣，而让他品尝到独特的地方风味和特色美食，则一定会给他留下深刻的印象，这让姚远想起那次回河南找赵爱军借钱时的情景。那天中午，参观完赵爱军的养猪场后，他们一起去吃午饭，赵爱军开车把他拉到位于梅南县城中心的梅南春饭店，安排了一桌颇具地方特色的宴席。赵爱军说他之所以这样做，就是想让久居南方的姚远尝一尝地道的家乡菜，意在提醒他，不论在外如何，都不能忘了本，更不应该忘记家乡。当可口的饭菜上来后，姚远拿起筷子，在赵爱军的频频邀请下，品尝着一道道纯正的家乡菜，一种久违的味道，立即勾起了他对故乡的回忆和怀念。这更坚定了他将来回报家乡的信念。所以这次宴请李建峰，在选择吃什么菜时，他立即就想到要用家乡菜来款待李建峰，让吃惯了美食的李建峰，也品尝一下自己家乡菜的地道风味。

豫菜一品是一家河南人在广州开的大饭店，从门头外观到店内设计，采用的都是中式装修风格，同时还融进了许多中原地区的文化元素，更为重要的是，饭店里的许多食材都是从河南空运过来的，再加上所有菜品均由河南厨师精心烹饪而成，味道当然地道醇正。

酒是茅台，菜是色香味俱佳的豫菜。坐定之后，看着或干或湿，带汤带水，蒸、炸、炒、熘、炖、焖，满满当当一大桌的菜，李建峰的眼睛一下子瞪圆了。

“姚总，你怎么点这么多菜?”

“不算多，不算多。”姚远谦虚地说道，“在我们老家，招待贵客时，那桌上的菜才叫多呢！十凉十热，外加十道荤菜、十道素菜和十道咸汤、十道甜汤，有酸有甜，有咸有辣，而且每道菜的做法都各不相同，不但讲究刀工，还讲究造型，雕龙画凤，栩栩如生，五颜六色的，那才叫个好看！”

“啊，没想到河南的菜品竟然有那么多。”

“我们河南的菜品当然多了！”看李建峰比较感兴趣，姚远不无自豪地问道，“李总去过河南吗？洛阳水席、开封小吃都是非常有名的，还有萧记烩面、逍遥镇胡辣汤、道口烧鸡、固始炖鹅、王洛猪蹄、鲁山揽锅菜等众多特色美食和地方小吃，简直让人品尝不过来，而且吃过之后让人久久难以忘怀。”

“居然有那么多？”李建峰看着姚远，不相信地问道，“真像你说的那样诱人？”

“信不信你亲口尝一下就知道了。”姚远说着拿起筷子点着李建峰面前那道色泽金黄，足有一尺多长的黄河大鲤鱼说道，“来，李总，尝尝我们河南的特色菜——黄河大鲤鱼，看味道怎么样？”

“好好，来来来。”李建峰说着，拿起筷子夹了一块放进嘴里，立时感到一股异常鲜美之味充满口腔，直抵肺腑，不由伸出大拇指夸赞道，“嗯，不错不错，这道黄河大鲤鱼咸淡可口，酸甜适中，肉质细嫩，味道鲜美。好好好，味道真好！姚总，这么好吃的菜，你知道是怎么做出来的吗？”

“李总，你这可把我给难住了。”姚远不好意思地看着他，笑道，“别看我是河南人，也没少吃河南菜，可是说起做菜我真的不行。我只知道个大概，比如这道黄河大鲤鱼，先挑一条两斤左右的黄河大鲤鱼，洗净剖好，再用刀在肚腹上均匀地斜划上几刀，开好‘花’，放上葱、姜、蒜等作料，把事先勾好的粉芡裹在上边，丢进油锅里炸上一番，捞出来再放进蒸笼蒸上半个多小时，出锅后再淋上汤汁，就可以上桌了。”

“啊，想不到这道菜做起来这么讲究。”

“那当然。”姚远自豪地说道，“豫菜讲究色、香、味俱全，进过中南海，上过钓鱼台国宾馆的国宴，连国家领导人和外国来宾都品尝过！”

“嗬，河南可真了不起。”李建峰来了兴趣，连连称赞道，“河南不但有闻名全国的豫剧，还有豫菜，真是让人长了知识。”

“是啊，要知道我们河南可是中华民族的发祥地。”姚远如数家珍，“登封少林寺、洛阳龙门石窟、洛阳白马寺、开封清明上河园、新郑轩辕黄帝故里、淮阳太昊陵、平顶山香山寺等名胜古迹，都有值得游玩之处。”

“哎呀，听你这么说，我今后一定要去河南走一走看一看。”

“好啊，我代表河南人民欢迎你。来，李总，喝酒！”姚远说着举起了酒杯。

李建峰急忙端起酒杯，和姚远轻轻碰了一下，仰起脖子喝了下去。

两人推杯换盏地喝了起来。饭吃到一半，姚远拉过密码箱打开，只见里面装的都是钱，除了欠李建峰的那一百多万外，还有利息。谁知李建峰却埋怨起姚远来，带这么多的现金，多不安全。姚远笑着向他解释一番，并请求李建峰谅解。最终，李建峰只是收下了姚远欠他的那一百多万，没有要利息。看着面前这个仍然瘦削，但已经成熟的姚远，李建峰表现出更多的是佩服。他没有想到这个曾经一败涂地的姚远，竟然能从失败中站起来，而且还把事业做得这么成功，如今已经成为行业中的佼佼者了。李建峰不由感慨地称赞说："一路走来，经历了这么多磨难，不容易啊。如今总算有了自己的事业。姚远，我们是朋友，我怎能收你的利息？算了，这利息就算是我对你事业的支持吧！"

"这怎么行？李总，这么多年来你一直支持我帮助我，这是我对你的一点点补偿，还是请你收下！"

"不用不用，真的不用。"李建峰婉言谢绝道，"以后的路还很长，好好干！你要记住，任何时候都不要服输，审时度势，学会把握自己。看到你走到今天这一步，已经成为业界翘楚，我真的很佩服！我相信，有你这种精神和干劲，你今后一定会有更大的作为。"

"谢谢李总的鼓励，如果当初没有你的支持和帮助，就不会有我姚远的今天。感谢你这么长时间以来一直关心我、帮助我、鼓励我，今后你有什么需求，无论什么时候我都会满足你！"

"谢谢，谢谢！"看姚远这么真诚，李建峰紧紧握了握姚远的手，感慨地说道，"姚总，有你今天这句话，我李建峰也不再多说什么，好好干，希望远南公司蒸蒸日上，越做越大，早日冲出国门！"

姐姐给姚远打来电话，说儿子再有一年就要毕业了，可现在大学生毕业找工作是个问题。虽说儿子读书的学校不错，在国内有一定知名度，所学专业也不错，但现在工作不好找，所以她希望儿子大学毕业后，能到姚远的公司里找个事做。姐姐还说，女儿马上也要参加高考，有了姚远寄回去的钱，现在家里的一切都好起来了。如果不是姚远经常给她寄钱，仅靠家里那几亩地，她无论如何是供不起两个孩子上学的。现在姚远的公司越做越大，事业有成，她很是为他高兴。

"远，你现在有出息了，可是咱妈却走了，没能看到你现在的样子。"姐姐在电话里一再感叹，"如果咱妈能活到现在就好了，可惜她走得太早……"姐姐动了感情，说到后来，竟然哽咽着有些说不下去了……

"是啊姐，如果咱妈活着就好了！"姐姐的话唤起了姚远对母亲的思念。姐姐说的每句话都包含着浓浓的亲情和对自己的爱，所以无论姐姐提出什么条件，姚远都觉得自己责无旁贷。然而现在还不是和姐姐说这些的时候。目前公司正在向前发展，要发展就要有投入，不但需要投入大量资金，还需要投入大量精力。因此他还在电话里安慰姐姐道："姐，你放心，今后家里有什么困难，你随时都可以提出来，千万不要不好意思。无论什么事，我一定会帮助你们的！"

"远——"听着弟弟的话，姐姐在电话里激动得哭了……

余静变得更加漂亮了。生过孩子后，经过一段时间的锻炼，她很快便恢复了原来的苗条身材，皮肤更加细腻白嫩，体态更加富有风韵，脸蛋白里透红的，就连两个酒窝里也盛着盈盈的笑意，一双会说话的眼睛透出明亮的光，顾盼流波，神态优美，女性的魅力在她的身上得到了最大的体现，比在老家时更加优雅。

姚远在市区地理位置绝佳的天璟园小区，买了一座高档别墅。小区里绿树成荫，小桥流水，人工湖里睡莲朵朵，可爱的天使雕塑洋溢出喜庆与欢快，花坛、游廊点缀其间，生活在这样的环境里，还有什么不满足的呢？为了方便出行，姚远还给余静买了辆红色的保时捷小轿车。闲暇之余，余静经常会穿着一身漂亮衣服，戴副太阳镜，开上红得耀眼的保时捷，载着儿子来到海边，愉快地玩耍。

自从和姚远结婚生子后，余静就不再工作了。除了在家带带孩子，做做家务，偶尔也会去公司看看姚远，要么就是去大型商场里购物，日子过得非常惬意。

然而姚远的前妻过得却不幸福。她现在下岗在家，男人又不争气，好吃懒做，嗜赌成性，把家里值钱的东西都赌光了，两人为此经常吵闹不休，生活搞得一团糟。好在女儿瑶瑶马上就要中学毕业了，她学习刻苦，成绩一直不错，每次考试都能进入年级前三名。生活在这样的环境里，她能过得幸福吗？如果不是姚远经常寄钱给她，在这样的家庭里，恐怕连吃饭都成问题，哪里还能上学？姚远为此感到很痛心，他觉得尽管女儿判给了前妻，可她毕竟是自己的孩子，自己怎能眼睁睁地看着女儿受苦？这样下去对孩子的成长极为不利。他曾想过要回女儿的抚养权，把她接到自己的身边，接受更好的教育……

## 3

新天地公司合并过来后，远南公司的生产能力得到了大大提高。如今两家公司之间的距离已大大缩短，如果不是中间还夹着一家工厂，两个公司几乎就要连在一起了。姚远已经计划好了，等征得许自力的同意后，他就把夹在中间的那家工厂收购过来，把两个公司打通，把远南公司打造成一家大型的国际化投资公司。他觉得只要自己的恒心和计划不变，就一定能够实现这一愿望。

站在高高的办公楼上，远远望去，厂房一个接着一个，已经连成了一片……车间里机器声隆隆，一百多条生产线日夜不停地运转着；办公大楼里，各个部门工作人员正埋头忙碌着，一切都显得那么有条不紊，所有这些都在昭示着远南公司的发展正如日中天，蒸蒸日上。

这是一个蓬勃发展的企业，这是一个充满生机和活力的企业，这是一个坚定不移，不断前进的企业……每每这时，姚远就会想起在砚富村庆祝改革开放三十周年那场名为《走进新时代》的晚会上，一群少男少女载歌载舞地演出的大型组歌《香飘四季》：

蕉园的故事蔗田说，
蔗田的故事稻穗说，
稻穗的故事水牛说，
水牛的故事水乡说……

岁月的故事小路说，
小路的故事大路说，
大路的故事老街说，
老街的故事新城说……

一想到这些，姚远心里就会涌出无限的感慨。自己没有经历过南方改革开放的过去，也没有经历过南方改革开放之初的艰辛，但是自从来到南方之后，自己却成了改革开放的传承者和开拓者。这首《香飘四季》并不是唱给自己的，而是唱给那些像老华侨那样的创业者的，他们才是深圳的建设者和见证者。不过，自己到南方之后，特别是创办远南公司后，短短几年时间，远南公司就超过了那些外资企业，一跃成为砚富村的龙头企业，资产上千万，这样的企业不要说在砚富村，即使在区里也是屈指可数的明星企业。如今远南公司已经成为深圳市的纳税大户。

远南公司的生产线已经达到一百五十多条，工人一万多名，业务遍布全国及世界各地，在同行业中占主导地位，面对这一骄人成绩，又怎能不让人感到自豪呢？特别是前不久，通过村主任许自力的上报，并经有关部门考察之后，区里和市里已经把远南公司作为深圳市的重点企业来对待了，姚远也被授予深圳市“自主创业模范”，受到政府的表彰和奖励！

## 4

新的一天开始了，一轮火红的太阳从东方升起来，照得整个大地都是红彤彤的。微风吹过，厂院里的椰子树轻轻摇摆，就像美丽的少女，尽情展示着自己的身姿，一切都是那么的美好。

宽大的厂院里，工人们穿着蓝色工作服，上面印着一艘巨轮，这是远南公司的标志。随着《感恩的心》的乐曲缓缓响起，工人们整齐划一地做着体操。队伍的前边，领操的是小刘。

早已厌倦了老华侨的小刘，并没有跟随老华侨去东莞，而是留在了远南公司。她现在是远南公司行政部经理，主要职责是协助公司副总经理马占军搞好行政工作。自从来到远南公司，小刘又找回了当初的自信，变得活泼开朗起来。此时，她正挥舞手臂，尽情地舒展身体，姿态优美地做着早操。在她的带领下，远南集团公司一万多名工人开始翩翩起舞，深情地唱着：

感恩的心，感谢有你
伴我一生，让我有勇气做我自己
感恩的心，感谢命运
花开花落，我一样会珍惜

感恩的心，感谢有你
伴我一生，让我有勇气做我自己
感恩的心，感谢命运
花开花落，我一样会珍惜
…………

是的，大家都需要感恩，工人感恩的是我，而我也要感恩，我该感恩谁呢？不错，是老华侨。那么老华侨又该感恩谁呢？听着这优美的旋律，姚远陷入了沉思，最后他想明白了，我们感恩的应该是这个时代，是这个美好的时代，给了我们这美好的一切……

此刻，姚远正迈着轻快的步子，昂首挺胸地走在厂院里，看着眼前的一切，他有些情不自禁了。现在，姚远再也不用担心没有订单，再也不用担心产品的销路，金融危机已经过去，展现在自己眼前的是一条宽广的大道，迈着沉着有力的步伐，他一步一步地快速向前走去……

# 尾　声

阳光很好，风也吹得人心醉，纽约的三月这般迷人。大街上干干净净的，一座座高楼大厦鳞次栉比，幕墙玻璃投射的阴影映在大理石的墙面上，给人一种说不出的时尚与典雅……身在异国他乡，走在纯净得有些发白的阳光下，真让人有种心旷神怡之感。

这是几年之后，姚远站在纽约大街上的真实感受。一连几天，他都带着余静母子俩游历在美国这座最大的城市里，看过自由女神像，登过帝国大厦，逛过时代广场、洛克菲勒中心，走过第五大道，参观过美国自然历史博物馆和古根汉姆博物馆。这天上午，他们来到了世界闻名的华尔街，迈出的步履是那样轻盈，神情是那样放松。他这次之所以和家人来纽约游玩，缘于姚远的一次大胆设想。事业做大了，手里有钱了，他就想带着妻子和孩子一起周游世界，一来游玩，二来考察市场。他们这次出游的目标是欧美各国。他们先从法国的巴黎开始，德国、英国、意大利，再到美国纽约。一路走来，带给他更多的是感慨。姚远一直有个梦想，进军美国市场，成为华尔街的新贵。他有这个信心，他早已在心里种下了一颗野心勃勃的种子，等待有朝一日，这颗种子破土而出，在异国的土地上长成参天大树……

此时，远南公司已经成为亚太地区知名的跨国投资集团，在日本、韩国、加拿大、英国、法国等十几个国家都有投资项目，是中国大陆最受关注的企业之一，与国内的其他知名企业一起，进入了世界企业500强行列，姚远本人也登上了福布斯中国富豪榜。经过多年发展，现在远南公司的经营领域涉及机械制造、电子产品加工、服装设计制作、文化旅游、餐饮娱乐服务、房地产投资开发等多个行业，不但名扬亚洲，在欧美等国也有了一定的地位。

姚远曾经设想过，在自己的有生之年，一定要带领远南公司冲出中国，冲出亚洲，跨入世界一流企业的行列。

他们走到一家新开业的店铺旁，发现里面摆满了琳琅满目的商品，像磁石一样吸引着行人的目光。姚远不由感慨万端，华尔街不愧是世界金融中心，没想到在经历了这场全球性的金融危机洗礼之后，这么快就焕发出了新的活力。这里的建筑物古典而又现代，狭窄的街道和古典的教堂是那样的别致，这一切都在昭示着这条世界影响力巨大的街区的魅力。

这就是华尔街，这就是全世界的商业巨子们魂牵梦萦的圣地吗？今天到这里一看，果然名不虚传，看看这一座座象征着财富的高楼大厦，或许此时正演绎着商界传奇……

“姚远，你在想什么呢?”余静转过身，看到姚远正望着远处的高楼大厦出神。

“爸爸，快点!”像天使一样漂亮可爱的儿子，在阳光下灿烂地笑着，小家伙被妈妈牵着，这时也扭过身来，挥动着莲藕似的胳膊，冲着姚远招手，“爸爸，你快点过来呀！我们赶快去前边看一看。”

“嗯，好的。”听到妻子和儿子的呼唤，姚远快步向前走去。

他身后是一片川流不息的行人，他身上是一片明媚的阳光……